KB062850

무릎 사랑

# 무릎 사랑 정신질환자들의 사랑, 정신, 생활, 이념을 노래하다

| | | | |
|---|---|---|---|
| 발행일 | 2024년 4월 12일 | | |
| 지은이 | 임형빈 | | |
| 펴낸이 | 손형국 | | |
| 펴낸곳 | (주)북랩 | | |
| 편집인 | 선일영 | 편집 | 김은수, 배진용, 김부경, 김다빈 |
| 디자인 | 이현수, 김민하, 임진형, 안유경 | 제작 | 박기성, 구성우, 이창영, 배상진 |
| 마케팅 | 김회란, 박진관 | | |
| 출판등록 | 2004. 12. 1(제2012-000051호) | | |
| 주소 | 서울특별시 금천구 가산디지털 1로 168, 우림라이온스밸리 B동 B113~115호, C동 B101호 | | |
| 홈페이지 | www.book.co.kr | | |
| 전화번호 | (02)2026-5777 | 팩스 | (02)3159-9637 |

ISBN    979-11-7224-077-6 03810 (종이책)        979-11-7224-078-3 05810 (전자책)

**(주)북랩** 성공출판의 파트너

북랩 홈페이지와 패밀리 사이트에서 다양한 출판 솔루션을 만나 보세요!

**홈페이지** book.co.kr    •    **블로그** blog.naver.com/essaybook    •    **출판문의** book@book.co.kr

**작가 연락처 문의 ▸ ask.book.co.kr**

작가 연락처는 개인정보이므로 북랩에서 알려드릴 수 없습니다.

희망에 대한 이해

# 무릎 사랑

임형빈 지음

북랩

# 프롤로그

　한 시간 전에도 당사자들과 차 모임을 가졌다. 그들은 다양한 증세를 가지고 있었으며 서로 간의 신뢰로 마음에 품었던 이야기들을 공유하였다. 우리는 조현병, 양극성 장애, 우울증, 조증, 등 질환을 가지고 있었으나 지금은 사회에서 극복하기 위한 다양한 프로그램 등을 통해 많이 회복되었으며 자신들의 재활에 대한 의지로 각자의 위치에서 정상에 올라설 수 있었다. 그들은 일반인들과 지내는데 아무런 이상이 없으며 그들과 교류하며 자신들의 입장에서 받아들일 수 있는 각종 제한적인 사항들을 이해하였다. 자신의 질환 때문에 사회에 나서는 것을 주저하지 않았으며 오히려 사회에서 자신의 본모습을 보여 가지고 있던 저력감을 나타내고자 했다. 그들은 악착같은 노력으로 회복의 정상에 섰으며 사회의 매서운 눈초리에 불구하고 직장을 가지기도 하였다. 그리고 자신의 특화된 능력으로 일자리에서 기치를 발휘해 모든 동료들의 귀감을 사고 있다.

그렇다고 모두에게 환영을 받는 것은 아니다. '정신질환'이라는 병명으로 차별을 받기도 했으며 가지고 있던 파이 조각도 빼앗기기도 하였다. 처음에는 억울하였지만 인내로 그 순간들을 참아내어 지금은 다른 동료들과 똑같이 파이를 나눠 먹고 있다. 난 정신질환자의 권익 옹호와 지지, 병원에서의 인간적인 생활을 할 수 있도록 정서적 지지를 보내는 직장을 가지고 있으며 정신건강복지법에 관계된 각종 권리청원, 정보제공, 퇴원에 관계된 각종 제도에 대한 지지를 일의 임무로 맡고 있으며 이 일을 한지가 6년 차이다. 그래서 누구보다도 당사자들의 마음을 잘 알며 그들의 환경에 놓인 처지와 사연을 깊이 이해할 수 있게 됐으며 그들도 사회의 일원으로 병원에서만 생활하는 것이 아니라 탈원화해 사회에서 자신들의 자리를 차지해 이웃들과 소통하고 정상적인 생활을 할 수 있도록 지지하고 연대하고자 한다.

이 책에 쓰인 내용들은 당사자들의 일반적인 생각과 여유, 책임감, 의무, 상식, 교양 등에 대한 것이지만 그 내용은 일반화되어 여러 사람들이 읽기에는 심심한 이야기에 불과할 것이다. 그렇지만 당사자를 부모로 둔 자식들, 당사자를 자식으로 둔 부모들, 그리고 형제들, 친구들에게는 좋은 실용적인 학습서로 역할하는 데 많은 도움을 주리라 믿는다. 일반인들에게도 우리 당사자들의 의지와 애환, 사랑, 의지에 대해 하나씩 공감해가면 그동안 매체에서 떠들었던 악성루머였던 미래 사회의 범죄자, 사각지대의 혐오스러운 대상, 수용소에 보내야 할 방조자들이란 인식에서 많이 벗어나는 데 큰 도움을 줄 수 있으리라 생각한다.

당사자들의 평범한 이야기가 일반인들에겐 특별한 소재거리로 들리는 이 시대에선 더욱 당사자들의 권리를 옹호하며 그들의 사회적 권리를 지지해야 한다. 우리 역시 국민의 한 사람으로 이 땅에 태어난 이유를 설명하고 일반인들과 다양성에 대해 공유하면 우리를 향한 혐오도 달라질 수 있을 것이다. 우리 당사자들이 얼마나 웃음을 사랑하며 교양에 관심 있어 하는 것을 보면 그들도 우리와의 한 이웃이란 것을 잊지 않을 것이다. 이 글이 통해 마침 또 하나의 친구를 얻는 듯 당사자에 대한 인식의 변화의 장이 될 수 있다면 이번 글에서 나는 조용히 만족할 것이다. 그래, 그렇다. 우리 당사자들은 원래 이웃들과 함께 살아왔다. 그 시대의 역사성은 오랜 순간을 넘어간다. 우리들이 얼마나 자유를 수호하고 민주주의를 사랑하는지에 알게 되면 우리 당사자들을 방치해 두지 않을 것이다.

이번 책을 통해 당사자들의 일반적인 생각들을 서술하는 것이라면 자못 지루할 수도 있겠지만 그래도 당사자들이 어떻게 살며 어떤 것을 누리려는지에 알게 된다면 기존의 혐오 사상에서 많이 벗어나게 될 것이다. 처음으로 당사자들에 대한 이야기를 책으로 만들어 봤지만 앞으로 계속해서 당사자들의 사상, 신념, 사랑, 의지 등에 대해 이야기해 나갈 것이며 첫 작품으로『무릎 사랑』이 여러분에게 쉽게 다가가는 책이 되길 바란다.

# 차례

## 2. 당사자는 하늘 향해 외치기도 한다.

## 3. 작은 자들의 사회적 시선

# 4. 당사자는 존재만으로 유의미

# 5. 서로 나누어야 하는 우리의 마음

# 6. 우리들의 가족에도 작은 자들은 존재한다

# 7. 당사자들의 작은 대화, 이제 뜨거워질 때다

# 1

✦

## 당사자들의 쓸쓸한 메아리

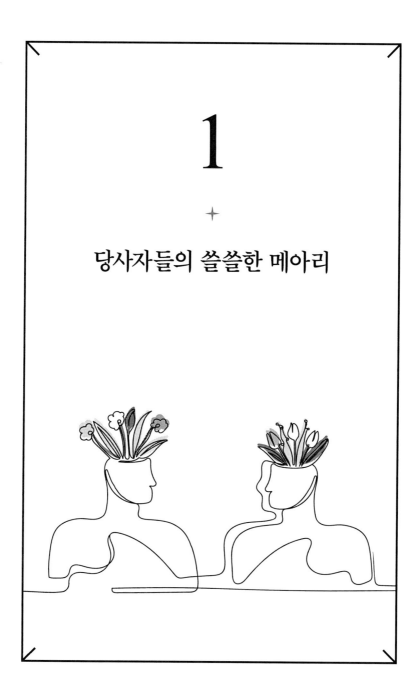

## 1) 정신질환자를 위한 작은 속삭임 (과거로부터의 소환)

요즘 코로나19 때문에 사회가 뒤숭숭하다. 두 달 전, 이 바이러스가 한 중국인의 내한으로 옷깃 스치듯 살짝 다가온 것이 지금은 확진자 수가 9,000명을 넘어섰다. 그래도 한국인 특유의 저력과 혁신적인 방법으로 이 바이러스를 많이 억제하고 있다. 그런 가운데 청도 대남병원의 비극은 많은 정신질환자에게 충격을 주었다. 입원실의 상태는 병실 침대 한 대도 없는 차가운 바닥에 노숙자처럼 환자들을 방치시켜 놓았다. 그들에게는 이름도 밝히지 않는 명패도 없었고 십수 명이 한 방에 덩그러니 놓여 있었다.

이것은 그들에 대한 인권의 방치가 아니라 수십만 명의 정신질환자들에 대한 모욕이요, 가슴에 대못을 쳐놓은 것이었다. 그들의 안타까운 죽음은 최소한의 의가 차려진 장례가 아니라 아스팔트 위에 내팽개쳐진 고양이들의 사체들과 별반 다름없었다. 이런 예가 지금도 여기저기서 벌어지고 있는 형태이자 횡포이다.

모두의 정신병원이 다 그런 것은 아니다, 확실히 수십 년 전보다는 많이 환경이 좋아진 것은 사실이다. 병원의 처우개선은 군대식 폭압에서 많이 민주적으로 바뀌었다. 법보다는 주먹이 가까웠던 병원의 모습은 환자들의 인권을 존중해 자율적인 형편으로 정신질환자들을 존중해 주고 있다. 식사 시간이 되면 긴장의 연속이 아니라 진정으로 기다려지는 시간으로 바뀌었다.

그리고 병원에서는 자체 프로그램의 개발과 투자로 환자들의 연속적인 긴장의 끈을 많이 풀었다. 그런 가운데 갑자기 쏟아져 내린 바이러스의 침투와 이번 청도 대남병원의 모습은 우리 정신질환자들의 가슴을 시퍼렇게 멍들게 하였다. 아직도 있다 극소수의 비리 덩어리들의 병원의 형태는 큰 바윗돌인 마냥 우리들의 길을 막아서고 있다. 이런 모습을 언론매체들은 정신병원을 비상식적인 모습으로 호도했고 입원해 있던 정신질환자들을 시대를 역행하는 비상식적인 원인의 결과로 보도하고 있다. 아마도 많은 기획사들은 이것을 계기로 모순덩어리인 병원과 당사자들을 오류에 오류를 더해 모순의 결과로 뒤범벅된 재생산을 이어갈 것이다.

시간이 지난 오늘도 여전히 이런 자행은 되풀이 되고 있다. 정신병원은 영리를 목적으로 세워진 병원이다. 다른 병원들도 마찬가지다. 하지만 유독 이 병원 안에서 정신질환자들이 비싼 의료비를 지급하고 을로 비하되고 있다. 병원 안의 규칙이란 옛날 포로수용소의 철칙처럼 정해져 있고 그것을 지키지 않으면 강박행이다. 나도 정신병원 생활을 했던 적이 있다. 별것이 아닌데도 간호사와 보호사들은 그 당사자를 중죄인 끌고 가듯 끌고 가 침대에 사지를 묶어 강박시킨다. 이것은 무서운 트라우마다. 우리 정신질환자들이 비싼 돈 들여 노예 취급 받으러 들어왔겠는가? 이것은 아예 도살장의 가축이나 진배없는 취급이다.

물론 옛날보다 지금의 정신병원 처우는 많이 개선되었다. 민주적인 방식으로 병원의 내부 환경을 바꾸려고 부단히 애를 쓴다. 그 노력이 보인다. 하지만 급성기에 다다른 당사자들을 대하는 데에서는 아직도 구태의연한 방식을 쓰고 있다. 한번쯤은 그들을 진정시켜 보려고 노력을 해야 하지 않는가? 강박실로 끌려가는 당사자들을 보면 참 가슴이 아프다. 왜 이런 일이 반복 되어야 할까? 한번쯤은 그들을 진정시키고 사유에 대해 알아야 하지 않는가? 그래도 오늘의 병원에서는 쓰레기 같은 전통을 버리려고 많인이 애쓴다. 휴게시간도 많이 주고 프로그램 시간도 많이 확충하여 당사자들에게 유익한 시간을 제공한다. 그와 같은 방식은 많은 정신질환자에게 시너지 효과를 준다. 그러나 전체적인 병원의 비율로 보면 아직은 왜소하다. 아직도 많은 병원에서 당사자들에게 적대적인 치료 방법만을 강요하고 있다.

우리 정신질환자들은 그들의 공격에 속수무책으로 당하고 있을 것이다. 오기가 있는 당사자들은 "우리는 절대 그런 사람들이 아니다 다른 시민들과 똑같은 인격을 갖춘 인간이다."라고 외쳐도 매체들은 당사자들을 원인을 알 수 없는 범죄의 아류작으로 품평할 것이다. 그들에게는 정신질환자들이 취재의 의지 대상으로 여기뿐이다. 그들에게는 당뇨병 환자나 고혈압 환자가 빵을 훔친 것이 기삿거리가 되는 것이 아니라 정신질환자가 고성을 지르는 모습이 취재의 소재거리가 된다.

언론매체의 당사자들을 바라보는 시선을 한 번쯤 인격을 갖춘 시민의 모습으로 봐준다면 호도의 모습이 생기지 않을 것이다. 정신질환자들의 병적인 결과에 집중하지 말고 그들의 병적인 과정을 이해하고 존중해 준다면 결과물만 떠들어대고 대중들의 경계의 대상이 되는 당사자들의 모습은 형평상 많이 존중될 것이다.

매체들의 호도성 보도도 문제다 우리 정신질환자들을 하나의 인격체로 보는 것이 아니라 살인과 증오로 가득 찬 범죄자로 취급하고 있다. 언제 적 표현인가? 30년 전의 내가 정신병원에 입원할 때도 매체들을 우리 당사자들을 짐승을 묘사하였고 30년 후인 지금도 똑같이 짐승 취급은 물론이고 범죄자 표현은 예사다. 어떻게 하면 그들에 대해 선정적 보도를 하여 자시의 매체를 더 띄울까? 그런 생각뿐이다. 난 매체들이 우리 당사자들을 심심풀이 땅콩으로 사회의 제초제로 사용해 먹는 것처럼 느껴졌다. 앞으로 여기에 대해 많이 이야기할 것 이지만 우리 매체문화는 30년 전이나 그 이후인 오늘에 이르러서도 하나도 바뀐 것이 없다. 이들의 진정한 각성이 필요할 때다.

우리들의 얘기대로 돌아가자 혼자가 결코 아닌 당사자로서 스스로를 겸비하는 것도 좋을 것 같다. 서로 간에 이해를 하며 자기만의 욕심을 부리지 말고 당사자들끼리 함께하는 모습, 전진하는 모습, 단합하는 모습 등 하나의 목표를 향해 우리의 목소리를 내는 모습을 연습해보는 것도 좋을 것 같다. 정신장애인들의 단체들은 여러 개가 있다. 정신질환자의 문제와 형평성 그리고 인권 보호를 위해 많은 노력과 열정을 쏟고 있다. 그런데 한 가지의 목적을 위해 뭉쳐 지지가 쉽지 않은 것 같다.

제각각 투쟁의 모습을 보여 장애인 단체의 모습에서 제일 뒤처져 보인다. 지체장애자들과 단체들의 모습을 보자. 상응에 부각되는 모습에 하나로 똘똘 뭉쳐 그들의 자식들을 위해 소리 높여 함께 외치고 울었다. 역사도 10년이 넘는다. 그러기를 세월이 강산도 변해 체감적으로 그들의 모습과 형편이 크게 성장하고 발전됐다. 그들을 위해 차별의 문턱은 낮아졌고 사회적인 혜택은 많이 늘어났다.

우리 정신장애인들의 모습들은 많이 발전했다, 행사나 모임이 있으면 잘 참가한다. 한 사람만의 노력으로 정신장애인 문화를 이끌어 왔다면 지금은 다수의 단체가 함께하는 모습을 지향해 과거보다는 혁신적인 모양새를 갖추었다. 그렇지만 아직도 한목소리를 내는 것이 쉽지 않아 보인다. 한번쯤 자신의 생각을 양보하고 모두가 하나의 목표를 향해 전진하는 모습을 보였으면 한다. 그러면 우리 정신장애인들도 좀 더 나아진 형평성의 모습에 스스로에 만족하고 자부심을 가지는 단체들로 급성장할 것이다.

　　지금 당사자 단체들은 많이 발전하였다. 전국적으로 정신질환자 인권옹호, 권리지지 단체들이 대표적으로 20개가 넘는다. 당사자들의 현실적인 아픔을 외치기도 하고 우리의 가려움을 대변하기 위해 국회에서 모여 세미나도 가지고 대로변에서 집단행동도 곧잘 한다. 이것이 1회성으로 끝나지 말았으면 한다. 현재 서울, 경기도 정신건강 단체들은 어느 정도 네트워크를 마련해 하나의 행사를 잘해나간다. 그리고 의기도 잘 맞는다. 하나의 사건이 터질 때마다. 우리 정신건강 단체들은 옛날과 같이 하나의 기관에서 하는 것이 아니라 유기적인 시스템을 마련해서 전국단체들과 정보를 교환해 전국적인 사업으로 이끌어간다.

　　지도자들은 우리 단체들의 개인적인 목표를 존중하여 하나의 일신적인 표어 아래 행동을 같이하고자 한다. 작년 23년도만 해도 4번 정도 전국적인 행사를 국회 앞마당에서 하였다. 그리고 각 당사를 찾아 다니며 항의 집회를 하기도 하였고 대한의사협회도 담대히 찾아가 우리의 의견을 제시하기도 하였다. 우리 당사자 단체들의 행동은 날로 부단히 애를 쓰며 노력 중이다.

우리는 서로 얘기도 할 수 있고 의논도 할 수 일다. 그런 배경의 무대가 많이 갖춰지고 있다. 이웃의 낮병원[1]부터 센터, 자조 모임, 등 우리들을 발전시킬 수 있는 계기가 많이 준비돼있다. 사실은 아직 부족하지만 과거보다는 많이 지향되어 있다. 정신질환자들끼리 한 공간에서 학습하고 느끼고 활동한다면 자신의 적성과 능력도 배가가 되어 현실적인 무대에서 주연으로 활동할 수 있을 것이다.

특히 자조 모임의 영향력은 크다. 스스로 회칙과 규칙을 만들어 자립정신을 지향하여 프로그램들을 만들어 창의적인 행동들을 많이 한다. 그리고 인지능력도 함께 성장하여 의사 표현력이 늘어나 자신의 질환에 대해 일반적인 의사 표현을 어려워하지 않게 되는 영향력을 펼친다. 나도 자조 모임을 통해 스스로의 문제점을 찾기도 하였으며 발전성의 지향점을 위해 회원들과 일주일에 한 번씩 모여 한 시간씩 모임을 가져 우리들의 아이디어를 참신하게 펼쳐 보이기도 한다. 중요

---

1  입원치료와 외래치료의 중간 형태인 부분 입원의 한 유형으로, 낮에는 병원에서 재활치료를 받고, 밤에는 집에서 가족들과 함께 생활하면서 증상 조절, 규칙적인 생활, 사회기술 습득 등 사회 복귀를 준비하는 곳.

한 것은 이 모임을 통해 나의 주체성을 강조하고 창조성을 만들어 나의 질환을 관리하면 이것은 나에게 큰 도움이요 또 하나의 해결책이 되기도 한다.

그리고 보자 우리의 모습을 천천히 스케치북에 그림을 그리듯 색칠을 하며 우리의 성장일기를 써 내려간다면 원하고 바라는 대로 벚꽃이 피듯 우리의 인생과 꿈이 만개할 것이다. 그러기 위해서는 스스로를 많이 준비하고 겸비해야 할 것이다. 사회에서 주역이 될 수 있도록 우리 함께하는 것도 참 좋을 것 같다.


## 2) 다양한 작은 자들의 랩소디


우리 사회에는 다양한 사람들이 있다. 디자이너, 작가, 연예인 그리고 일반적인 직장인 등 그리고 사각지대에 놓여있는 사람들 장애인들 특히 신체장애인, 지체장애인, 정신장애인 등 그들은 다양한 룰을 가지고 살고 있다. 그들에게는 사회의 작은 관심과 애정이 필요하다. 혼자 일어서기에는 힘겹기 때문에 누군가의 도움이 필요하다. 가깝게는 어머니와 형제들이 있겠고 동료 당사자들도 있다. 그들의 작은 어깨에 기대어 힘겹게 일어서고는 사회에 진출하고자 한다.

특히 정신장애인들은 약보다 진료보다 큰 동기부여가 되는 것은 직업을 가지는 것이다. 남들과 똑같이 일을 하는 것이 그들의 에너지 활력의 대상이고 사회진출에 대한 투지이다. 대부분의 당사자들은 병원과의 진료 후에 집에서만 자기 시간을 가진다. 나가지도 않고 애꿎은 TV 리모컨만 냅다 누르고 있다. 그러다 여가 시간이 되면 극장이나 PC방에서 시간을 보낸다. 어두운 공간에서 폭력적인 게임에 몰두하면 사회에 대한 불만이 쌓여 친구들이나 가족들에게 해소를 한다. 이런 시간이 일상화된 이 시점에 자기도 사회에 나가 독립하여 돈을 벌기를 원하는 당사자들이 있다. 그들은 칙칙한 일상에서 벗어나 규칙적인 사회의 시간의 추에 자신의 삶을 맞추려 한다.

"처음에는 힘들었지만 '한번 해보자' 나도 할 수 있다는 정신을 가지고 사회 전선에 뛰어들었습니다. 누구의 눈치가 필요한가요. 저도 일을 할 수 있다는 자신감을 가지고 현장에 나가 일을 하고 있습니다. 비록 파트타임으로 일을 하지만 스스로 설 자리를 찾으니 나만의 자신감이 생겼습니다."

당사자 김현오 씨(34, 남)는 지금의 취지에 이같이 말했다. 그는 8년째 조현병을 앓아 오다. 3년 전부터 낮병원을 다녀 거기서 재활훈련과 교육을 받고 의식 있는 생각을 가지게 됐다. 현재 이데아 커피숍에서 바리스타로 일하고 있는데 보수는 적지만 자기가 질환을 극복하고 일한다는 사실 자체에 큰 만족감을 나타내고 있다. 이렇게 작은 현실에서 자기만의 공간을 찾기 위해 많은 당사자들이 노력하고 있다. 심지어 자기가 정신질환을 갖고 있다고 커밍아웃해서 직장을 구하는 사람들도 있다. 그들은 자기의 생채기에 상처를 내는 것을 겁을 내지만 용기를 가지고 삶의 현장에 뛰어들었다.

"처음에는 겁이 났습니다. 내가 일을 할 수 있을까? 정신질환자가 과연 일을 해도 될까? 의구심에서 갈등하다 주위의 복지사님과 간호사님들의 조언을 듣고 용기를 내서 현장에 나가기로 결정을 내렸습니다. 장애인 취업 추천 프로그램의 일환으로 나가게 됐는데 거기서 제가 정신질환을 가진 환자라고 말하고 작은 일부터 열심히 배워가며 열심히 하겠습니다.라고 자신감을 가지고 말했더니만 그날로 취업이 된 것이죠. 하루에 5시간씩 도서관에서 일하는데 한 달에 80만 원은 받고 있습니다. 주 5일 근무죠. 내 능력으로 일을 한다는 것이 매우 자랑스럽습니다."

당사자 조일우 씨(45, 남)는 학부에서 피아노를 전공했다. 연세대에서 3년 동안 공부를 하다 심한 조증에 걸려 학업을 포기하고 집에서 낙심의 시간을 지내다 낮병원에 나와 인지치료와 재활교육, 동아리 활동으로 삶의 의욕을 찾다 1년 후에 귀중한 직장을 구하게 된 것이다. 그는 하루를 매일 일찍 일어나 출근 준비를 하고 직장인 도서관으로 가는 것이 행복 그 자체라 한다. 주위의 동료 당사자들은 그의 성공적인 취업 활동을 보고 '자기들도 열심히 재활하면 나도 그렇게 될 수 있겠구나'라는 생각을 가지게 되었다고 한다. 한마디로 행복 전도사 역할을 한 셈이다.

당사자에게 일은 회복으로 연결된다. 일할 기회가 주어진다면 그동안의 자신 없고 부채감에 시달리던 삶에서 열정적으로 무슨 일이든지 할 수 있는 동기가 생겨난다. 그들은 자신을 정상화시키기 위해 부단히 애를 쓴다. 일반인 못잖게 전문적인 지식도 쌓고 나아가서 공무원 시험에도 도전을 해 본다. 결과는 좋지 않아도 그 동기에 만족하는 것이다. 오늘의 당사자들은 참 긍정적이다. 그들은 헛걸음을 쳐도 금방 후회하지 않는다. 자숙이 시간을 갖기도 하고 더 큰 꿈을 키우기 위해 일용직 아르바이트를 하는 것도 마다하지 않는다. 난 그들을 지켜보면서 "참 대단한 사람들이다. 자신이 당사자라는 걸 알면서도 쉬지 않고 도전하는구나. 그래 그렇게 해야만 메달을 딸 수 있는 것이지. 포기하지 않는 청춘의 그대들이 칭찬받아 마땅하다." 하는 격려와 감동이 함께 몰려온다. 그들 가운에는 소심한 이들도 있다 한 번의 실패에 겁을 먹어 "당사자면서 파이를 그들과 같이 나누어 먹을 수 있을까? 난 그저 집에서 뒹구는 것으로 만족해야 하나 봐."하며 꿈을 접으려는 이도 있었지만 내가 경험한바 그들은 곧잘 기운을 차려 재도전에 열의를 펼쳤다. 그들은 어디에 내놔도 부끄럽지 않은 사람들이었다.

모래성을 쌓는 것처럼 무의미하게 느껴지겠지만 지금의 당사자들을 옛날의 방관자들이 아니다. 스스로 센터에 찾아와 교육을 이수하며 삶의 경험을 찾으려고 한다. 그리고 당사자들과의 교류를 불편하게 생각하지 않으며 적극적으로 그들과의 모임에 참가해 정체성을 찾으려고 노력한다. 사회가 그들에게 혐오스러운 존재라고 돌을 던지고 있지만 오히려 그들은 돌을 맞아도 스스로 일어서는 것을 알려고 오늘도 배우고 있다. 옛날 나만 해도 당사자들은 스스로 창피하게 느껴 집안에 숨으려고만 하였다. 친구들이 와도, 동료가 와도 마음의 문을 열지 않았다. 그런데 수십 년의 틈을 넘은 오늘날에 와서는 당사자들이 더 적극적이다. 자신들의 꿈을 향해 이상을 향해 벌판을 넘어 누구나 잡을 수 있는 면류관을 잡기 위해 오늘도 뛴다.

　그렇지만 모두가 그런 것이 아니다. 직업을 가져도 자기가 일하는 것보다 열악하게 보수를 받는 일도 종종 있다. 특히 정신장애인들의 직업관은 다른 장애인들 직업 공공복리에 있어서 만족도가 현저히 낮다. 신체장애인들, 지체장애인들은 최저 월급은 보장되어 있다. 그들은 그렇게 되기 위해 많은 노력을 했고 투쟁을 해왔다. 지체 장애인 어머니들은 도시락을 싸 들고 다니며 그들 자식들의 복리 향상을 위해 보건복지부 앞에서 매일 항의하며 집회를 가졌다. 사회적인 관심을 사기 위해 자조 모임도 만들어 일반인들도 참가시키며 범사회적인 운동을 일으켰다. 그러기를 수년 만에 그들이 바라는 열매를 맺게 되었고 지체장애인들은 사회의 들러리가 아닌 장애인 단체로서 주연으로 사회에서 당당한 주인공으로 입지를 굳혔다.

"처음에는 힘들어 죽으려고 했습니다. 아이들이 나서기를 싫어했고 생긴 대로 살겠다고 버티었을 때는 이게 내 자식 맞는가? 란 의문이 들 정도였습니다. 그러다 한 명, 한 명 주체성을 찾고 자기들의 미래지향적인 삶을 위해 관심을 가질 때 '이것이다' 생각이 들었죠. 어머니들끼리 단체 활동이 잘 되었고 공공의 복리 향상을 위해 노력하자는 취지가 잘 맞아떨어져 공공 운동의 역사로 옮기게 된 것이죠. 부모들의 관심과 아이들의 헌신이 융합이 잘 된 결과물이었죠."

지체장애인 아들을 둔 작은 자들의 작은 이야기다. 그들 또한 영세하다. 그렇지만 최저생계비가 보장된 시장 활성비로 가계를 꾸려나가고 있다. 우리 정신장애인들은 최저생계비의 절반도 못 받는 월급으로 일하고 있는 경제활동 비율이 전체의 70%를 차지한다. 나라에서는 정신장애인 최저생계비 보장을 차일피일 미루고 있고 이것을 노려 사회에 진출한 당사자들을 저임금으로 노동력을 착취한다. "너희는 정신에 문제가 있으니 신뢰를 하지 못하겠다. 큰일을 어떻게 맡기겠느냐? 그냥 우리가 주는 대로 따라오라"라는 식이다. 당사자들의 6시간 근무 평균적으로 받는 임금은 40만 원을 상회한다. 이것을 가지고 어떻게 경제생활을 할 수가 있겠는가? 여기서 우리는 이 문제를 스스로 해결하려고 노력하여야 한다. 한 단체의 목소리의 주장에 만족하지 말고 서로의 의견을 한데 뭉쳐 사회에 당당히 외쳐야 한다. 당사자들의 공공복리 향상을 위해 우리의 노력을 더 쌓아야 한다.

"우리만의 문제가 아니라 신성한 국민의 권리에서 출발한다고 생각해야 합니다. 대한민국을 떠받치고 있는 국민으로서 자유와 공공의 권리 향상을 위해 당당히 소리를 외쳐야 합니다. 그동안 우리 정신장애인들은 홀로된 섬에 살고 있었습니다. 한 사람만의 희생으로 외치기에는 너무 막막했죠. 이제 우리 단체들과 당사자와 가족들이 나서서 가져야 할 몫을 당당히 차지할 줄 알아야 합니다. 우리도 한 나라의 대표를 선출하는 데 막강한 힘을 가진 국민입니다. 그래서 더욱 외쳐야 하고 나서야 합니다."

당사자를 자식으로 둔 김형오 씨(56, 남)의 작은 울림 있는 소리이다. 그렇다 우리 정신장애인들도 그들만의 룰에서 배제되는 것이 아니라 당당히 자리를 잡고 있어야 한다. 한국 장애인 단체에서 정신장애인은 소외된 채 인정받지 못하고 있다. 항상 장애인 복리 향상에 우리는 열외된 상황이었다. 이것마저 해결하여야 한다. 똑같은 장애인인데 우리를 소외시킨다면 뭐가 정당한 복리 향상의 장애인 선진국인가? 장애인 단체들도 우리를 인정하고 똑같은 기회와 자리를 제공해주어야 한다. 정신장애인들을 열외 시킨 복지 대책은 허구다. 똑같은 국민의 한 사람으로 우리 정신장애인들을 봐 주어야 한다.

"정신장애인들은 하루하루를 낙이 없이 홀로 날을 지새운다. 아프면 약 먹고 때 되면 진료받고 배고프면 밥 먹는다. 이런 날이 일상이었다. 그렇지만 지금은 그렇지 않다. 정신장애인들이 모든 장애인들보다 평균적으로 학력이 높다. 고학력자가 대부분을 차지한다. 이것은 무엇을 의미하는가? 효율성이 높은 노동 인구가 놀고만 있다는 것을 뜻한다. 그들에게 정당한 일거리와 임금이 주어진다면 다른 장애인들보다 효율적인 경제활동을 할 수 있다는 것을 보여주는 것이다. 우리에게 똑같은 조건의 노동 향상성 있는 일거리를 준다면 사각지대에 놓인 고학력 인력의 정신장애인들의 활용가치는 높을 것이다."

조현병 당사자 출신인 모 신문사의 박기덕 기자(45, 남)의 촌평이다. 그렇다. 우리들에게는 이런저런 소리가 들린다. 우리에게 지워진 무게를 감당하기 위해 스스로의 노력과 재능을 지략으로 삼아야 할 것이다. 그래서 우리 삶의 토대에 하나씩 현실적인 무게감을 지우고 가치있는 소망을 심어 정신장애인들도 스스로의 무대에 재능이 있다는 것을 보여 주어야 할 것이다.

## 3) 우리도 사랑할 수 있을까?

봄은 사랑의 계절이다. 가슴에 강철판을 깔아두고 머리에 섞고 칠을 해도 이 시기만 오면 가슴이 설레고 심장이 두방망이질한다. 벚꽃의 화사함을 보고 낭만적인 감정이 생기고 여기저기 멋을 부린 이성들이 지나가면 홀로 뭔지 모르게 신난다. 사랑하며 지나가는 사람들, 우애 나누며 지나가는 사람들, 홀로 낭만에 쌓여 지나가는 사람들 이 모두가 봄에는 뭔가의 결실을 맺으려 한다. 농부가 자기 밭에 씨를 뿌리며 결실 맺을 것을 상상하며 흥얼거리듯 이 계절은 나만의 작사, 작곡의 시간이다.

## 당사자들의 연애, 그들의 최대 관심사

당사자들도 자기들만의 연인 찾기를 원한다. 센터에서, 낮병원에서, 공동의 모임에서 인연 찾기가 이루어진다. 처음에는 머쓱해서 모임에는 잘나가기 싫지만 한 명, 두 명, 친구가 생기고 교제가 이루어지면 자연적으로 이성의 대화로 넘어가게 되어 있다. 낮병원 동아리 활동에서는 처음에 서먹하던 사이가 자꾸 보고 싶어지고 친구처럼 지내던 환우가 이성의 순간으로 보이기 시작한다. 피 끓는 청춘이라 서로 양보하던 말투가 적극적으로 원하는 모양새로 바뀌면서 서로 간의 연애의 문이 열린다.

"처음에는 뭐 그냥 귀여운 동생으로 보였는데 같이 영화 만들기 동아리에 들어간 후 서로의 의견을 낼 때 눈에 확 들어왔어요. 계획 같지도 않은 초안을 쫑알거리면서 말을 할 때는 좀 모자라 보였는데 계속 듣고 있으니 말이 성립이 되더라고요. 그때부턴가 그녀의 말 한마디, 행동 하나하나에 관심을 갖기 시작했죠. 지금은 그냥 재미있어요. 보기만 해도 힐링이 돼요."

낮병원에 다니는 당사자 김무순 씨(32, 남)는 요즘 일상이 재미있다. 그녀가 안 보이면 뭔가가 허전하고 배가 고픈듯하다. 왜소한 그녀가 자기주장이 관철 안 되면 마구 악다구니를 써도 그저 귀엽기만 하다. 언젠가부터 둘이 같이 밥을 먹고 카페에 가 커피도 같이 마신다. 아직 연애 단계는 아니지만 친밀하게 호감을 쌓아가는 수준이다. 그녀 덕분에 무순 씨는 삶의 즐거움을 알게 됐다. 삭막한 사막 같은 가슴에 생명수가 흘러나오면 이럴까? 하는 기분이란다.

당사자들의 연애는 무척 까탈스럽다. 본인들이 정신질환을 앓고 있기 때문에 상대방에게 피해를 주지 않을까 염려를 한다. 자신들의 실수 많은 모습을 보이지 않기 위해, 한 치의 오차도 티내지 않으려고 노력한다. 과연 이것이 옳은 모습일까? 아니다, 당사자들은 서로 간의 병적인 문제와 의식을 스스로 깨치고 있다. 그래서 솔직하게 나의 본모습을 보이고 이성에게 다가가는 것도 좋은 것 같다.

## 서로 간의 상처 감싸려고 애써…

자신들이 질환이 있다는 것을 나타내는 것도 좋은 방법 중의 하나라고 언급했듯이 오히려 그것이 힐링의 요건이 되기도 한다. "나도 아프니까 잘 알지? 너도 아프니까 이해가 될 거야. 우리 서로 덮어주며 극복해보자."는 식의 스토리도 생긴다. 실로 용기 있는 일이 아닐 수 없다. 서로의 아픔을 이해하고 사랑을 완성해 간다면 그보다 아름다울 수 있을까? 이런 일이 요즘 젊은 세대에서 종종 보게 된다. 우리도 일반인과 다를 바 없다. 같이 있고, 같이 먹고, 같이 다니고… 어쩌면 사랑을 통해 정신질환자들이 놓인 이런 외통수적인 벽도 극복할 수 있을 것이라 생각한다.

"나도 처음에는 주저했죠. 정신질환자가 일반인과 같은 사랑이 가능할까? 나의 상처를 덮고 외견상으로는 심한 질환이 아니니까 정상인과 별 차이 없겠지 하며 생각했는데 막상 그녀가 눈에 들어왔을 때 갈등이 생겼습니다. 하루를 멋진 모습으로 보이고 싶었고 그래서 허세를 많이 부렸죠. 나는 간단한 조증이기 때문에 정신질환자가 아니다. 약 몇 번을 먹으면 쉽게 낫는다며 그녀에게 서비스란 서비스를 다 해 주었죠. 그런데 어느 날 그녀가 아직도 환청이 들린다 불안하고 누구의 위로가 없으면 견디기 힘들 것 같다고 고백했을 때 뭔가에 맞은 것 같았습니다. 그녀는 자신이 조현병 증세가 남아있는 질환자라고 고백을 하며 나의 도움을 원했던 것이죠. 그때 나는 허세 부린 것이 잘못됐다는 것을 알고 나도 망상이 심하니 우리 서로 이해하고 도우며 사귀어 보자고 제안했죠. 그녀는 쾌히 승낙했습니다."

조증 경력을 가지고 있는 당사자 이용혁 씨(34, 남)의 조용한 고백이었다. 그는 낮병원에 1년 전에부터 나와 재활교육을 받고 있었다. 사람이 총명해서 하나를 가리키면 열 개를 깨우치는 그런 스타일이었다. 단점이 있다면 자신은 조증이 미약하게 있기 때문에 다른 환우들을 종종 중증질환자로 취급하는 것이었다. 다소 자기중심적인 성향이었다고 해야 할까? 그런데 같은 낮병원에서 조현병 증세가 있는 그녀를 만나고부터는 생각과 태도가 달라졌다. 자신의 질환의 문제를 파악하고 병식을 넓혀 나가기도 했고 다른 환우들에게 양보와 겸손한 모습을 보이기도 했다. 잘 웃지 않던 그가 작은 에피소드에도 통쾌히 웃기 시작한 것이다.

"저는 용혁 씨가 무뚝뚝한 사람인 줄 알았어요. 처음에 자기는 일반인과 다름없다고 자신했을 때 한 마디로 밥맛이었죠. 그런데 그가 너무 애처롭게 보여 내가 먼저 관심을 가지고 그에게 다가가서 서로 이야기해 보니 이 사람도 우리와 별반 다를 게 없구나라고 여겨졌어요. 낮병원을 다닐 때 친구 하는 것도 나쁘지 않겠다 생각이 들어 제가 적극적으로 대시했죠. 여러 공통적인 소재거리를 많이 발견하고 만들어냈더니 지금은 서로를 가장 이해하고 사랑하는 사이가 된 거예요."

당사자 이용혁 씨의 피앙세, 조사인 씨(25, 여)의 이야기다. 그녀는 자기의 아픔을 잘 이해하는 용혁 씨와의 만남을 항상 감사한 마음으로 지낸다. 남자 친구의 교회에도 같이 다니게 됐고 거기서 많은 친구를 사귀게 됐다. 자기도 당사자의 아픔을 가지고 있다고 고백하면서도 열심히 대중들과 지내고 있는 중이다. 그녀는 용혁 씨의 조력에 용기를 얻어 컴퓨터 공부에 매진했고, 그렇게 원했던 직장을 가지게 됐다. 그렇게 어렵다던 직업상담사 직에 인턴으로 채용돼 하루에 6시간씩 일하고 있다. 용혁 씨는 이런 용기 있는 아가씨를 부모님에게 소개해 정식으로 사귀는 중이다. 그는 정신건강에 대해 관심이 깊어 거기에 대해 공부하고 있으며 차후에 동료 지원가로 활동하는 것이 작은 계획 중의 하나라고 한다.

이렇게 서로를 부둥켜 껴안고 살아간다면 이 세상은 더 아름다워질 것이다. 정신질환을 가지고 있는 당사자들이 서로의 사랑의 완성을 위해 한 번씩 전진할 때마다. 아픔도 생긴다. 주위 시선이 매끄럽지 못할 경우도 있다. 그럴 때마다 내가 왜 사랑을 해서 이렇게 아파야 할까? 라는 자괴감에 빠지기도 한다. 난 할 수 있다는 마음가짐으로 몇 번씩 일어날 때도 있지만 슬픔이 더 많다. 두 이성의 만남은 사랑을 통해 해소되고 결실을 맺는다. 실제로 가정을 이루었을 때는 책임감을 느껴 이 여성을 위해 살아야지 다짐하지만 현실적인 문제는

살점을 뜯어내듯이 아프다, 하지만 그 둘의 만남이 운명이기에 극복
하고 또 극복한다.


## 쓸데없는 망상이 자기를 무너뜨려…

이렇게 당사자들의 만남이 서로들 간의 원만한 합의나 진정한 사
랑으로 결실을 맺는 인연이 만들어지기도 한다. 두 이성은 하나의 모
양새를 갖추기 위해 각고의 노력을 많이 해야 한다. "이 중에서 내가
당신보다 질환이 가볍고 위중하지 않잖아? 내가 모든 것을 이끌고 갈
것이니 너는 따라오기만 해!" 하는 마음이 남성들에게 슬며시 들어오
게 된다. 그럼 이때부터 사랑은 사라지고 권위적인 남성상이 되어 당
사자 여성들을 괴롭히게 된다.

이것은 '나는 정당하게 미쳤으니까 괜찮아 너는 탈선적으로 미쳤으
니까 무조건 내 말을 들어야 해!' 이런 마음들이 남자 당사자들에게
들어온다. 이렇게 되면 두 이성의 사랑은 파투가 난다. 부모들의 의식
도 바뀌어야 한다. 결혼 적령기인 아들을 둔 부모들은 정신질환을 가
진 아들을 맹목적으로 맹신하게 된다. 우리 아들의 짝으로 정신질환
자가 웬 말이냐? 멀쩡한 딸이어야 한다. 아니면 질환이 아주 경미한
여성이어야 한다. 이런 말도 안 되는 발상을 가지고 있는 부모들이 있
으니 예정치 않았던 문제가 생기는 것이다. 그럴 바에 아예 결혼시키

지 말고 혼자 사는 것이 낫다는 식의 무책임한 결혼관이 아직도 당사자들의 주요 문제들이다.

"왜요, 내 아들이 어디가 어때서요? 대학도 나왔겠다. 당당한 부모와 형제도 있겠다. 어디에 내놔도 손색이 없는데요. 며느리만큼은 정상인이어야 해요. 똑같은 정신질환자가 들어온다면 우리 집안 망해요. 아니면 정신질환이 좀 약하던지요. 좀 있으면 우리 아들 직장도 생겨요. 감히 넘보지 못하게 할 것이에요."

조현병 당사자를 아들로 둔 한 부모님의 항변 아닌 항변이다. 왜 여성이라고 핍박을 받고 서러움을 당해야 하나? 그들도 똑같은 당사자들인데 인권을 유린당하고 살아야 하나? 그들에게도 생각이 있고 사상도 넓고 다양하다. 남성들 못지않게 공부를 많이 했으며 직장에서도 자기의 꿈을 펼칠 수 있다. 오히려 남성 당사자들보다 여성 당사자들이 사회적으로 역량을 풍부하게 나타낸다. 시대의 문화가 여성화되어 가면서 여성적인 감수성 수치가 이 사회 발전에 도움이 된다.

이런 망상에 가까운 사상에 물든 당사자들이나 부모들은 깨달아야 한다. 당신들이 얼마나 무지몽매한지를 잘 파악해야 한다. 시대가 첨단화되어 가는 시점에 이런 망상적인 생각들은 사라지지 않는다. 한 이성이 권위적으로 서 있어야 하고 한 이성은 굴복하고 있어야 사회의 카타르시스를 느끼는 이 무리들은 자신들이 얼마나 열악한 존재라는 것을 알아야 한다. 그 깨달음이 행복의 순서로 가는 순번임을 알게 될 것이다.

정신질환에 걸린 여성 당사자들은 일방적인 피해자다. 그들은 자기들이 질환이 걸린 것이 자신의 잘못의 폐단으로 알고 있는데 그것은 크게 잘못된 것이다. 남성이나 여성이나 당사자들은 모두 똑같은 공동선에서 출발한다. 회복되는 데에는 남녀의 차별이 없기 때문이다. 사랑도 마찬가지다. 남자들만 사랑의 특권을 가지고 직장에서 우위에 서 있어야 한다는 사상이 우리 당사자들에게 있는 이상 정상적인 그들의 이성 교류는 어렵다. 부모들은 당신의 아이들을 상대방의 당사자들보다 우위에 놓으려 애쓴다. 그것은 크게 잘못된 것이다.

우리 당사자들은 똑같은 형평성 안에서 가치관을 부여해야 한다. 우리 아들이 당사자지만 다른 딸들은 질환이 경미해야 한다는 이중 잣대는 너무 잘못된 것이다. 오히려 여성들이 질환의 회복률이 높고 사회진출도 높은 비율을 나타내고 있다. 나만 봐도 우리 회사에서 여성 당사자들이 남성들보다 높은 사무력을 갖추고 있으며 일도 효율적으로 해낸다. 왜 이런 여성이 당사자라고 차별을 받아야 하나? 왜 사랑의 이정표에서 제외시키려고 하나? 그들은 누구보다 순결하고 지혜롭다. 일반적인 생활도 알맞은 절제가 몸에 배어 있다. 무절제한 남성 당사자들보다 훨씬 낫다는 것이다. 우리는 여성 당사자에게 좀 더 개방적인 자세를 취해 그들이 아들과 교제해나가는데 응원을 해 주어야 할 것이다. 누가 알겠나, 그들이 복을 불러오는 우렁이 색시가 아닌지 말이다. 피해자 코스프레는 이제 그만하자. 사랑을 위한 당사자들의 우의를 위해 박수를 보내는 것이 행복하고 지혜로운 행동이다.

봄이다. 계절의 여왕이다. 많은 청춘 남녀들을 하나의 인연으로 만들어 주는 그런 시기이다. 코로나19 때문에 그 실감이 예전보다 못하지만 마음은 사랑의 와는 곡선을 향해 달려가고 있다. 우리 당사자들도 말이다. 그들에게는 좋은 인연을 만들 권리도 있고 행복을 추구할 권리도 있다. 깨우친 당사자들의 정신과 이상이 우리들의 문화를 이끌 수 있다. 잘들 뛰어 보자. 이 세대의 정상을 향해 달음박질하면 구석진 곳에서도 볕은 들어 꽃이 필 것이다. 그리고 세상과 타인을 향한 교류의 시도는 점점 중심으로부터 넓어져 우리를 맑은 선도의 시대로 이끌 것이다.

## 4) 커밍아웃 이후, 그들은 잘 살 수 있을까?

삶의 정체성을 찾는다는 것은 무엇일까? 또 다른 나의 모습 아니면 또 다른 나의 이질성? 이유야 갖다 대면 답은 많다. 내가 하는 일이 적성에 맞아 아주 만족한다고 말할 사람은 몇 명이나 될까? 일이야 가치성을 높이 두고 서로 동료들 간에 삶을 부딪쳐 가며 임무를 완수하면 되겠지만 그렇지 않은 사람들은 대강 이러이러하게 맞추며 살아간다. 시대가 첨단화로 발전되어 가는 이 세대에 자기들의 일에서 가치관을 찾기란 참 어렵다. 나는 여성, 너는 남성, 너는 스님, 나는 목사 등으로 선을 그어서 생각하는 것은 간단하겠지만 그 안에 숨겨진 여러 사연들은 본질적인 문제들을 해결하려 하면 여러 난센스가 넘치게 생겨 자기의 가치관을 혼란스럽게 만든다.

성의 정체성에 오래 묶이어 자기의 직업관에 성취를 이룬 어떤 연예인은 자신이 가지고 있는 이 난센스를 풀기 위해 어느 날 동성애자임을 커밍아웃해 버렸다. 순간 그 주위의 동료들과 친구들은 충격을 받아 그를 감싸주기는커녕 서로를 적대시하고 이중적인 성의 잣대에 그를 벼랑 끝으로 몰아세웠다. 아버지 같았던 멘토들은 하나둘씩 떠나가고 형제라 생각했던 친구들은 그를 사각지대로 내몰고 만다. 그러기를 수년 후, 시대도 그의 성향에 이해와 존중의 마음을 갖게 되었다. 그는 비로소 대중의 모멸에서 중심으로 나와 예전과 같은 전성기의 시절을 누리고 있다.

우리 정신질환자들도 많은 애로사항을 안고 있다. 자기가 질병에 걸렸을 때 거기서 받은 충격은 망망대해의 작은 섬도 아닌 암초 위에서 있는 경우가 돼버렸다. 내가 정신질환이란 것을 부정해 사회에 자기의 자리를 찾으려고 한다. 그러나 그 자리엔 다른 누군가가 차지해 버리고 그는 사회 변두리만 휘이휘이 날아다니고 있을 뿐이다. 그러다 친구에게 연인에게 정신질환자라고 고백해 버리고 그 이후 차가운 냉대 속에서 허우적대고 있을 뿐이다. 여기서 당사자가 자기 질환을 친구에게 직장동료에게 연인에게 자신의 정체성을 밝힌 그 이후의 삶을 다루고자 한다.

## "저, 목사님. 제가 정신질환을 가지고 있어요."

당사자 김옥수 씨(54, 남)는 조현병을 앓아온 지 30년이 넘는다. 그도 초기에 정신병을 강력히 부정하다. 정신질환 걸린 지 수년 후에야 인정해 병을 치료해오고 있었다. 처음에는 친구들이 자기를 멀리하고 이상한 가치관의 소유자로 대하다 떠나갔을 뿐만 아니라, 가족들에게까지 멸시를 당하는 지경에 이르렀다. 심지어 그의 아버지는 "정신력이 약해서 생긴 병이야, 군대에서 빼이쳐야 낫는 병이야."하며 자신을 벼랑 끝으로 몰았다. 형제들은 자신의 존재에 의문을 갖기 시작했다. 하나뿐인 여자친구로부터 이별을 통보받고서야 그는 정신질환이란 병을 모두에게 알려서는 안 되겠다고 다짐했다.

"모든 것이 절 사각지대로 몰아세웠습니다. 양지바른 들판에 핀 꽃을 꺾어 잡초가 무성한 파투에 던져진 것 같았습니다. 저는 이 병이 나의 인격체를 금이 가게 만들어 나의 미래까지 흠집투성이로 만들 줄 상상도 못 했죠. 그렇지만 하나뿐인 어머니가 나의 병을 인정하고 모호성을 받아들여 주셔서 지금까지 살 수가 있었던 것입니다. 그렇지 않았다면 저는 깊은 산속의 먼지가 돼버렸을 것입니다."

옥수 씨는 그렇게 살다 직장을 얻고 사회생활을 하게 되는데 이때부터 자신이 정신질환자란 소리를 일체 하지 않고 지냈다. 직장에서 일하며 동료들끼리 어울리기 위해 술을 마시고 담배도 피워댔다. 한 번씩 들려오는 환청 소리는 자신이 정신력이 약한 데서 온 것이라며 오기로 무시하고 술로 해소를 했다. 그리고 내일 또 직장 생활… 그 생활이 편안했으면 다행이었겠지만 스트레스가 쌓여 망상까지 시작되고, 그로 인해 동료들과 자주 다투기 시작했다.

그러기를 수년째 이어오다 병의 증세가 너무 심해 용인정신병원에 강제 입원하게 되고 수개월 후 퇴원하게 됐다. 거기서 그는 정신질환이라는 것이 자신만 가지고 해결하는 것이 아니라 주치의는 물론이고 동료들이 있어야겠다고 느꼈다. 그 후 병원에서 나온 후 동네 개척교회를 나가 목사님과 요양원에 어르신들 마사지 봉사를 가게 됐다. 그는 자기의 병도 이겨볼 겸 목사님을 동료로 생각도 할 겸 의지하면서 수개월 동안 봉사를 하게 되고 목사님과 이런저런 이야기를 하게 됐다.

그런 옥수 씨를 주의 깊게 지켜본 목사님은 그를 교회에서 운영하는 카페에 직원으로 채용하게 됐다. 그의 성실성이 마음에 들었고 솔직한 태도가 함께해도 되겠다는 확신이 서서 카페에 매니저로 채용한 것이다.

처음에 일을 순조롭게 해나가기 시작했다. 카페 일을 배우기 위해 바리스타 자격증도 따고 성실하게 일을 시작했다. 직원들과 융화가 잘되었고 손님들에겐 최고의 서비스로 대했다. 그러다 목사님이 "옥수 씨, 혹시 무슨 질환 같은 것을 가지고 있어요? 요즘 무척 피곤해하고 얼굴에 무슨 문제가 있는 것 같아요 한번 말해봐요."라고 넌지시 물어서 그는 자기도 모르게 '정신질환 있는 것을 티를 내고 말았구나' 하며 고심을 하다 어느 날 작심을 하고 솔직히 말하기로 마음 먹는다.

"그때는 모든 것이 정상적으로 돌아오는 것 같아 좋았는데 나도 모르는 사이 나의 질환 증세를 나타나 보였는가 봐요. 지금 생활이 아주 만족스러운데 이것을 놓치면 난 또 어떻게 생활하냐며 걱정이 태산 같았습니다. 하지만 이 좋은 생활을 놓치기 싫어서 용기를 가지고 커밍아웃하려고 했습니다. 목사님에게 '저 정신질환을 가지고 있어요. 그것도 중증질환이랍니다. 그런데 생활하는데 문제가 없어요. 목사님도 아시는 것과 같이 이상 증세 같은 것은 없잖아요. 솔직히 고백해드립니다'라고 날을 잡아 자세히 말씀드렸죠."

이때 목사님의 반응은 상상 이상이었다. 자신은 사회적 기업을 만드는 것이 꿈인데 직원 중 3분의 1이 장애인이어야 한다. 그중에서 가장 믿을만한 사람을 팀장으로 채용해 맡겨볼 생각이었다며 오히려 반색을 하셨다고 한다. 자기하고 4년을 같이 일해온 옥수 씨가 정신장애인이라는 것이 다행이며 솔직한 모습에 감동을 받았다고 얘기까지 했다. 지금 옥수 씨는 교회 카페의 매니저로 일하고 있으며 목사님과 함께 사회적 기업을 만드는 데 최선을 다하고 있다. 일반인 부하 직원들까지 그의 용기 있는 커밍아웃에 찬사를 보내며 더욱더 친밀하며 화목한 모습으로 함께 일하고 있다.

이와 같은 처사는 용기 있는 사례 중 하나이며 우리들의 생활에서 많은 당사자들이 자기를 지지해주는 사람에게 솔직히 커밍아웃한다. 처음에는 그들은 놀라 당황하지만 그동안 그가 보여준 성실하면서 솔직한 모습을 통해 그들을 지지하면 지지해주었지 부정하지는 않았다. 그 이후 그들의 고백을 받아들여 인간관계를 더욱 발전시켜 그들끼리의 문화가 생겨나곤 한다. 그리고 당사자가 그들만의 문화사상을 전할 때 친구나 동료들은 함께 그들의 일에 합류하며 사회문제에 목소리를 내고 협조하게 된다. 지금 당사자 단체의 직원 구성이 6:4 비율로 당사자와 일반인으로 조합되어 있다. 일반인들은 당사자를 이해하며 함께 일을 해 나갈 때마다 필요한 조언이나 피드백을 제시한다. 그것은 우리가 하는 일에 큰 도움이 되지, 해가 되지 않는다. 이렇게 커밍아웃한 단체에서 일하는 일반인들은 더 이상 당사자들을 외지인이나 혐오해야 할 대상으로 바라보지 않고 고귀한 이상을 가진 인격체로 존중하고 있다.

## 다중적인 모습에 곤란함까지 겪어

다만, 이렇게 옥수 씨처럼 커밍아웃이 좋은 결과를 가져오는 것만은 아니다. 많은 당사자들은 오늘도 숨을 죽이며 살고 있다. 가족들에게만 나의 본모습만 알리고 살며 방 안에만 죽치고 게임이나 동영상들을 보며 지내고 있다. 어릴 적부터 친구였던 그네들까지 비밀로 하고 함께 술 마시며 일반인들과 같이 살고 있다. 그들에게는 자기를 이해해 줄 수 있는 친구가 필요하며 흉금 없이 이야기할 동료들이 필요하다. 자신의 처지, 생각, 이상 등을 품어줄 사람들이 필요한데 그들은 자꾸 자신들을 감추려 한다.

"한 번은 친구들한테 이야기했죠. 정신질환을 앓고 있다고, 그러니 많은 도움이 필요하다고 솔직히 말했어요. 그랬더니만 처음엔 호감을 나타내던 친구들이 몰래 자기들끼리 모여 나에 대해 험담을 하는 거예요. 쟤는 정신병자다. 앞으로 조심하자. 내가 생각하고 말하는 사실 하나하나를 부정하기 시작했어요. 저를 낭떠러지로 몰아세우는 것 같았습니다. 괜히 커밍아웃을 해서 전보다 못하게 된 것이죠."

조현병을 앓고 있는 최화덕 씨 이야기다. 그는 자기가 먼저 깨끗이 고백하면 친구들이 환영해 주고 진짜 용기 있는 친구로 받아들여 줄 것이라 생각했다. 그러나 그것은 자신의 착각이었다. 세상은 아직 자신의 존재를 받아줄 만큼 여유로운 공간이 아니었다. 그것은 상처 나면 고쳐주는 온정이 있는 세상이 아니라 오히려 곪아 터지게 만드는 종양 같은 세상이었다. 당사자들은 일을 하고 싶어 한다. 그들에겐 처방받는 약 한 알이 중요한 것이 아니라 사회에서 독립하는 것이 목표이다. 그렇지만 사회는 그들에게 호의적이지 않다. 그들의 본모습을 알면 서로 생채기를 입히는 데 앞장선다.

"아르바이트를 하려고 카페에 원서를 냈죠. 그래도 우리들이 할 수 있는 일이 바리스타, 서빙, 등이 대다수를 차지하잖아요, 한 번은 월 70만 원 임금을 받는 카페 아르바이트생 광고를 보고 용기를 내서 면접을 봤죠. 거기서 무슨 문제점 같은 것 가진 것 없냐고 물어보기에 매도 먼저 맞는 것이 낫다는 생각에 저 정신질환을 앓고 있다고 솔직히 얘기했죠. 지금은 많이 호전돼 생활하는 데 불편함이 없다고 이야기했어요. 그랬더니만 그 자리에서 아르바이트비를 40만 원으로 책정하는 거예요. 정신질환자에겐 믿고 일을 맡길 수 없다면서요 이게 말이나 되나요?"

당사자 김우영 씨의 이야기다. 신체장애, 지체장애 등은 직장에 근무하거나 아르바이트를 하면 최저시급을 받도록 법적인 규정이 있다.

그렇지만 정신장애인들에게는 그런 복지 규정이 적용되지 않는다. 우리들의 정신세계를 신뢰하지 못하겠다는 것이다. 우리 당사자들은 일할 권리가 없는 것인가? 대한민국 국민으로 당당히 누려야 할 특권과 권리가 있다. 불법 외국인 취업자보다 못한 처지인가? 이것은 한번 생각해 보고 가야 한다.

당사자들이 일을 하기 위해 얼마나 노력을 많이 하는가. 학원에서 기술과 지식을 배운다. 똑같이 비용이 들어간다. 그런데 정신질환이란 이유 하나만 가지고 우리들의 이상을 잣대질하는 것은 잘못된 것이다. 지금도 많이 당사자들이 커밍아웃하며 사회에 도전하고 있고 그들은 이 세상에 자신의 법리가 통하지 않는다는 것을 알면서, 그럼에도 불구하고 달걀로 바위를 치는 식으로 선구자처럼 사회에 도전하고 있다.

그래도 그들의 정성이 통했는지 당사자들을 한 명씩 받아주는 회사가 하나씩 생기고 있다. 정부에서도 당사자들의 복리 향상을 위해 많은 동료 지원가 양성, 병원에서의 열린 시각으로 정신질환자를 채용해 주고 있는 오늘날. 지금은 초창기의 무대라 생각하자. 앞으로 많은 조건들을 요구할 것이다. 이때 우리 당사자들은 겁내지 말고 지식과 이상을 준비하자 그래서 많은 당사자들이 올라서지 못하는 정상에 올라갈 때까지 동행하면 우리의 꿈과 소망은 시작될 것이다.

한편으로서는 근로 상태가 많이 개선된 것 같지만 아직도 많은 이들이 차별받고 있다. 그들은 일을 하고 싶어 하지만 사회에서는 아직은 넓은 자리를 주지 않는다. 더불어 사는 것이 사회가 아닌가. 왜 우리가 이렇게 불평등을 받아들여야만 할까? 그래도 전보다는 많은 가능성을 제공해 주고 있으니, 앞날은 그리 흐리지 않다고 믿고 싶다. 많은 이들이 사회에 계속 도전장을 내고 있고 일부에서는 그들을 차별 없이 받아주고 있다. 만족스럽지 않지만 우리들의 양을 차지하기 위해서는 많은 변화와 노력을 우리 자신에게 투여하여야 한다. 그래야 사회에서 두드린 만큼 우리 몫을 돌려주기 때문이다. 이제 실망하지 말고 앞으로 향해 가는 일만 남았다. 한번 사회에 도전한 이상, 차별의 담을 넘어 긍정과 환희의 열매까지 멈추지 않고 달려가는 것도 앞선 이들의 역할일 것이다.

## 5) 한 번쯤 생각해 봐도 되지 않을까?

참 이상한 계절이다. 봄은 맞는데 날씨는 초겨울 날씨다. 벚꽃도 활짝 폈고 개나리 지고 철쭉들이 예쁜 자태를 나타내는 모습이다. 그런데 왜일까? 마냥 그네들이 반갑지 않다. 오히려 보고 반기는 것이 민망스럽다. 아마도 코로나19 때문일 것이라고 강하게 확신하는데 마음 한구석은 쉰 숭늉을 한 사발 마신 상태다. 그들이 있었기 때문에 그나마 다른 나라들보다 정상화가 된 것이다. 코로나19로 사회가 타임아웃이 선언된 지 수년이 지났다. 사람은 망각의 동물이라 했는가? 처음에는 다 죽는다는 식으로 방정을 떨더니 이제는 코로나와 함께 살아가고 있다. 예방접종도 1년에 한 번씩만 맞으면 된다고 한다. 난 그래도 코로나에 한 번도 걸려본 적이 없다. 신의 가호가 있었는가 보다. 위기 상황도 3번이나 있었는데 병원에서 다행히 다 음성으로 나왔다. 지금은 건강하게 회사를 다니며 시간이 허락되는 한에 글을 쓰고 있다. 그래도 전염병의 여파는 대단했다. 많은 중소기업들이 한동안 중단되어야만 했다. 실업자도 넘쳤다. 지금에야 겨우 복구되어 과거와 같이 완전히 회복되지 않았지만 정상화되려고 애를 쓰고 있다. 우리 회사도 코로나의 직격탄을 맞아 전반적인 사업구성이 줄어들었고 직원들도 떠나보내야 했다. 정부의 돈으로 하는 사회사업이라 지원금이 줄어들자 근무 일수도 5일에서 3일로 줄어들었다. 이것은 당사자들이 중심적으로 하는 회사니 몇 명 감축한다 해서 문제 될 것 없다는 정부의 방침 같은 것인가? 당사자로서 많이 섭섭하다.

일을 할 수 있는 당사자들을 떠나보내는 것은 동료로서 가슴이 아프다. 많은 것을 생각하게 한다. 난 뭐가 잘나서 회사에 붙어 있는 것일까? 아니, 그들보다 훨씬 모자랐다. 그런데도 재임용이 되어서 일하게 된 것을 운이 좋다고 말하기에는 불편하다. 많은 시간이 지나야만 이번 일이 몸에 적용될 것 같다. 코로나로 많은 병원들이 아직은 정상화되지 않았지만 조금씩 절차보조사업인 우리 서비스를 받아들이려고 노력하고 있으면 우리 직원들은 애를 쓰고 있다. 아마 글의 흐름에 따라 나의 업무에 관계된 이야기들이 많아 포함될 것이다. 오해가 없길 바란다. 마치 일기를 써 내려가듯 글이 쓰여지겠지만 지금 나의 여건으로는 이것이 최선이다.

나의 절차보조서비스를 받던 당사자는 오랫동안 보호 입원 상태에서도 희망을 잃지 않았다, 언젠가는 퇴원할 거라고 믿는다고 하며 경기도에 여러 번의 퇴원심사청구 절차를 지원했다. 그리고 소득은 없었지만 우리와 만나 진정한 퇴원심사청구를 했고, 마침내 퇴원하게 되었다. 그의 말이 나의 귓가를 맴돈다.

"형빈 씨, 고마워요. 이 수고 잊지 않겠어요. 저는 언젠가는 퇴원하게 될 줄 알았답니다. 그 방법을 몰랐을 뿐이죠. 이렇게 절차보조서비스를 통해 퇴원하게 돼 기쁩니다. 형빈 씨. 항상 웃으세요. 일의 기복에 따라 힘들어 보이나 이렇게 좋은 결과를 얻게 되었으니형빈 씨도 좋잖아요. 항상 긍정적인 태도는 행복을 불러와요. 이것은 우리들에게 멋진 힘이자 사랑이에요. 잊지 마세요. 형빈 씨."

2년 동안 보호 입원하다 퇴원을 하게 된 두구 씨의 덕담이 아직도 생생하다. 그렇다. 이 세상은 어두운 것만 있는 것이 아니라 행복과 만족이 있다. 이것을 우리 당사자들은 잊지 않아야 할 것이다. 내가 절차보조인이든지, 아니면 당사자든지. 누구에게나 있을 수 있는 일이다. 그래, 가정을 생각하여 긍정을 생각하며 희망을 염원하며 일을 하면 이 일도 그렇게 어려운 것은 아니다. 이제 2차적인 사업의 일이 시작되었고 새롭게 나의 일을 구상하여 앞으로 나갈 계획을 세우면 된다. 그리고 만족하면 행복한 하루가 시작될 것이다.

90대 치매 노인이 완치 판정을 받았을 때 그 감동이란 파랗게 얼린 가슴이 따뜻한 주황색 가슴으로 바뀌는 것이랄까? 묘한 감동이었다. 75세에 나이로 치매로 세상을 등진 당신의 아버지 모습하곤 매우 상반된 모습이었다. 이 노인은. 아니, 할머니께서는 온전치 못한 정신인데도 불구하고 제일 먼저 아들의 웃는 모습이 보고 싶어 하셨단다. 무조건 인내하고 견디면 아들과 손주 녀석들을 볼 수 있다는 희망이 굳은 의지의 결과이자 완치 비결로 나타난 것이다.

수많은 감염자를 낸 코로나19 사태는 일종의 전쟁이었다. 우한에서 의문의 사나이가 단순한 폐렴으로 넘어진 것이 이렇게 세계의 급소를 낭자한 뒤 유혈 낭자한 마녀의 붉은 솥처럼 되어 버린 것이다. 왜 가톨릭의 성지 이탈리아에서 수없이 많은 환자가 생겨나고 사망자가 세계 최고 수준이 되었을까? 신성한 하나님을 믿는 개신교 성지인 유럽이 각 나라당 끝이 없는 상황에서 유한적인 숫자로 확진되었을까? 그리고 민주주의 세계 최고 보루인 미국이 왜 수많은 사람들이 확진되고 수많은 사람이 죽어야만 했을까? 이것은 뭔가 보이지 않는

증거의 힘이 존재하기 때문에 이렇게 되지 않았을까? 하는 의구심이 생긴다.

전 세계적으로 퍼진 이 질병은 순차적으로 맞지 않는 방식으로 전개되고 있다. 마치 신의 계시인 것처럼 종말의 시대에 준비된 심판의 저울질이 아닐까 생각된다. 성경을 보면 계시록에 마지막 때에 전염병이 창궐한다고 예언되어 있다. 이 병은 죽고 싶어도 죽지 못하는 고통만 당하는 병이라 한다. 전 세계 사람들이 이 고통을 당하다 신의 지상 강림으로 이 전염병은 없어진다. 그것만 아니다 경제적 심판도 뒤따른다. 밀가룻값과 각종 곡물들 그리고 인류가 만들어 낸 문명의 산물들이 어이없어 넘어지는 꼴이 생생하게 묘사되어 있다.

결국 경제의 경쟁이 무너지면서 세계는 3차 대전이 생기고 결론적으로는 신이 천군 천사들을 몰고 지상에서 내려와 심판의 전쟁이 생기니 이것이 아마겟돈 전쟁이다. 이 모든 것이 이루어지기 위해서는 전염병이 선창 되어야 한다고 증명되어 있다. 너무 나간 이야기인 것 같은가? 나도 그렇지 않길 원한다. 아직 종말이 오기에는 이 세상이 너무 아름답다. 아직도 배곯은 아이들을 위해 세계가 나서 그들을 구하는 데 앞장서고 있다. 전쟁에 반대하고 독재에 항거하고 여성 사회적 지위 향상을 위해 많은 이들이 나서서 제자리를 찾기 위해 있는 힘을 다하고 있다.

장애인들을 위해 그들의 존재를 위한 법령과 존치를 위해 많은 이들이 앞장서서 헌신해 주고 있다. 그들을 그냥 동정하는 것이 아니라 장애인들의 권익과 존엄을 위해 땀을 흘리고 있는 사람들이 존재하는 세상이다. 마냥 장애인들을 형식적인 사랑 나누기로 이루어진 사회였다면 대한민국은 이렇게 발전할 수 없다. 정신장애인들도 마찬가지다. 그들은 혼자가 아니다. 그들에게는 부모는 물론이고 호흡을 같이하는 친구들과 동료들도 있다. 당사자들의 존재 자체를 거룩히 여기는 이들이 있는 한 우리 정신질환자들의 무대는 외롭지 않다.

그냥 외롭다고 느끼지 말라. 혼자라고 흐느끼지 말라, 억울하다고 자책하지 말라. 세상이 어두울수록 우리 곁에는 몰랐던 이들이 가까이하고 있다. 의사이기도 하고, 간호사이기도 하고, 사회복지사이기도 하고 우리 자신인지도 모른다. 이제는 이 모두가 함께한다면 우리만의 시간으로 이루어진 촉탑을 세울 수 있다. 이제는 하나의 결론에 맞이하기 위해 일하는 것이 아니라 당사자 한 명, 한 명, 소중한 생명, 그리고 그들 가운데 소명감에 불타올라 당사자의 권익과 복리 향상을 위해 모두가 함께 일하는 세상이 된 것이다. 이번 선거도 당사자들이 사명감을 가지고 나섰다. 우리 투표로 일꾼을 뽑아 우리 당사자 옥토에 함께 씨를 뿌릴 사명감은 물론이고 소명감까지 겸한 인재들이 날이 갈수록 더욱 늘어날 것이다.

코로나19로 종말론적 시각으로 이 세대를 보기도 했고 현재의 모습도 스스로 파헤쳐 보기도 했다. 짧은 시간에 짧은 용지에 넣어야할 글과 말은 한정되어 있지만 누구든지 이렇게 생각하고 깨우칠 수있다. 우리는 보고 느낀다. 맛도 보기도 한다. 그렇지만 이제는 스스로의 당위성을 인정해 각자의 위치에서 사명감을 느끼고 소명감까지느낀다면 홀로 아름다운 세상을 만드는 것이 아니라 모두가 원하는권익 보호와 공공복리 향상을 위해 간다면 우리가 원하는 당사자가원하는 장애를 극복하고 모두와 함께하는 무지개 너머의 나라를 이룩할 수 있을 것이다.

## 6) 어머니의 사랑은 큰 산을 넘고 넘어

5월 8일은 어버이날이다. 날 낳아주시고 키워주시고 베풀어 주신부모님의 사랑을 기념하는 날이다. 나는 오늘 회사로 출근할 때만 해도 어버이날인 줄도 모르고 있었다. 마치 지하철역에서 어버이날 기념하는 축가가 불려 "아차 오늘 어버이날이구나. 집 나오면서 어머니에게 인사도 못 했네."하며 염려와 자책을 했다. 그나마 4일 전에 내가어버이날에 어머니에게 선물을 못 드릴까 봐 현금을 얼마 드렸다. 감사금으로…. 그나마 다행으로 생각했다. 자꾸 총기를 잃으시는 어머니의 모습에 실망하고 자책하며 어떤 날에는 간단한 것조차 설명해 주는 나의 말을 못 알아듣고 자꾸 물으시는 모습에 화가 나 소리를 질러댔던 것이 후회스럽다.

어머니. 지금 내가 여기 있기까지 가장 큰 자리를 차지하고 있는 그루터기 같으신 분. 내가 20대에 조현병을 앓았을 때 옆에서 나의 근심, 걱정을 함께 해주셨던 분. "난 정신병자가 아니야. 정상인이야. 내가 왜 이 말 같지도 않은 병에 걸려야 돼!"하며 가족들에게 악다구니를 쓸 때에도 어머니는 "형빈아, 그냥 마음이 아픈 거야. 뭐 그렇게 생각해. 약 처방 잘 받고 가족들이 옆에 있으니 의지가 되잖아. 그리고 나도 있고… 그냥 인생에 큰 파도를 만난 거라 생각해. 언젠가 곧 편안한 바다가 될 거야."라며 위로해 주시던 그녀. 난 어머니를 너무 경솔하게 생각해왔다

병으로 인한 스트레스가 쌓이면 어머니에게 괜히 화풀이했다. 친구에게 당한 멸시, 동료에게 당한 탄압, 가족들에게서 느끼는 소외감, 교회에서의 나에게만 찾아오는 모순감 등 이 모든 것을 그녀에게 화풀이했다. 그럼 그럴 때마다 "빈아, 네가 많이 수고를 하는구나. 너만 알고 있는 아픔 이 어미가 감당할게. 다 풀어. 그래서 해소가 된다면 어머는 그걸로 만족해."하며 마냥 다독여 주셨다. 어머니께선 우울증을 오랫동안 앓아 오셨는데 내가 조현병에 걸린 것을 자기 탓으로 돌리시기만 하셨다. 그래도 고등학교를 중퇴해서 검정고시를 3번이나 칠 때 항상 "너는 해낼 수 있어. 그까짓 것 아무것도 아니잖아. 우리

에겐 하나님이 계시잖아."하며 위로해 주시던 어머니, 그녀는 나에게 인생의 바람이며 등불이었다. 신학대학으로 인도해 준 것도 그녀였고 나로 하여금 사회생활의 2/3을 차지하는 종교 생활을 하는 데 버팀목이 되어 주셨던 분이시다.

40대 후반에 조현병이 재발하면서 내가 낮이고 밤이면 문을 활짝 열어 놓은 채 "이놈들아, 너희들이 잘났냐? 이 xxx 같은 년들아. 너희들이 그렇게 잘났냐!"하며 고성을 지르며 발작 아닌 발작을 할 때 어머니는 나 모르게 눈물을 흘리시다 가슴을 아파하며 날 용인병원에 강제로 입원시키셨다. "난 정신병자가 아니야! 정상인이야!"하며 악다구니를 쓸 때 어머니는 집의 한편에서 자식을 위해 기도해 주셨다. 그렇게 용인병원에 입원한 지 3주일이 지나서 어머니로부터 연락이 와 "빈아. 다 널 위해서 이렇게 입원시킨 것이니 이 어미를 이해해 다오." 하며 눈물을 훔치셨다. 난 순간적으로 화가 났지만 한편으로 이해가 되었다. 그땐 내가 억제가 안 되고 조절이 안 되었기 때문이다. 난 여린 어머니의 마음을 이해하며 여기서 몸을 잘 추스리고 나가면 달라진 모습을 어머니에게 보이리라 다짐했다.

그리고 며칠 후 어머니는 먹을 것과 생필품을 바리바리 싸 들고 형들과 같이 면회를 오셨다. 난 그때쯤은 진정이 되어 있어 그들을 반갑게 맞이하고 가족들끼리 오붓한 시간을 보냈다. "서둘지 말고 푹 쉰다 생각하고 있어. 그럼 우울증과 조현병이 많이 나아질 거야. 그런 뒤에 직장도 다니고, 응? 가족들이 알아보고 있어. 걱정 마." 하며 위로해 주시던 어머니의 모습이 지금도 선하다. 그렇게 3개월을 지난 후 병원을 퇴원해서 우리 동네 작은 개척교회에 전도사로 취직을 해 종교 사역을 다시 하게 되었다. 다 어머니께서 준비해 주신 대책 덕분이었다. 오랜 시간 동안 어머니의 관심과 사랑 때문에 지금도 생활을 보람 있게 보내고 있다. 지금은 90세인 고령의 어머니는 아직도 내게 사랑과 배려의 기회를 몸소 제공해 주고 있으시다. 한 번씩 내 말을 이해해 주지 못할 때는 화도 났지만 그것은 내 책임이며 나의 자책이다. 지금도 내 옆에서 인생의 한편을 차지하는 어머니에게 어버이날을 맞이하여 "감사합니다. 그리고 바랍니다. 어머니의 장수를…" 하고 말씀드리고 싶다.

또 하나의 예화를 들고 싶다. 이 이야기는 우리 이웃들의 흔한 소재이며 당사자를 가족으로 둔 훈훈한 에피소드이기도 하다. 어버이날을 맞이하여 우리 가족들의 스토리는 개연성마다 다르지만 그 주제는 사랑이다. 당사자는 자기를 좀 특별하게 대해주기를 바라고 그의 가족들은 흔한 자식, 형제로 치부해 버린다. 그런 가운데 다툼이 생기고 갈등이 심화되며 애정이 사그라들기도 한다. 그렇지만 그들은 미래의 소망과 회복을 포기치 않는다. 지금 이 이야기가 그런 애증이 심화된 가정의 모습을 나타내고 있다.

계명대학교에서 피아노를 전공하고 있는 맹지순 씨(31, 남)는 학업의 성취를 늦게 깨달아 고등학교를 중퇴하고 몇 년을 방콕에서 은둔하다 어머니의 간곡한 설득에 20대 후반에 검정고시를 보고 그해 대학에 입학한 예이다. 10대에 조현병을 맞이해 학교에서 왕따를 당하다 선생님과의 심한 갈등 속에 학업을 포기하게 됐다. 학교를 다닐 때에는 망상에 젖어 수업 중에 자기가 좋아하는 연예인 생각에 잠겨있다 냉정한 현실 속에서는 자기는 일방적인 피해자 다란 의식에 젖어 학우들과 자주 다퉜다. 그리고 집으로 돌아오는 중에 뒤에서 폭력배가 자기를 해치기 위해 쫓아온다는 피해망상에 젖어 10분 집에 올 거리를 동네를 몇 바퀴 돌아 1시간이나 낭비하고 돌아오곤 했다. 그는 "왜 난 학생이지? 학교를 안 다니고 출세할 수 없을까? 일 안 하고 편히 살 방법은 없을까? 배움이란 무엇일까? 이렇게 고통스러운데 가출해서 맘에 맞는 여자와 동거해 버려?"라는 생각에 종종 빠졌다.

5형제에서 장남인 그는 항상 아버지의 기대에 어긋난 행동을 하고 있었다. 그 반대로 동생은 학교에서 수재 소리를 들을 정도로 학업의 성취가 뛰어났으며 중앙대 국문학과에서 장학금을 받으며 공부하고 있었다. 그런 동생과 다른 지순 씨는 비교 대상이 되는 것이 싫어 게임에 파묻히기 시작했다. 아침에는 그냥 방 안에서 하루 종일 자고 저녁에는 오직 게임만 해댔다. 그런 그를 지켜본 어머니는 항상 가슴이 아팠다. 태어날 때부터 심장이 안 좋아 병약하게 자란 그를 볼 때마다 자기 탓으로 돌리며 심하게 자책했다. 아이가 학교에 가기 싫어하면 달초하기보다는 측은지심에 달래기만 했다. 그녀는 음대 출신으로 피아노 학원을 운영하고 있었는데 지순 씨가 어릴 때부터 손을 잡고 학원으로 데려가 피아노를 쳐 주었다.

지순 씨는 음악을 어릴 때부터 싫어해서 그런 어머니를 이해 못 했지만 그럴 때마다 숙련된 어머니의 피아노 연주에는 몰입하곤 했다. 그런 그를 어릴 때부터 피아노를 가르쳐 성공한 피아니스트는 못되더라도 자기 뒤를 잇는 가업의 장이 되어주길 바랐다. 그러나 고등학교를 다니면서 학업에 관심 없어 하고 친구들과 다투고, 선생들과 맞서는 그를 보고 크게 실망했다. 그러다 조현병에 걸린 아들을 보고 가슴앓이를 하다 이것은 자기 탓이라고 돌려 심하게 자책했다. 그래도 "그래 음악이 있잖아, 어릴 때부터 배워온 피아노 치는 능력이 있잖아, 이걸로 지순이 인생을 바꾸는 거야. 학업은 천천히 배워나가기로 하고 학원으로 나와 기본부터 다져 실력을 쌓도록 하자."라며 다짐을 하고 자신을 했다. 그때부터 지순 씨는 학원으로 불려가 피아노를 전문적으로 배우기 시작했다. 그도 음악에 자신하는 모습을 보이기도 했다.

그러나 병적으로 심약해진 그는 변덕도 심했다. "아냐. 나는 피아노 강사가 아니라 공무원이 될 거야, 그래서 늙어 죽을 때까지 연금 받고 살 거야. 그러면 여자도 자연히 붙겠지, 현모양처 같은 여자가 말이야."라며 피아노 배우기를 포기하고 공무원 시험 칠 것이라고 가족들 앞에서 공언해 버렸다. 그러길 2개월도 못 가서 공무원 시험이 얼마나 어려운가를 알게 되어 공부하기가 지루해져 버린 것이다. "아 공무원 공부가 이렇게 힘들 줄 몰랐네. 큰소리는 쳐 놓았고 어쩐다, 학원만 다니다 시험 한번 쳐보지, 그래서 이 길이 나의 운명이 아니라는 것을 알리면 될 거야." 하고 허황된 생각을 가지고 일을 벌이고 말았다. 그러다 1개월도 못가 두통이 생겨 조현병 때문에 공부를 못 하겠다고 공식 포기 선언해 버렸다. 크게 실망한 아버지와 어머니는 그런 그를 가만둘 수 없었고 아버진 그를 공장으로 내몰려고 하였고 어머니는 그를 인간답게 살게 하기 위해 무진 애를 쓰는 계획을 세웠다.

"그래 지순이를 학원에 데려가 초급반 아이들을 가르치는 일을 하는 거야. 그러다 보면 숨겨진 재능도 생겨 피아노에 관심이 생기겠지, 한석봉이를 성공시킨 어머니처럼 한번 일을 저질러 보자." 이렇게 작심을 하고 지순 씨를 학원 사무장으로 채용해 초급반 아이들을 가르치게 했다. 처음에 힘들어하던 그도 아이들에게 '바이엘'을 가르치며 흥미를 가지게 되었고 자기 나름대로 가르치는 수력의 기술을 가지게 됐다. 그러다 또 변덕을 부려 이번에는 '수의사'가 되겠다고 집에다 강아지와 고양이를 수 마리 데려다 놔 난리 아닌 난리를 피우게 됐다. 방 안은 고양이 똥 냄새로 범벅이 되고 강아지 털로 온 집안을 쑥대밭으로 만들기 시작했다. 아버지는 가문의 장손인 그가 대학교도 못 들어가고 집안에만 매달려 일이 아닌 일로 가정의 근간을 흔들자 당장 그를 내쫓으려고 하였다. 다행히 몇 달 안 가 수의사에도 흥미를 잃어 집안의 강아지와 고양이들은 싼값에 팔아넘기고 또 청춘의 꿈을 포기해 버렸다.

　그의 어머니는 그래도 지순 씨가 음악에 재능이 있으니까 재발 피아노에 관심을 가져주길 기도했다. 그러기를 수년이 지나 우연히 지체장애인이 피아노를 연주하는 것을 보게 된 그녀는 그를 찾아가 삼고초려 마음으로 학원으로 초빙해 원생들 앞에서 연주하게 하였다. 이때 지순 씨도 참석해 지체장애인 그녀가 피아노를 연주하자 마음에 와닿았는지 눈물을 흘리고 말았다. "아 음악이야말로 위대하구나. 이런 장애인도 자기 아픔을 극복해 꿈을 이루다니 참 멋지다. 나도 과연 저렇게 될 수 있을까?"하며 음악에 관심을 가지게 되었다. 그런 기미를 눈치챈 어머니는 지체장애인인 그녀를 학원 강사로 초빙해 지순 씨와 음악적 상담을 논하게 했다. 그녀의 이름은 유미 씨였고 지체 장애 3급이었으며 일반인과 별 차이 없이 일상생활을 해 나가고 있었다. 음악적 재량도 상당해서 유미 씨를 찾는 학원들도 많이 있었다. 지순 씨는 "그래, 내가 갈 길은 이것뿐이야. 피아노로 내 운명을 결정짓자. 그래서 가업을 이어 이 학원 사업을 크게 중흥시켜 보자. 그러려면 아내가 좋은 사람이 들어와야 하는데 어디서 찾지…"하며 헛물을 켜면서 현실을 인식하기 시작했다. 어머니의 그에 대한 사랑과 기대가 열매를 맺었는지, 그는 2년 전에 계명대학교 실용음악과에 합격해 피아노를 전공하게 되었고 지금은 3학년에 재학 중이다. 지금은 졸업을 앞두고 개인 연주 발표회를 계획하고 있다. 그렇다고 그의 변덕이 어디 갔겠는가? 또 공무원이 되겠다고 난리를 치다 유미 씨로

부터 충격적인 설득을 듣고 내달에 학교에서 개인 연주회를 준비 중
이다.

어디나 흔히 있는 이웃들의 이야기다. 그렇지만 당사자를 가족을
둔 이야기로는 특별하다. 그들은 꿈이 있고 소망도 있다. 오늘 가족
들을 위해 존재하는 그들의 부모, 특히 어머니의 노력과 헌신이 열성
적이다. 당사자를 둔 어머니의 사랑은 지고지순하다. 그들이 어떻게
든지 회복하여 사회에서 독립하기를 바란다. 그래서 그들을 위한 스
케줄을 만들어 하루 종일 동행한다. 하지만 세월이 지나면 그것은 곧
지쳐버리게 되고 독립하지 못하는 자녀들을 위해 돌보려고 무진 애를
쓴다.

자녀들이 독립하기 위해서는 20대에서 30대에 정상적인 이상관을
가질 수 있도록 훈련을 많이 시켜야 한다. 특히 이 나이에 당사자 모
임에 적극 참여시켜 센터나 낮병원에 보내 독립심과 의지심을 고취시
키는 것이다. 그때 이런 훈련이 안 되어 있으면 장성한 후에 큰 낭패
를 본다. 젊었을 때 낮병원이나 센터에 등록하여 자긍심을 가지도록
훈련을 시키면 스스로 회복하여 사회에서 자신의 자리를 요구하게 되
고 일자리를 얻게 된다. 그때가 독립심이 가장 클 때다. 이때 부모들
은 자식을 신뢰하여 그들의 꿈을 향해 적극 지원해 주어야 한다.

이 시기를 놓치면 평생 장성한 자식을 케어해야 한다. 그것은 큰

문제다. 50대에도 독립하지 못한 자신들을 중증 정신질환자로 착각을 해 무지한 잘못을 저지른다. 이런 사태를 막기 위해서는 의지가 있고 분별력이 분명할 때 사회에 보내야 한다. 부모들에게는 시간이 많지 않다. 그들이 먼저 자각해 늦은 나이에 이상을 깨달았다 해도 적극 지원해 주면 그들은 자신의 자리에서 일어나 회복의 길로 갈 것이다. 어떻게 하면 이 사회에 독립시킬 수 있을까? 란 의문에 그들은 자식에 대한 사랑을 품고 희망에 기대어 아들, 딸들을 인생의 언덕에 오르게 하려고 한다.

그들이 있었기에 당사자들이 꿈을 품고 존재하는 것이다. 오늘 하루쯤 어머니와 아버지에게 감사한 마음을 가지자.

"감사합니다. 어머니. 그대가 없었다면 오늘의 저는 있을 수 없었을 겁니다. 당신의 노고를 말로 표현할 수 없습니다. 어머니, 아버지 꿈이 있는 언덕에 저와 함께 오르지 않으시렵니까? 실망시켜 드리지 않겠습니다. 함께 가시죠."

# 2

✦

## 당사자는 하늘 향해
## 외치기도 한다

## 1) 어릴 때 학대가 정신질환을 높인다

어릴 때에는 많은 추억들이 있다. 고추 친구들이랑 동네를 다니면서 사고 아닌 사고를 치면서 놀던 추억들 난 개인적으로는 동네에 작은 식당이 있었는데 지붕이 양철로 되어 있었다. 그 위로 축구공을 넘길 때나 지붕에 부딪힐 때 '챙'하는 소리가 경쾌하게나 친구들이랑 곤잘 그 식당의 지붕을 향해 축구공을 날려 보내곤 했다. 그리고 주인 할머니가 나와 입에 담지도 못할 욕을 해대며 물동이를 들고 우리를 잡으러 다녔다. 우리는 그것이 재미있어서 일주일에 서너 번씩 사고를 즐기곤 했었다.

어릴 때 어머니에게 달초를 안 받아본 사람이 있겠는가? 성적, 장난, 형제들끼리의 다툼 집에서 조용할 일이 없었다. 어머니에게 심하게 달초를 받고 난 후 서로 말도 안 하고 지내다가 이틀도 안 돼 다시 어머니 품으로 쪼르르 달려갔던 그 일들이 주마등처럼 지나간다.

시대를 뛰어넘어 첨단화를 걷는 오늘에 집안의 훈육 문화는 각양 각색이라 건강한 집안도 있는 방면 병약한 집안도 있다. 코로나19로 인해 사상 유례없는 실업난에 가정이 온전할 리가 없지만 이럴 때일 수록 자식들을 가슴으로 품어줘야 한다. 어릴 때 지나친 훈육으로 말 미암아 대인기피증이 생기고 조직에 적응 못하고 겉돌다 사각지대로 몰려 자신을 상처입히는 예도 종종 생긴다. 번아웃증후군 같은 것이 라 할까? 이들은 주위에 눈치만 살피다 결정적인 순간에 거북이 뒤집 어지듯 넘어지곤 만다.

어릴 때 심한 잔소리가 성장해서 학교 선생들의 훈육의 소리가 잔 소리로 들리고 결국 공포증에 걸려 종종 정신질환으로 발전하는 예 가 심상치 않다.

"초등학교 다닐 때부터 아버지의 훈육이 저에겐 부담이 되었습니 다. 사내로 태어나서 뭔가를 이루어야 한다는 압박감을 주는 교 육은 저에겐 너무 무리였고 일일이 숙제와 시험지 확인은 그날 공 포 분위기로 만들어 버리곤 했었죠. 산수 문제 하나 틀린 것 가지 고 네가 무슨 일을 할 수 있겠느냐며, 무언의 압박을 떠안기는 교 육은 저의 숨통을 콱 막히게 만들곤 했습니다. 그때부터 아버지와의 만남은 공포의 순간이었고 그날만은 무사히 벗어나길 바라고 바랐죠."

조증을 겪고 있는 당사자 김우중 씨(25, 남)의 말이다. 그는 이런 두려움을 가지고 학교생활을 하다. 엄격한 담임을 만나면 공포증이 재발해 우울증과 조증을 앓고 말았다. 특히 고등학교 때의 입시교육에는 서슬 퍼런 담임 선생의 억압에 정신이 일탈해 결국은 병원 신세를 지고 말았다. 어릴 때부터 겪어온 아버지의 강압식 훈육에 어린 심령은 상처를 입은 데다 치료도 제대로 못 받고 고등학교 때 그 성정이 폭발해 정신질환에 걸리고 만 것이다.

매가 사람을 만든다는 전통식 유교 문화도 이런 사태를 만드는 데 한몫한다. 어릴 때부터 한 가지 부족한 것이 있다고 회초리를 맞고 성장한 사람들은 대개 그 집안의 아버지나 어머니를 부정하게 된다. 별일도 아닌데 회초리부터 꺼내 드는 부모에겐 적지 않는 거부감이 있다. 달초는 올바르게 살라고 있는 것인데 그것이 엇나가게 만들고 마는 것이다.

"한 대씩 맞을 때마다 두고 보자란 마음이 싹트기 시작한 것이죠. 우리가 부모가 만드는 로봇이 아니잖아요. 얼토당토않은 가훈을 만들어 거기에 순종하게 만들고 한 가지라도 틀리면 매부터 먼저 드는 부모들이 온전한 사람이라 볼 수 있습니까? 어릴 때 겁이 나서 맞는다 해도 20대인 지금도 훈육을 한다며 물동이를 휘두르는 것은 미쳤다고 봐요, 말로 좋게 해결 볼 수 있는데 이것은 가정 폭력입니다. 저는 그것으로부터 저를 지킬 권리가 있어요."

10년째 조현병에 걸려있는 기지국 씨(27)의 발언이다. 어릴 때부터 엄한 가풍 때문에 조금만 실수를 하면 가차 없이 매부터 맞았다고 한다. 처음에는 자기가 무슨 죽을 짓을 저질렀나 보다 하고 달초를 받았는데 시간이 지날수록 아버지의 고집에 의한 폭력에 시달렸다고 한다. 당신께서는 집안의 가풍을 온전히 지키기 위해 매를 들었다. 하지만 시간이 지날수록 그것은 상습적인 폭력에 가까웠다 한다.

얼마 전에는 교육에 이기지 못해 정신병이나 걸렸다고 호적에서 지우겠다고 난리를 피우셨다 한다. 그는 어릴 때부터 이런 교육 환경에 적응해 오다, 중학교 때 대인공포증이 심해져 곧 학교를 그만두고 대안학교를 다니게 됐다고 하소연했다. 지금은 20대 청년이라 아버지가 한 번씩 훈육할 때마다 맞서 싸운다고 한다. 이게 무슨 가풍이냐 하며 이러다가 집안의 큰 혼란이 생길 것 같아 어머니가 그를 집 멀리 하숙시켜 버렸다. 지금은 아버지를 보지 않으니 많이 심경이 진정되었지만 내심 언제 터질 줄 몰라 전전긍긍하는 중이라 한다.

매부터 드는 가풍은 전근대적이다. 지금은 감성의 시대다. 모두가 말로써 문제를 풀려 하고 해결점을 찾으려고 한다. 회사를 다니고 있는 내가 겪어 본 바로는, 회사 풍토는 잘못을 한 직원더러 변명을 할 기회를 충분히 주는 민주주의식이다. 그리고 자신의 잘못을 알게 해 스스로 고치게 한다. 그것은 인사고과 점수에 영향을 주지 않는다. 우리 회사는 당사자들이 포함된 회사로 최대한 그들의 의견을 존중하려고 한다. 그러나 꼭 튀는 직원이 있다. 자기가 많이 배웠다는 이유로 직원들을 가르치려 든다. 그리고 자기가 리더가 되어 우리의 대변인 역할을 하려고 한다. 그것은 잘못이다. 그는 자기의 잘못된 성장을 단면적으로 보여주고 있는 것이다. 어릴 때부터 가족들로부터 인정을 받지 못하고 자란 배경을 나타내는 것이다. 그래서 지금의 직원들로부터 인정을 받기 위해 무리를 해서라도 자신의 좁은 지식을 자랑하고 나서려고 애쓴다. 그렇게 하면 해소가 되는 것 같지만 동료들은 그를 멀리하고 프로젝트에서 그를 제외시켜려 한다 그걸 알면 또 길길이 날뛰지만 이는 그 사람이 자라난 환경이 얼마나 열악한 것인가를 나타내는 반증이다.

지금은 우리 사회도 많이 선진화되었고 개방적이어서 젊은 부모들은 자식들에겐 매를 들기보다는 좋은 말로 훈육을 한다고 한다. 어릴 때부터 부모와 대화하는 시간을 가지도록 해서 창의력을 발휘하게 만든다. 아이들과 함께 산책을 나가기도 하고 한 번씩 시간을 내서 명승지를 유람하는 시간도 가져 아이가 가지고 있는 문제를 해소하게 만드는 시간도 함께 가진다. 어릴 때부터 자기가 가지고 있는 울화를 다스리는 방법을 터득하게 해 부모를 무서운 범부로 생각하는 것이 아니라 친근한 친구와 같은 부모로 인식해 항상 문제가 생기면 의논 대상자가 아빠, 엄마라는 것을 어릴 때부터 인식시켜 주는 것이 중요하다.

내가 생각을 해도 어머니와 나 사이는 친구라는 우호적인 관계가 성립되어 있다. 어릴 때에는 달초를 많이 받았지만 성장할 때마다 말씀으로 훈육을 하시곤 하셨다. 그것이 조현병 당사자인 나에게는 한 편의 그루터기처럼 휴식의 안식처로 자리 잡고 있다.

부모와 자식은 뿌리와 가지 사이다. 거기서 열매를 맺고 여운을 주위에 나눠 가진다. 훈육이라는 핑계로 아이들을 주눅 들게 만든다면 그것처럼 어리석은 것이 없다. 이것은 가정폭력으로 발전할 수 있기 때문이다. 그들은 어리며 순수하다. 뇌는 스펀지와 같이 모든 것을 받아들이는 수분으로 가득 차다. 그들에게 동화와 같은 현실을 느끼게 할 수는 없어도 최소한 꿈을 꿀 수 있도록 만들어야 한다. 전통은 중요하다. 하지만 혁신적인 것이 필요하다면 지금 우리의 가풍을 다시 한번 생각하여 자신과 부모 간에 소통이 되는 가정으로 만들어 모두가 소풍을 기다리는 집을 그려보는 것도 괜찮은 것 같다.

감성이 예민하여 정신질환에 걸릴 확률이 높은 10대에 가정은 병아리를 품는 암탉의 품처럼 포근하고 따뜻해야 한다. 그때의 안락함이 정신적으로 안정감을 찾아 질환으로 발전하는 것을 방지해 주기 때문이다. 정신질환은 가정의 영향에서 비롯되는 것이 절대다수로 나타난다. 이때 어머니의 품어 주는 따뜻한 말 한마디가 따뜻한 피드백이 되어 평생을 좌우하게 된다. 그리고 당사자들은 부모들을 신뢰하고 형제들을 자신의 우군으로 여겨야 한다. 그렇지 않다면 평생 질환의 가시로 느껴야 한다. 따뜻한 가정의 영향이 우리 당사자들에게는 회복의 절대 영향을 끼치니 어릴 때의 달초는 충분히 생각한 뒤 치러 줘도 무리가 되지 않는다고 여겨진다. 어릴 때의 작은 여흥은 부모들이 충분히 받아들일 수 있는 경우이니 한 번쯤 자식들을 따뜻한 시선으로 지켜보는 것도 진정한 달초의 한 방법이 아닐까 싶다.

## 2) 정신질환자로 산다는 것은 여러 문제가 있다

정신질환은 우리 당사자에게 무지 견디기 힘든 무거운 짐 덩어리다. 회복하기 위해 많은 당사자들은 센터나 낮병원, 재활시설, 자조 모임 등 활동을 이어가고 있다 다수의 당사자들은 아직도 자신의 질환을 자신의 부조리에서 출발한 것으로 여겨 집안에만 갇혀 지내고 있다. 하지만 그렇지 않다. 우리의 질환은 사회의 문제에서 비롯됐다. 사회에서 당사자들에 대한 여러 억압 장치가 우리들의 숨통을 쥐어오고 있다. 노동시장의 열악함은 물론이고 여러 사회적인 제도가 우리들을 제외시키고 심지어 억압한다. 사회에서 당사자들의 자리 찾기란 무수한 관문을 통과하여야 한다. 그렇다고 마냥 주저앉을 수 없다. 당사자들끼리 뜻을 모아 사회에 외쳐야 한다. 우리에게 신선한 인권을 지켜달라고 우리의 권리를 지지해달라고 한데 뭉쳐야 한다.

그래도 다행인 것은 과거에는 당사자 단체가 각개 활동으로 나섰다면 지금은 여러 당사자 단체가 하나로 뭉친다는 것이다. 서로의 이권을 분리해 놓은 채 서로의   을 모아 여러 단체가 국회로 모이기 시작하며 치리의 현장을 찾아가 항의하기도 한다. 그리고 열악한 경기도 지역에서 당사자 모임이 주최로 세미나가 열리고 당사자대회도 열리기 시작한다는 것이다. 이제 전국적으로 우리 당사자들이 단체들을 통해 여론을 모으기도 하고 여러 정보들로 우리 단체들을 업그레이드시키고 있다. 그렇지만 오늘날 당사자 단체들의 활동은 많은 한계에 부딪힌다. 많은 제한 조건들이 우리 당사자들의 모임이나 단체들의 활동에 제한을 두고 있다. 아직은 갈 길이 멀다는 것이다. 우선 우리들의 문제점을 하나씩 짚어가는 것도 중요하다고 생각한다.

특히 정신장애인들은 복리 대책의 혜택을 받기에는 역부족이다. 아직 사회에서는 당사자들을 관리하기 위해서는 병원이나 시설에서 집단 수용해 주길 바란다. 그리고 오랫동안 장기 입원해 사회에 나서지 않길 바란다. 왜냐하면 당사자들은 문젯거리이자 차후 범죄자로 낙인화해 버렸기 때문이다. 그들이 모여 생각하면 '무슨 문제가 생기지 않을까?', '이웃에게 해를 끼치지 않을까?', '그들의 엽기적인 행동이 우리를 골치 아프게 한다.'란 식의 생각이 전반적으로 차지하고 있기 때문이다. 일반인이 술에 취해 고성방가를 불러대도 관용을 베풀던 사회가 정신질환이란 이유로 길거리에서 큰소리만 쳐도 곁눈질로 쳐다본다. 술에 취해 길거리에서 볼썽사납게 횡포를 부리면 경찰 보호소로 가는 것이 아니라 즉석에서 정신병원으로 행정처분을 당한다.

다 똑같은 행동들이 다. 고혈압 환자가 술에 취해 고성방가를 불러대도 가볍게 훈방조치 되지만 당사자들은 가족이나 정신센터의 직원들이 총출동해 중죄인 취급을 한다. 왜 그럴까? 정신장애인들은 그냥 일반인이 아니라 그들의 정신세계가 의심되는 존재로 낙인화된 탓에 사각지대로 몰리고 있다. 그렇다면 누가 우리를 인정해 주는가? 병원 관계자들, 센터의 직원들, 정신건강에 종사하는 복지사들이 우리를 그나마 옹호해 주고 있다. 그렇다고 그들로부터 완전히 신뢰를 받는 것은 아니다. 중증 환자인 경우는 그들로부터 관심 아닌 관심을 받는다. 항상 주의 경계 신호표를 붙여 어딜 가든 경계의 대상으로 보호받고 있는 실정이다.

그들로부터 받는 과잉보호는 당사자들을 애끓게 만든다. 우린 이 것을 하고 싶은 욕망과 자유는 있는데 절제의 경우를 심심치 않게 당한다. 일반인들을 생각하면 단순하며 일상적인 행사이다. 이것을 정신질환자들이 한다면 무심코 의심부터 하고 본다. 지적 장애인들의 행동은 사회로부터 깊은 호감을 받고 있지만 당사자들의 행동은 질시의 대상이며 경멸로 남겨지게 된다. 왜일까? 사회는 우리 당사자들을 신뢰하지 못하는 것일까? 진짜 그들의 세계에서 낙인화되어 버린 것일까? 우리는 이렇게 생각해 본다. 그들은 당사자들의 정신세계를 두려워하는 것이 아닐까? 하고 말이다.

그래서 정부도 이와 같은 사태를 깊이 심각하게 생각하여 정신건강대 마련과 관심을 가져 당사자들을 위한 사회활동을 어젠다로 내놓았다. 이것이 사실이라면 많은 당사자들에 좋은 도움이 될 것이다. 동료 지원가의 양성은 물론이고 그들의 활동은 지지받고 열혈한 환호를 받게 될 것이다 그렇지만 호사다마라 할까? 민주당에서 자리 잡은 당사자들을 위한 사업들은 전 정부의 실책이라고 다 엎어버렸다. 절차보조사업의 예산은 절반으로 줄이고 인원도 감소하게 했다. 그리고 일은 두 배 이상 주면서 주어진 환경으로 어디 한번 열심히 일해 보라는 식이다. 그렇지 않으면 내년에는 사업을 엎어버리겠다고 협박성 발언을 주저하지 않는다. 진짜 정신건강사업의 절정을 위한 정책이라면 우리 같은 기존의 사업처를 손사래 치지 않아야 한다. 그들에게 계속된 관심과 투자를 여과 없이 보여주어야 한다. 지금도 많은 당사자 단체들이 조직을 만들어 정부의 허가를 기다린다. 하지만 대부분의 단체성립 청원이 기각되어 버렸다. 무엇이 당사자를 위한 일인 것인가? 행정상 보여주기 식으로 꾸며낸 정책이 아닐까 싶다.

사회에서 어느 정도 자리를 잡은 당사자들은 음악, 미술, 문학, 의료에서 두각을 나타내고 있다. 그들의 정신은 일반인보다 더 세밀하게 회전해 정상인으로서 그들의 자리를 따라잡기에는 역부족인 상황이 몇몇에서 드러난다. 처칠, 예술인 바스키아, 등은 그들의 현저한 세상에서 반세기 앞선 인물들이다. 일종의 넘을 수 없는 벽인 셈이다. 그래서 정신질환자가 사회에서 두각을 나타내면 질책과 환호가 동시에 터져 나오는 것이다. 이 양면성은 당사자들을 존경하면서 시기하는 모호성을 지니고 있다. 사회에서는 당사자들이 화려한 조명을 받는 것을 원하지 않는다. 극소수의 당사자들이 탄성의 집중을 받으면 한편으로는 경계의 대상으로 견제 아닌 견제를 한다.

정신질환자로 산다는 것은 참으로 외롭고 힘들다. 한마디로 사회에 대한 투쟁이다. 극소수의 범죄의 행위 때문에 핍박과 경계를 받지만 우리 당사자들은 거기에 굴하면 안 된다. 다수의 인권과 권익 옹호를 위해서라도 우리는 하나로 뭉쳐야 한다. 당사자들의 곧은 목소리를 높이어 사회에다 외쳐야 한다. 우리들에겐 대한민국의 국민으로서 권리가 있음을 알게 해야 한다. 전국의 당사자들의 투표율만 하더라도 한 나라의 장을 좌지우지할 수준이다. 정치적으로 소수의 압제적인 소리가 아니라 대국적인 의미로서 우리의 권익과 행복을 위해 사회의 사각지대에서가 아니라 중앙에서 권리를 행사해야 한다. 당사자들의 권익을 위해 혼자 나서서 일방적인 희생을 하라고 하는 것이 아니다. 모두가 당사자의 권익과 소망을 위해 대변인으로 한데 뭉쳐야 한다는 것이다.

그래서 우리 정신질환자들이 우리의 권익을 위해 하나의 세력화를 만들어 선거문화에서 중요 지체로 떠오르자는 것이다. 정신장애인만 50만 명으로 집계되어 있다. 그들의 가족과 동료들의 표심을 한데 뭉치면 200만 명은 될 것이다. 이 표심으로 대선에서 한 사람을 뽑는 데 큰 영향을 끼칠 것이다, 우리 당사자들이 한데 뭉쳐 단합된 정치세력화의 힘을 보여준다면 이것은 무시당할 수 없는 세력화이다. 너무 급진적인 생각이었나? 이렇게라도 생각하지 않으면 우리 당사자들의 위력을 보일 수 없을 것 같아 한번 추천해봤다. 사회복지에서 사각지대로 놓인 우리 당사자들을 평등한 복리 제도로 받게 하기 위해서라도 우리 당사자들은 한 번쯤은 정치화된 힘을 보이는 것도 중요하다.

당사자들이 제각기 똑똑한 것은 사실이지만 이제는 자기들만의 소리를 내려놓고 모두를 위한 소리를 높일 데다. 이하 산발적으로 흩어져 있는 여러 단체를 하나로 뭉쳐 한목소리를 내야만 한다. 집단마다 소수의 이익을 대변하는 것이 아니라 정신장애인들의 하나의 목표를 위해 독창이 아닌 합창을 할 때이다. 집단의 이기주의에서 벗어나 하나의 자유와 권익 옹호를 위해 함께 걸어야 할 때이다. 멋있어 보이기 위해 멋있어지는 것이 아니다. 각자의 취향을 묶어 하나의 모델링을 완성해 나가는 것이다. 우리가 아는 사회의 지도자들처럼 말이다. 우리도 세상의 중심에 서서 외쳐야 할 때다. 우린 나약한 자가 아니고 또한 범죄의 피의자들이 아니라고. 일반인처럼 사회의 일원이며 국가의 한 알 재원이란 것을 알게 하여야 한다. 그래서 우리는 서로를 위해 연구를 하고 공부를 해야 한다. 그리고 겸손함을 겸비하여 일반인과 균등하게 사회에서 시작해야 한다. 당사자들이 그들의 이웃이자 믿을 수 있는 동료란 것을 믿을 수 있게 만드는 것이 우리들의 작은 사명감이자 소명이다.

## 3) 매체와 성장하는 정신장애인의 삶

언론이 사회의 방향성을 지도하는 이 세대에 정신장애인으로서의 삶은 무척 힘들다. 종합 매체는 물론이고 군소 신문사의 정신질환에 대한 편견은 도를 넘어섰다. 복지제도와 환경이 전보다는 많이 좋아졌지만 당사자를 대하는 사회의 환경은 10년 전이나 20년 전이나 지금이나 똑같다. 정신질환자는 숨겨진 범죄자, 사회를 해치는 종양, 당사자들을 모두 섬에다 고립시켜야 한다는 등 우리에게 보는 이와 같은 시선은 바뀌지가 않는다. 이웃으로서 우리들을 따뜻하게 보아주지 않고 항상 사각지대의 회색인으로 취급한다. 시대가 바뀌어서 몇몇 이웃은 당사자들에게 다가가 필요한 도움을 주기도 하며 친구로서 조언도 아끼지 않는다.

그들은 우리를 조현병자로 분류하지만 마음에 병이 더 든 자로 이해해 준다. 사회기관에서도 정신건강사업에 관심을 가지고 많은 투자를 해주고 있다. 많은 법적인 조항들도 당사자들을 이해하고 유리하게 이끌어 준다. 개선된 정신건강복지법은 강제 입원의 억압에서 어느 정도 벗어나게 해주고 절차보조사업은 많은 정신질환자에게 정서적인 지지와 격려를 가져다준다. 어려운 심사청구, 법 조항의 해석을 도와주고 자의 입원에 대한 선택성을 넓혀준다. 당사자들은 여기에 용기를 얻어 재활치료에 집중하여 사회에 독립하고자 한다. 실제로 취업을 하는 당사자들도 증가하는 추세이다.

그런데 우리에겐 작은 혹이 있다. 그것은 항상 우리를 아프게 하고 곪아 터지는 종기를 만들고 만다. 뭔가에 이치를 깨달아 사회에서 독립해 보려고 하면 항상 그것은 전진하는 당사자의 걸음에 돌부리가 되고 만다. 그것은 무엇일까? 바로 언론이다. 그들은 항상 우리 당사자를 팔짱을 낀 채로 좁은 시야로 쳐다본다. 열심히 살고 있는 당사자들의 문화를 무시하고 사건만 터지면 죽은 사체를 향해 달려드는 하이에나처럼 삶을 가차 없이 물어뜯는다. 아가리에서 피를 철철 흘리며 고기를 먹어대는 포식자처럼 정신질환자들을 향해 여기저기 난도질을 해댄다.

사건이 터지면 당사자는 물론 그 주위 사람을 살필 줄 모른다. 무조건 결과만 짓고 기사를 써 내려가고 있다. 그 사람이 어떤 종류의 질환을 앓고 있는지, 어떤 이유로 사건을 냈는지, 어떤 이유로 그와 같은 결과를 내리게 됐는지 보충 설명이 없다 그냥 중간 이야기는 뭉텅이로 떼어 보이고 결과만 현란하게 내려 놓는다. 마치 정신질환자들은 그러한 결과를 내놓는 객체이기 때문엔 비판받기 충분하다는 것이다. 그럼 우리 당사자들은 살인을 하기 위해 태어났는가? 범죄를 저지르기 위해 살고 있는가? 사각지대에서 중심 지역으로 들어가는 것을 영원히 허락을 받지 못하도록 못 박혀 있어야 하는가? 그것은 아니다. 당사자들은 무엇보다도 법을 준수 잘하는 도덕인이다. 파란불이 깜박깜박해도 그것을 가슴 졸이며 다음 순서를 기다리는 순수한 객체들이다. 그런 사람들을 사건이 터지면 무조건 정신질환자를 1순위로 보도하는 것은 인권 침해고 또 하나의 살인이다. 매체는 더 이상의 선정적인 보도, 살인 보도를 일삼으면 안 되겠다. 그들은 기사 한 줄 쓸 때마다 당사자 1명을 죽이는 역할을 하는 것이다. 제발 연유를 알고 사태 파악을 잘하는 기자들이 되어서 의무를 다하기 바란다.

반드시 이에 대한 보도지침이 있을 것인데 더 많은 돈을 벌기 위해 사건의 피의자는 물론이고 피해자인 당사자의 문화를 무너뜨리려 한다. "조현병을 앓고 있는 K씨 지나가는 행인 살해", "조현병자 모씨 PC방 종업원 잔인하게 살해", "정신질환자 지나가는 행인 무차별 폭행" 등 사건의 주요 개요는 무시하고 선정적인 보도 제목으로 사회의 경각심만을 깨운다. 왜 이런 사고가 났을까? 란 주변 상황에 대한 설명은 전무하다. 심지어 피의자가 조현병자가 아닌데 착각에 가까운 특종 욕심에 정신질환자들을 그들만의 사각의 링에 불러댄다. 사건이 정신질환과 관계없이 수사가 종결됐음에도 이에 대한 사과나 해명 기사는 내놓지 않고 당사자들의 문화를 불순하다고 매도한다.

왜일까? 그들은 우리 당사자들을 못 잡아먹어서 난리일까? 사회가 성장하기 위해서는 양지와 음지의 문화가 조화를 이루어야 한다. 항상 보고 싶은 것은 양지의 화려한 추임새일 것이다. 건강하게 성장하는 사회의 문화에 경외심을 가지고 존중하는 태도를 가지고 싶어 한다. 개천에서 용이 난다는 식의 전설도 아름답게 미화해서 대중들의 선망의 대상이 되게 하는 것은 그들의 사명이다. 하지만 관용을 베풀지 않는 한 군데가 있다. 정신질환자들은 선망의 대상이 아니라 경계의 대상이다. 선망이라 했다. 정신질환이란 장벽을 넘어선 당사자들. 그들은 정상인의 경계의 선마저 넘어 경외의 대상이 되었다. 한국의 대표 화가 이중섭 화백은 중증 정신질환을 앓고 있었다.

그는 자기를 괴롭히는 정신질환을 극복하기 위해 예술로 전진하고 승화시켜 왔다. 그의 대표작 시리즈 흰 소는 항상 굴곡진 근육과 몸짓 험악한 얼굴 등을 정신병에 걸린 자신을 현재의 무대에서 성공할 수 있다는 전설을 남기기 위해 미친 듯이 그려오고 표현해 왔다. 그런데 평론가들은 그가 정신질환자란 사실을 금기시하며 한국인의 토종성과 의지력을 미친 듯이 표현한 결과물이라고 호평했다.

어느 누구도 그가 정신질환자란 것을 밝히기 꺼렸다. 이것은 언론이 앞장을 서서 이중섭 화백의 모습을 미화하는 데 힘을 다한 결과물이었다. 그들은 한국인이 존경하는 화가가 정신질환자란 것을 밝히기 두려워했기 때문이었다. 한편으로 억압의 대상이었던 인물들이 성공의 사례로 남는 것을 극히 두려워했기 때문이다. 정신질환자에게는 자기도 모르는 천재성이 내포되어 있다. 서양에서는 그것을 표면화해 주는 것을 감사히 생각하는 문화가 있다. 일반인이 겪을 수 없는 고통을 이겨낸 자들의 당사자들의 후기는 그들에겐 깨달음의 전도사 역할을 한 것이다. 그래서 그들의 모델이 된 당사자를 경외하고 존경하여 일반인들도 더 열심히 일을 하면 이 힘든 세상을 일으키는데 불가능이 없다는 사실을 인식하는 계기가 된다.

왜 한국 사회는 당사자를 사회의 자갈밭으로 여기려고 하는 것일까? 설마 두려워하는 것은 아닐까…. 사각지대에서 각종 난관을 돌파한 당사자가 중앙무대에서 리더가 되려고 하는 모습을 애써 부정하는 모습이 아닐 수 없다. 매체들의 정신질환자를 그린 영상은 이해 불가능한 야수의 모습을 하고 있다. 그들은 늘 불안해하고 누굴 해치려 하는 외지인으로 표현돼 있다. 최근까지의 드라마에서 당사자의 진정성을 보여주는 드라마는 없었다.

있다면 지금 모 방송국에서 하는 '영혼 수선공'이란 드라마에서 정신질환자의 본모습을 객관적으로 잘 묘사해 주고 있다. 그리고 드라

마 안에서의 정신질환자들은 병이 회복될 수 있는 환우들로 그려져
있다. 드라마인 만큼 멜로 성향이 짙어 본 주제와 떨어진 연애 위주
의 이야기로 흘러가는 것이 불만이지 전체적으로 보면 내가 본 한국
의학 드라마 중 정신질환자의 본모습을 잘 묘사한 몇 안 되는 대표
드라마인 것은 확실하다.

매체가 나서서 이런 드라마를 만들어 준다는 것은 어느 정도 당사
자 문화에 대해 열린 긍정적인 퍼포먼스인 것 같다. 언론이 계속 정
신질환자를 제3의 외지인, 범죄 예정자로 계속 코너로 몬다면 우리는
거기에 대해 한뜻으로 대처해 나가야 한다. 우린 엄연한 대한민국 국
민이고 신성한 주권을 행사하는 시민이다. 당사자들의 공통적인 이익
을 모을 수 있는 단체교섭권도 있다. 당사자끼리는 흩어져서는
안 된다. 자기들의 주장이 명백해도 하나의 뜻에 맞추어 하나의 행
동으로 나가야 할 때다. 지금은 의식 있는 몇몇 언론 기관과 기자들
이 나서서 당사자들의 이익과 문화를 대변해 주는 역할을 주저 없이
자청해서 해주고 있다. 아마 당사자들의 진면목을 알아봐서 그럴 것
이다.

우리의 모습을 언론에 나타내는 데 두려워하지 말고 담대하게 나
서야 한다. 이 사회의 일원으로서 각종 위험스러운 언론과 마주 서서
당사자 권익 옹호를 위하여 달려가야 한다. 우리는 우리들 자신한테
침을 뱉어서는 안 된다. 서로를 감싸안아 주어 우리만의 문화를 성장

시켜 많은 언론들에게 진정성을 보여 감동시켜야 한다. 혹시 아는가? 이런 모습을 아는 언론매체들이 스스로 금기의 폐쇄성을 열고 화평의 문을 열어줄지 아마 그때쯤이면 우리 당사자들은 일반인들과 어깨를 나란히 하고 있을지 모른다. 진정한 이웃으로 말이다.

## 4) 교도소 안의 정신질환 문제, 매우 심각하다

교도소 안의 정신질환에 대한 의료체계 수준은 형편없이 낮다. 시설 안에 전문 의료사가 없고 보호 의무관이 2~3명이 배치돼 기존 의료사의 진단에 정신질환 환자들에게 수면제만 처방해 주고 있다. 질환의 병력이 있는 제소자에게 정확한 처방이 필요한데 밤에 잠만 자게 하는 수면제로 강제적으로 적응케 하고 있다. 교도소 안의 정신질환 즉 조현병, 조증, 우울증 등으로 고통받고 있는 환자들이 늘어나고 있는데 이에 대한 보건 대책이 시급하다.

2017년 12월 31일 기준으로 우울증, 수면장애, 불안장애, 정신분열, 행동장애 등 정신질환이 있는 구금시설 수용자의 수는 3,379명이며 실태 조사 시 심층 면접 결과 정신과 치과 분야의 의료처우 미흡에 대해 불만이 많은 것으로 나타났다. 실태조사 설문조사 대상자 중

경미한 우울증 이상 유병률은 31.4%였고 지난 1년간 자살에 대해 생각해 본 적이 있는 사람은 13.9%였다. 위원회에 접수되는 정신질환 관련 진정 사건도 증가하는 추세에 있는데 대부분 시설 내부에 정신과 의사가 없어 외부 진료를 거부당하였다거나 정신과 약을 복용하고 싶으나 처방을 받지 못한 채 수면제만 처방받고 있다고 호소하는 내용들이다.

정신질환마다 약의 특성이 다 다르다. 조현병, 조울증, 조증, 양극성 장애, 우울증, 외상 후 스트레스 장애 등 각 병의 특징마다 약들이 조합되어 들어간다. 그리고 그 병에 맞는 약이라 해도 부작용이 따른다. 아무리 자신에게 맞는 약이라 해도 조건부 차질로 고통 같은 아픔이 뒤따른다. 그리고 각 질환에 맞는 상담도 필요해 당사자들을 안심하게 만족할 수 있다. 그런데 열악한 교도소 내에서 서로의 성질이 틀리는 사람들, 각종 범죄자들과 접촉으로 전문 상담인이 없는 교도소 내 당사자들의 삶은 열악하다.

자신의 병을 숨긴 채 그들과 생활하는 당사자들은 질환에 대해 전문적인 치료를 받지 못해 괴로움 가운데 있어야 한다. 누가 자신을 이해해 주겠나? 교도소 내에서 당사자의 인권 현황은 매우 열악하고 좌우를 분간하지 못한다. 오로지 수면제에만 의지하여야 하는 지금의 상태에서는 죽고 싶은 마음밖에 없다 그래서 간간이 교도소 내에서 벌어지는 자살 사건은 정신질환자들이 최후의 선택권이다. 그들에게 주기적으로 면담이 필요하고 필요한 약 처방이 최우선이다. 당사자들에게 올바른 약 처방이 자신의 질환을 관리할 수 있는 유일한 방법이다. 정신질환자들을 위한 환경개선과 약 처방은 절대 필요한 수순이다.

구금 시설 정신 의료 현황을 살펴보면 2017년 12월 말 기준 전국 52개 구금시설에서 진주교도소만 1명의 정신과 의무관이 있고 월 1~2회에서 주 1회 정도 해당 시설 특성에 따라 외부 의료진의 초빙 방문 진료가 운영되고 있다. 이는 정신 의료 수요에 비해 턱없이 부족한 실정으로 원격 화상 진료를 통한 대응도 수용자 만족도 등에서 한계를 보인다.

이와 같은 무의미한 대책으로는 교도소 안의 정신질환자들을 소화해 낼 수 없다. 답답한 수감소 생활에서 비롯되는 정신적인 병폐와 스트레스는 제소자들의 건강을 해칠 뿐이다. 직접적인 질환자의 병폐도 심각하지만 정상적인 제소자들도 정신이상 증세를 보이기도 해 특별한 조치가 필요하다 교도소 안의 심리 안정 프로그램을 실시해 제소자들의 예민한 정신 상태를 안전치로 낮추어 주는 예가 시급하다. 이런 문제는 한국뿐만 아니라 다른 서방 국가들에서도 심각한 예로 처우된다.

구금시설 수용자의 정신건강 문제는 국제사회의 공통된 우려 사안이며 유엔 인권이사회가 건강권 실태를 보고 하도록 지명한 '도달 가능한 최상의 건강 수준'에 대한 유엔 특별보고관은 "정신건강 문제가 있는 이들이 적절한 정신건강 비율로 정신질환 증상이 있는 이들이 교정 시설에 수감되어 있는 사실"에 우려를 표명했다. 한편 세계보건기구는 유럽권역 구금시설 수용자의 약 40% 정도가 정신질환 증세가 있으며 일반사회 구성원들보다 7배나 자살 성향이 높은 것으로 추정하고 있다. 유엔 특별보고관은 열악한 구금시설 환경으로 인해 정신장애 증세가 악화되는 경향이 있음에도 기본적 정신건강 케어와 지원 서비스 접근이 미흡함을 지적하고 있다.

유엔 수용자 처우에 관한 최저기준 규칙 제22조 제1항은 '모든 시설에서는 상당한 정신의학지식을 가진 1명 이상의 자격 있는 의사의 진료를 받을 수 있도록 하여야 하고 의료 업무는 지역사회 또는 국가의 일반 보건 행정관의 긴밀한 관계 하에 조직되어야 하며 의료업무에는 정신이상의 진찰과 그 치료 업무가 포함되어야 한다. 규정하고 있다. 또한 같은 규칙 제82조 제3항은 정신질환자가 교도소에 수용되고 있는 동안은 의무관의 특별한 감독하에 있어야 한다고 규정하고 있다.

위와 같이 서방 국가에서도 교도소 안의 정신질환에 대한 의료 대처가 심각할 것으로 나왔다. 그래도 교도소 안에 전문의 무관이 1명 이상 상주하고 그의 특별 지도 아래 정신질환자들을 관리하고 있다니 발 빠른 대처법이다. 그래도 심한 병중에 의해 순간의 착오(자살)에 대한 대책도 미흡한 것 같다. 교도소 안의 삶이란 것이 행복과는 다른 동수가 아니겠는가? 그의 죗값으로 들어와 법으로 처벌받는다 해도 억울한 이유로 법 집행을 받는 수감원들의 심정은 이루 말할 수 없다. 우발적인 충동으로 자살하는 경우를 시급하게 막을 수 없다는 것이다. 그래도 서방 교도소에서는 심리 안정 프로그램을 시행하고 있다니 그나마 다행이다.

한국 교도소 재소자들의 삶의 질은 매우 낮다. 교도소에서는 그들만의 리그가 있다. 만약 하나 거기에 따르지 않는다면 폭행, 성추행 등 강도 높은 수치심을 당한다. 이를 방지하기 위해 교도소에서는 여러 방지 프로그램을 운영하고 있으며 할 계획이다. 제소자들의 호응도 좋아 차례차례 진행할 예정이다.

이와 관련하여 교정당국은 일선 구금 시설에 심리치료센터를 확대 운영하고 정신과 의사, 정신건강 임상심리사 등 전문 인력을 확충하여 대응할 계획이라고 밝히고 있다. 현재 8개 구금시설에서 9개 심리치료센터를 운영하고 있는데 교정당국의 이러한 다양한 심리치료 프로그램 운영은 시의성 있는 조치로 평가된다. 다만 현재 진주교도소가 시행 중인 정신보건 프로그램과 같이 전문적이고 실효성 있는 프로그램을 확대 개발하여 보다 많은 구금시설에 확대 도입할 필요성이 있다. 아울러 방문 진료 활성화 또는 지역사회 의료시설의 이용 등의 방식으로 전문적인 치료를 받을 기회를 확대할 필요가 있다.

이와 같은 기회가 전국 59개 교도소에 이루어졌으면 한다. 그만큼 많은 재소자들이 정신적인 무게감을 이기지 못해 스스로 질환에 걸린다. 순간적인 정신의 착각으로 조현병, 우울증, 조증에 빠져 깊은 자책에 시달리다 극단적인 선택을 하는 것을 막아야 한다. 그들의 마음의 울렁증을 위로해 작은 사회인 수감자 시설에서 무사히 형기를 마치고 건강한 정신으로 사회에 복귀하기를 염원한다.

국가인권위원회는 2018년 6월 21일 자 결정(구금시설 수용자 건강권 증진을 위한 개선방안 권고)을 법무부 장관에게 구금시설 수용자의 건강권 증진을 위하여 아래와 같이 권고한다.

가. 구금시설 수용자에게 적절하고 전문적인 의료처우를 제공하기 위해 다음과 같은 개선 조치를 시행하기 바람.
　1) 의무과 진료 면담까지 소요 시간 단축 및 진료기록에 대한 체계적인 관리 등 1차 진료를 강화할 수 있는 방안을 마련할 것.
　2) 의무관 청원 유지를 위해 적절한 근로조건 개선방안을 마련하고 의료 수요가 큰 치과, 정신과 분야 의료 인력을 충원하고 외부 인력의 초빙 방문 진료를 확대할 것.
　3) 외부 진료 관련, 의무관의 권한을 강화하고 계호 인력 확보방안을 마련할 것.
　4) 야간, 공휴일 등 의료공백 최소화 및 응급상황 대응을 위해 당직 의

사제도의 도입, 공공의료기관 연계 강화 등 개선방안을 마련할 것.
5) 신입 수용자 검진을 내실화하고 정기검진 시 사회 건강 서비스와 동일한 수준의 검진 항목 확대 등 적극적 관리방안을 마련할 것.

나. 취약 수용자에 대한 건강 서비스 증진을 위해 다음과 같은 개서 조치를 시행하기 바람.
1) 정신질환 수용자에 대한 적절한 의료 처우를 위해 외부 의료진의 초빙 방문 진료 확대 원격 화상 진료 내실화, 정신보건 프로그램 확대 운영 등 적극적 관리방안을 마련할 것.
2) 중증질환 수용자에 대한 적절한 의료처우를 위해 치료 중점 교도소의 기능과 역할의 강화, 공공의료기관 등과의 위탁병원 협의 추진, 적극적인 형 집행 정지 제도 운용 등 대응 반응을 마련할 것 등을 권고한다.

국가인권위원회는 위와 같은 사항들을 근거로 다음과 같은 결정 요지를 내렸다. 현재 교정 시설에서의 의료 처우는 수용자들의 기대에 부합하지 못하고 교정의료시스템의 한계로 의료접근권 등에 대한 민원이 끊이지 않고 있다. 결국 수용자들은 대부분 사회에 복귀할 것이고 이에 따라 수용자의 건강권 보장은 수용자들의 문제를 넘어 공공보건 문제로도 직결되는바 구금시설의 열악한 의료 처우 개선이 필요하다.

## 5) 정신질환자들의 사회진출 제한의 모호함

정신질환자들은 사회에서 독립하길 바라며 재활이 성공되길 간절히 바란다. 자신의 지병에서 회복된 당사자들은 취업하길 갈망한다. 일반인들과 마찬가지로 사회 최전선에 나서 가장이 되길 바란다. 그런데 사회에서는 그들에 대한 결격사유를 내세워 취업 혜택에 차별을 받게 하고 있다. 당사자들의 재활 기준은 그의 주치의가 결정권을 가지고 있다 해도 무방하다. 당사자는 과녁을 향해 활을 쏠 준비가 되어 있지만 주치의가 그의 결격사유를 말한다면 사회는 그를 강제로 어두운 구석으로 내몬다. 주치의의 판정이 법률의 판정보다 더 신뢰성을 얻고 있기 때문이다. 법률적으로 아무 이상이 없더라도 그들의 날카로운 메스질로 언감생심 사회진출은 꿈도 꾸지 못한다.

정신질환을 자격 취득 등의 결격사유로 하고 있는 법률들의 입법취지는 업무수행능력의 부족이나 위험성에 근거한 것이다. 그런데 정신질환 여부를 판명하는 정신과 전문의의 주관적 판단이 고정된 법적 지위나 엄격한 절차를 거친 법원의 선고 등과 동일시되는 것이 타당한가? 하는 근본적 의문에서부터 정신질환 여부에 대한 판단이 과연 업무수행능력의 불충분이나 위험성을 객관적으로 검증할 수 있는 절차에 따른 것인가에 대한 우려의 목소리 또한 지속적으로 제기되어 오고 있다.

또한 '정신건강증진 및 정신질환자 복지 서비스 지원에 관한 법률 (이하 정신건강복지법이라 한다)'이 사회적 편견과 차별 예방이라는 취지 하에 정신질환자를 '독립적으로 일상생활을 영위하는데 중대한 제약 이 있는' 중증 질환자로 규정하여 그 범위를 축소하기는 하였지만 다 양한 정신질환의 경중을 법률로 정의하지 못한 채 정신질환자를 중 증 질환자와 동일시함으로써 정신질환의 사회적 인식을 더욱 악화시 킬 수 있다는 비판적 시각도 존재한다.

조현병이나 조증의 경중환자들은 일반인들과 똑같은 능력을 가지 고 있다. 오히려 간단한 업무관리, 단순조립, 도서정리, 바리스타 일 등에 그들이 두각을 나타내고 있다. 일은 그들에겐 매우 생산적이며 어떤 면에서는 창의적인 면도 나타낸다. 한 번 그들을 직원으로 채용 한 회사는 그들의 근면성실을 알아 재취업시키고 있다. 이 당사자들 은 밝은 이상감을 가지고 있으며 회합하는 데 최선을 다하고 있다. 처 음에는 이질감이 있을 수 있다. 그런데 그것이 시간이 지나면 묘한 재 치로 보인다. 동료들은 그런 그들을 보고 다가와 여러 이야기를 시켜 본다.

당사자들은 자신의 병에 대한 사례를 이야기할 때 간증처럼 이끌 어 간다. 그들의 아팠던 순간이나 실연들을 이야기하고 동료들은 크 게 공감한다. 그리고 그들의 사연에 자신들의 이야기도 오픈하여 털 어 놓는다. 묘한 그룹이 되어 가고 있는 상황이다. 당사자들은 그들에게 하나의 피드백이 되기도 하고 공감이 된다, 이렇게 많은 당사자들이 각 회사마다 취업하여 일을 하고 있다. 하지만 아직도 열악한 사정은 진실이다. 사회의 냉정한 시선은 아직도 그들을 스캔하고 있으며 단점을 찾아내기에 열심이다. 하지만 많은 정신질환자들은 일을 할 권리가 있으며 신성한 의무로 행할 수 있다. 나도 당사자들이 포함된 회사에서 일하고 있지만 일반 직원들과 전혀 부딪히지 않는다.

오히려 도와가며 조력하며 일을 하고 있다. 아직 사회에서는 당사자들에게 많은 일자리 주기를 주저한다. 하지만 당사자들의 숨은 능력을 알게 되면 과연 그럴 수 있을까? 일자리는 우리 당사자들이 만들어 가야 한다. 그래서 공감의 상징이 되어 사회에서 우리에게 일자리를 많이 베풀어주길 기대하고 있는 것이다.

정신질환자들에게 탈원화 사회 재활을 명분으로 내세운 정신건강복지법은 정신질환자 정의를 양날의 검으로 명시해 신뢰성과 명분이 있는 당사자를 두루뭉술하게 중증 정신질환자로 묶어나 버렸다. 사회생활에 나가도 되는 경중 환자들의 시야를 좁혀 놓게 되었고 사회는 그들을 인정치 않고 사각지대의 혐오스러운 대상으로 방치해 놓았다. 회복된 당사자들을 사회의 시선으로 그들을 포용해야 한다. 그들은 회복 단계에서 상황에 따라 목소리를 높일 수 있게 되었고 사회에 맞춤형 복지 서비스를 요구한다. 집에서나 병원에서 생활의 시각을 넓힌 당사자들은 그들의 꿈을 위해 취업전선으로 나갈 뿐이다. 정신건강복지법은 당사자들의 발목을 잡는 것이 아니라 훨훨 날 수 있는 날개를 달아 주어야 한다.

아울러 보건복지부는 정신장애인의 자격 면허 취득 등에 있어서 불합리한 배제가 발생하지 않도록 관련 법률들의 개정을 추진하겠다는 의사를 밝히기도 하였으나 구체적인 자격 제한의 폐지 또는 완화라는 해결책이 도출되기도 전에 오히려 2018. 4. 25 시행되는 보건복지부 소관 '사회복지사업법(법률 제14923호 2017. 10. 24. 일부 개정)'의 경우에는 사회복지사 자격의 결격사유로 정신질환이 새롭게 추가되는 상황이 발생하였다. 이에 '국가인권위원회법' 제25조 제1항에 따라 정신장애에 대한 자격 제한 제도 전반의 정비와 개선방안을 검토하였다.

보건복지부는 때를 맞추어 정신장애인의 자격 취득 자격증을 포괄적으로 넓혀 나가려고 했으나 '사회복지사업법'은 많은 정신장애인들을 울리고야 말았다. 수많은 당사자들은 병원에 입원하고 있거나 내원할 때 사회복지사의 활동을 눈여겨 지켜보고 있었다. 지병에서 회복된 당사자들은 자기들도 공부해 사회복지사가 되어 병원, 시설, 센터 등에 일하기를 간절히 원하고 있었다. 다른 장애보다 고학력인 정신장애인들은 그들을 모토로 삼아 제2의 삶을 꿈꾸고 있었다. 그런데 이 법으로 인해 사회복지사의 결격사유가 된 당사자들은 양쪽 손을 놓을 수밖에 없었다. 자기들의 삶의 희망 가운데 하나가 이렇게 휘어지니까 그들은 또 자기들의 세상으로 움츠러들 수밖에 없었다.

보건복지부 연구 보고서 '정신질환 차별 개선을 위한 법, 제도 개선 방안 연구(박형욱 외 2012)', '정신질환자 개인 정보 및 비밀 보호를 위한 법 제도 개선방안(2015)' 등에 의하면 현행 법령의 정신질환자 자격 제한 조항은 절대적 결격 조항과 상대적 결격 조항(적극적, 소극적)으로 구분할 수 있다.

상대적 결격 조항은 원칙적으로 정신장애인을 결격사유로 규정하고 있지만 정신과 의사의 진단 등으로 업무의 수행에 지장이 없다고 인정되는 경우에는 예외적으로 허용할 수 있도록 하는 경우(상대적, 적극적 제한)와 정신장애인 중에서 의사의 진단 등으로 위험성이 인정될 때만 결격사유로 인정하는 경우(상대적, 소극적 제한)로 구분된다. 전자는 '공중위생관리법(이용사, 미용사, 위생사)' 등 17개 법률, 후자는 '도로교통법(운전면허)' 등 4개 법률이 해당된다.

위례성이 없는 결격 사유지만 모두가 정신과 진단 의의 결정에 판가름 난다. 당사자들은 주치의와 상관성 있는 관계를 유지해야 한다. 자신들의 지병이 많이 완치되었다는 것이 당신들의 의사로 분명히 밝혀야 한다. 주치의를 신뢰 못하고 자신의 생각을 철학, 화해, 맹신하면 당연히 의료진과 마찰이 생기고 만다. 정신질환에 걸리면 누구든지 그들을 의심하게 된다. 그렇지만 맹목적인 불신보다 자신의 질환을 주치의와 상의와 신뢰로 만들어 가면 얼마든지 회복할 수 있다.

그 가운데 작은 희망을 발견해 치유의 방향으로 잡는다면 자신의 적성을 발견해 사회 독립이라는 그루터기에 설 수 있는 것이다. 정신건강복지법, 정신질환후생복지법에서 그 공정성을 찾는 것도 중요하다. 무엇보다 중요한 것은 당사자 자신이다. 스스로 위치에서 삶에 대한 방향성을 찾는다면 공공의 목표에 이를 것이다.

하지만 직업 선택의 전제조건이 되는 자격 및 면허 취득의 제한은 직업선택의 자유라는 기본권의 중대한 제약에 해당하므로 자격 제한의 요건을 규정함에 있어서는 엄격한 비례의 원칙이 적용되어야 할 것이다. 정신건강복지법은 정신질환자의 정의를 '망상, 환각, 사고나 기분의 장애 등으로 인하여 독립적으로 일상생활을 영위하는데 중대한 제약이 있는 사람'으로 규정하고 있고 정신질환을 결격사유로 하는 법률들 대부분은 이 정의 규정을 적용함으로써 정신질환을 직업 자격 심사에 있어 잠재적 위험성과 무능력을 내포하고 있는 것으로 전제한다.

그런데 해당 법률들은 정신건강복지법상의 정신질환자라는 정의 규정만을 적용하고 있을 뿐 정신질환이 있음을 증명하는 절차적 방법에 대해서는 전혀 규정하고 있지 않아서 치료의 경과나 상황의 변화 등과는 무관하게 정신질환이라는 병력을 이유로 한 차별이 행해질 우려가 매우 높은 것으로 판단된다. 또한 다른 질환과 비교해 볼 때도 수많은 의학적 질환 중 정신질환만이 업무상 무능력과 잠재적 위험성을 내포하고 있다고 볼 수 있는지에 대해서는 그 구체적인 근거를 찾기 어렵다.

정신질환과 범죄율 간 상관관계가 근거 없음을 주장하는 연구 결과 등은 별론으로 하더라도 정신질환 역시 다른 신체 질환과 마찬가지로 치료가 가능한 질환의 한 종류로 정신건강복지법 제3조에 따른 정신질환자는 질환의 치료 과정에 있는 상태를 나타내는 것에 불과하고 업무 적합성과 위험성 여부의 판단은 다른 질환들과 마찬가지로 그 경중과 치료 경과에 따라서 달라져야 함에도 정신질환 자체를 절대적 결격 조항으로 두는 것은 현저히 합리성을 잃은 조치로 판단된다.

정신질환이란 이유로 취업의 선택권을 갖지 못한다면 그만큼 억울한 것이 없다. 지체장애인, 발달장애인, 신체장애인 모두 취업의 선택권을 공유하고 있다. 그들은 수십 년 전부터 가족과 당사자 단체들이 하나로 뭉쳐 한목소리를 냈다. 자기들에게 기본권을 인정해달라고 온몸을 쇠사슬로 묶어 지하철 농성도 했었다. 그들은 울기도 참 많이 울었다. 이렇게 수십 년을 투쟁한 결과 오늘 취업의 선택이 보장되었고 기본급 임금도 보장받았다. 모든 장애인 중 우리 정신장애인의 운신의 폭이 매우 좁다. 학력으로는 최고의 비율을 차지하지만 자신들의 목소리 내기에는 모자란 구석이 참 많다. 정신장애인들이 지병을 극복하고 치유하기 위한 기본적인 조직이 이루어져 있다면 소프트웨어가 참 열악하다. 어느 한 사람의 외침으로 끝나는 것이 아니라 당사자들의 꿈과 소망을 한데 뭉쳐서 외치기 위해서는 한 줌의 욕심을 내려놓고 하나의 목표에 수 개의 단체들이 하나로 뭉쳐 사회진출의 교두보로 삼아야 한다. 이제부터라도 지병의 소극성에 벗어나 자신의 영역 안에서 정신질환의 열악성을 벗어나 모든 당사자를 포용하는 위치로 도약하는 것도 좋은 모습 중의 하나가 될 것이다.

## 6) 정신질환과 사회의 연대성

오늘날 정신질환은 과학적으로 뇌의 생화학적 이상과 연관되어 있을 것으로 보는 견해가 지배적이다. 뇌에는 사고 감정, 행동을 조절하는 수많은 신경전달물질이 분비되어 세포 간에 정보를 전달한다. 조현병 환자는 뇌의 특성 부위에서 도파민이라는 물질의 신경전달 과정에 이상이 생겨 증상이 나타나게 되는데 도파민이 활성화되면 망상, 환청, 혼란된 사고가 나타난다. 과거에는 병의 외적인 요소보다 심리적인 요소가 크게 작용해 무도덕, 과대망상, 피해망상, 정리되지 않은 심리상태가 주를 이루었다면 오늘날은 앞에서 설명한 것같이 과학적으로 접근하여 정신질환을 치유케 하려고 한다.

병원도 과거처럼 구태의연한 방법보다는 약물치료 외에 다양한 프로그램을 만들어 당사자들의 답답함과 의문점들을 치유케 하고 있다. 이런 방법은 환자들의 마음을 개방시켜 맞춤형 정보들을 주입시켜 수동적인 그들의 마음을 능동적으로 바꾸는 데 큰 영향을 끼치고 있다. 그리고 퇴원 후에 낮병원이나 지역센터에 연결하여 재활 훈련하는 데 큰 힘을 주고 있다. 입원하고 있던 병원에서 낮병원으로 전환됐을 때 갑자기 바뀐 낯선 환경의 두려움보다 입원했던 동료들을 만남으로 거부감이 반감되고 친근감이 더해져 사회에 독립하는데 서로들 간에 호응성이 커진다.

정신질환이란 병은 옛날부터 저주로부터 놓인 부서진 질그릇이다. 근대에서 현대에까지 이 병은 사회에서 적응치 못하고 낙오한 자의 명칭으로 불렸던 병이다. 다른 사람과 다른 이상관을 가지고 있다고 해서 정신병자. 미친 사람, 광란자로 몰리어 아무도 봐주지 않는 사회의 어두운 구석으로 몰리어 들어가게 됐다. 그리고 그들은 아무도 인정치 않는 프레임으로 살아가게 됐다. 병원, 약, 집 이렇게 다람쥐 쳇바퀴 돌듯 그들의 일상을 돌아가는 공간에 부모 외에 아무도 지켜봐 주지 않았다. 그렇게 살다가 가족들과 아무 일 없이 지내면 좋은데 순간적인 일 탈로 타인에게 또는 가족에게 폭력을 행사하다 범죄의 길로 들어서게 된다.

이때 사회에서는 그들을 잔인한 범죄자, 또는 아무 상관 없는 당사자들을 미래의 범죄자. 사각지대의 혐오스러운 대상으로 낙인화해

이 나라에서 숨도 못 쉬게 하는 일탈자로 만들어 버린다. 물론 범죄를 일으킨 것은 잘못된 것이다. 하지만 왜 그렇게 할 수밖에 없었느냐는 과거의 추정은 묻지도 않고 따지지도 않는다. 넌 정신질환자이고 범죄자이다, 그러니 죄의 대가를 받아야 한다.

이런 식의 논리는 말도 안 되는 설정이다. 한 국가에서 정신질환자에 대한 보호와 법이 있는데 그것에 대한 보호는 없고 눈 감고 아웅하는 식으로 당사자들을 궁지로 몰면 최악의 상황으로 끝나고 만다. 타자들은 말한다. 정신질환자들을 그들만이 살 수 있는 무인도로 강제 이주시키자고 무조건 강제 법 집행을 하고 성범죄자들처럼 추적 팔찌를 달게 해 사후에도 관리할 수 있게 해야 한다고 주장한다.

하나 당사자들과 단 한 번이라도 진지하게 말해본 사람들은 그들이 사악한 무리도 아니요, 범죄자 같은 혐오스러운 대상이 아니라는 것을 알게 된다. 그들과 친구로 벗 삼아 살아온 일반인들은 그들처럼 순한 사람도 없다는 것을 알게 된다. 그래서 당사자들과 연대 관계를 갖고 그들이 차지하고 있는 생활 여건의 개선을 위해 같이 공유하고 나서서 함께 행동한다. 그들은 당사자들이 우리와 같은 국민이고 시민이라는 것을 알게 해준다.

발달장애인들이 그렇게 했듯이 그들과 가족들이 앞에서 나섰듯이 그리고 눈물을 흘리는 열정에 감동을 받아 일반인과 단체들이 함께 행동을 나서서 오늘의 복리를 얻게 됐다. 그들은 자신들의 개성을 살려 바리스타, 화예가, 일반 직장인의 길을 걸을 수 있게 되었고 기본적인 임금을 얻을 수 있게 되었다.

우리 당사자들은 혼자가 아니라는 것을 알아야 한다. 가까이에는 부모와 형제들이 있고 친구들도 있다 사회에 나가기 위해서는 외톨이마냥 뛰어다니는 것이 아니라 동료들과 연대 의식을 가지고 한 문제씩 풀어나가야 한다. 동료들은 자신들이 다니는 낮병원이나 센터의 친구들일 수 있고 동네의 고추 친구일 수도 있다. 우리가 누려야 하는 인권을 위해 관심을 가지고 목소리를 높여야 한다. 누구 한 사람이 독불장군처럼 나와서 힘들게 외치게 해서는 안 된다. 우리와 또 다른 동료들과 함께 자신들의 미래를 향해 힘차게 앞으로 나가야 한다.

그렇다 힘들다는 것은 안다. 우리 같은 정신질환자가 나서서 무엇을 해? 하고 의문을 품고 실망을 할 수 있다. 그렇지만 우리는 이것을 해 나가야 한다. 우리의 인권을 직장을 가정을 소망을 위해 모두가 한마음을 가지고 뜻을 모아야 한다. 기대가 있으면 실망도 있기 마련이다. 우리의 문제가 일사천리로 풀린다면 그것처럼 좋은 것이 어디 있을까? 온전한 배나무를 만들기 위해 수없이 가지치기를 하듯 우리들의 잔가지를 하나하나 쳐나가며 앞길을 걷는다면 누구와도 협력할 수가 없겠는가?

사회의 약자로 여성들이 있다. 요즘 뉴스에서 나오듯 여자라는 이유로 무차별 폭행, 댓글의 횡포, 몰래카메라의 공격, 성희롱 심지어 살인까지 일삼는다. 많은 여성 단체들이 우리의 인권을 지켜달라고 외치고 있지만 지금 이 순간에도 살인적인 횡포의 희생양이 되고 만다. 대한민국의 반이 여성이 아닌가? 그런 상대를 모른다고 얼굴을 갸웃거린다면 사회의 시민으로서 책임감이 사라지고 만다.

이런 친근한 존재를 모른다고 한다면 그들의 외침은 허공에 대고 외치는 것뿐이다. 많은 사회단체들이 그들과 연대 맺기를 원한다. 우리 당사자와 단체들도 이 연약한 여성들과 연대를 맺으면 좀 더 가치있는 일을 하는 것이 아닐까 생각한다. 같은 사회 약자끼리 연대 의식을 가지고 협치적인 동료 연맹을 맺으면 서로 간에 윈윈하는 방법이 아닐까 생각한다. 서로가 주제도 모르고 끼어들려고 하느냐? 하면 우리들 모두 소수 시민이며 연약한 동료들이라며 함께 행동하자고 연대 의식을 제안하면 뭔가 모를 시너지 효과가 나오지 않을까 생각된다.

이런 이야기를 꺼내서 당황스럽겠지만 외국에서는 당사자들과 여성 단체들이 연대 의식을 가지고 함께 투쟁하는 모습을 본 적이 있다. 그들은 한쪽이 공격당하면 빨리 동료의식을 가지고 삐그덕대는 단체의 팔을 고치고 하나의 몸으로 완성해 사회에 함께 목소리를 높이는 것이었다. 난 선진국이니 당사자들한테 편견이 없어서 공조가 잘 되는가 보다 생각했다. 그런데 그들은 수십 년 전부터 당사자와 여성 단체가 힘을 합쳐 사회에 연대 의식을 보여온 것이라 한다.

우리보다 민주주의 역사가 깊어서 그런지 그들의 행동은 하나도 어색하지 않았다. 처음에는 당사자들이 여성 단체들한테 연대 의식을 하자고 할 때는 별꼴이다 하며 눈길도 주지 않았는데 당사자들의 적극적인 협치 의식에 공감을 해 이제는 무슨 행사를 하든 함께하는 동반자들이라 한다.

당사자들에게 이런 말을 하는 것은 생뚱맞은 것 같지만 이런 역사가 있었고 우리도 할 수 있다는 것을 알려주기 위해서다. 자신들의 문제보다 동료들 우리 당사자들의 문제를 먼저 생각하자. 그러면 한쪽 눈으로 보이던 시야가 두 쪽 눈으로 훤히 보이게 될 것이다. 정신질환자란 말 참 지겹기도 하다. 과거에는 방 안의 어느 한구석에 처박혀 있던 처지였다면 이제는 다양한 시야로 세상을 바라봐 넓은 마음을 가지자.

우리도 사회에서 누군가와 연대 의식을 가질 수 있다는 자부심이 있다면 하늘이 더 파랗게 보일 것이다. 아마 세상이 건강하게 보이지 않을까 생각된다. 우선 당사자들끼리의 동료의식부터 가지자. 나보다 잘날 수도 있고 못날 수도 있다. 그래도 한 가지의 목표 의식을 가지고 앞으로 나간다면 우리의 인권과 소망은 그리고 복리후생은 우리 때에 쟁취할 수 있지 않겠는가 생각해 본다. 한편으로는 우리 당사자들이 많은 소수의 단체들과 연락을 취하고 있는 것이 중요하다고 본다, 그들과 단체적인 힘이 필요하고 정보의 공유도 중요하다. 우리가 똑똑해서 뜻이 튀어서 이와 같은 활동을 하자는 것이 아니다. 우리 당사자와 그들의 삶을 향상시키고 철학을 나눠 가지자는 것이다. 많은 여성단체들, 그들과 이상을 나눠 가지면 좋은 공동현상이 일어날 것이라 믿는다.

그들에게 동료가 있다는 것이 알게 된다면 큰 힘이 될 것이다, 난 그들과 함께 소비자운동을 일으켜보는 것이 꿈이다. 서로에게 남편이나 자식, 부모 등이 있을 것이다. 제외되고 핍박받고 있는 정신질환자들이 스스로의 권리지향을 위해 전국의 당사자들과 한날한시에 소비자운동을 일으키면 아마도 당사자들에 대한 정신건강정책도 크게 바뀔 것이고 협력자들인 여성 동력자의 위치도 크게 향상될 것이다. 이제 그녀들이 가는 길에 우리 당사자들이 함께하는 것이다. 서로가 피드백 주며 하나가 된다는 것은 반석을 위해 성을 쌓는 것과 같다. 아마도 우리의 성은 폭풍우가 몰아쳐도 끄떡없을 것이고. 제삼자들과 연대하는 것은 중요하며 소중하며 섬겨야 할 사업이다.

# 7) 청소년 정신질환, 전담병원 확충과
## 시스템 보완이 시급하다

2017년 보건복지부가 '장애인 실태조사'에 의하면 정신장애의 발생 시기는 만 10~19세 23.3%, 만 20~29세 35.5%, 만 30~39세 21.0%로 조사된 바 있으며 2018년 우리 위원회가 실시한 '정신장애인의 지역 사회 거주 치료 실태조사'에 의하면 정신질환의 최초 발생 시기는 초등학교 및 중학교 12.4%, 고등학교 29.5%, 대학교 20.9%인 것으로 조사되어서 아동, 청소년기에 정신질환의 발생률이 집중되고 있는 것이 확인된다.

아동, 청소년기는 정체성의 형성, 독립에 대한 욕구 증가, 또래 관계 형성, 미래를 위한 준비 등 성인으로서 역할을 확립하는 데 영향을 주는 시기이며 동시에 정신건강의 문제에 취약한 시기이기도 하다. 특히 청소년기는 사회적, 신체적, 정신적으로 중요한 변화가 발생하며 가족 구조 및 학교, 사회 환경의 변화 등 모든 요소들이 청소년의 인성 및 성격에 영향을 끼치는 시기로 대인 관계와 내적인 스트레스로 인한 정서, 행동 문제가 다양하게 나타나며 치료가 필요한 정신건강상의 증상을 보이기도 한다.

질풍노도의 시기라 불리는 청소년기엔 많은 변화들이 육체와 정신에 영향을 끼친다. 심리적으로 가장 섬세한 시기라 조그마한 일에도 정신적인 파장을 일으키어 주체치 못하는 행동을 할 때다. 특히 10대 초반(13세~15세)에는 그들의 주관성이 잡히기 전에 주위 관계들에 대한 여파로 갈 길을 못 찾아 종종 헤매고 만다. 이때 친구들의 여흥에 따라 옆길로 빠져 범죄 아닌 범죄가 되는 촉법소년이 되는 것을 종종 목격한다. 이때는 정신적으로 극히 예민해져 있어 조증이나 조울증에 걸려 자신의 이상을 놓칠 때가 한두 번이 아니다.

이럴 경우 아버지나 어머니가 그에게 관심을 갖고 그의 심신을 달래주면 끓어오르는 성질도 끊기게 된다. 그런데 부모의 냉대와 박해가 그에게 임할 때는 정신적으로 독립하지 못해 주위 친구들에게 의지하게 된다. 이때 친구들의 영향이 중요한데 나에게 시너지 효과를 주고 힐링이 되는 친구를 사귀느냐, 정신적 폭압에 못 이겨 일탈을 일삼는 친구를 사귀느냐의 기로에 서게 된다. 교차로에 서 있는 자동차가 긴장감이 감도는 순간이다. 이런 친구들이 종종, 조증, 조울증, 우울증에 걸리어 자기 인생의 해답을 찾지 못한다.

2016~2017년 보건복지부가 초, 중, 고 4,057명을 대상으로 실시한 '아동 청소년 정신장애 유병률 및 위험요인 연구(이하 '아동. 청소년 정신장애 유병률 조사'라고 한다)'에서 만 6 ~17세의 학령기 아동, 청소년 중 우울 상태 35.7%, 중등도 이상의 불안 상태 11.7%, 문제행동 8.7%, 인터넷 고위험군 3.7%인 것으로 조사되었으며 자살을 생각한 적이

있는 아동, 청소년도 17.6%에 달하였고 자살 시도 1.7%, 자해 5.8%로 조사됐다.

하지만 정신질환의 조기 발견에도 불구하고 곧바로 검진이나 치료까지 연계되는 비율이 높지 않은 것으로 조사되고 있다. 1997년 학교 정신보건사업 모델 개발 연구에서 도시지역 초등학생을 대상으로 선별검사를 시행하였을 때 9.3%의 아동이 정신건강의학과의 정밀검사가 필요하다고 평가되었으나 그중 19.4%만이 정밀검사를 받았고 정신질환이 있다고 평가된 아동 중 8%만이 정신건강의학과의 치료를 받은 것으로 조사되었다. 정신건강의학과의 진료 및 검사를 받지 않은 이유는 부모가 자녀의 정신건강 문제를 중요하게 생각하지 않거나 정신질환에 대한 낙인 등 정신건강의학과 치료에 대한 주위의 부정적 시선을 의식하기 때문인 것으로 조사된 바 있다.

또한 보건복지부 '아동, 청소년의 정신장애 유병률 조사'에서도 대상자의 17.3%가 정신건강 문제로 도움을 구한 적이 있는 것으로 조사되었으나 도움 제공자는 전문의가 아닌 정신건강 전문가 5.99% 학교 내 상담교사 4.38%, 약사 3.38%였으며 정신건강의학과 전문의 상담은 3.09%에 그쳤다.

사회의 이목이 중요하다. 매스컴이나 언론 등을 통해 본 정신질환자는 미래의 범죄자, 사각지대의 혐오스러운 대상으로 증폭되어 왔다. 특히 이때 이성적으로 민감할 때 정신병이란 것은 자기를 주체치 못하는 열등생으로 낙오되고 만다. 친구들이 자기를 보는 눈이 예사롭지 않게 느껴지고 마치 죄도 안 지었는데 범죄인 것마냥 가슴이 쿵쾅거린다. 버스나 지하철 안에서는 모두가 자기를 주시하는 것 같고 자기들끼리 수군대는 소리도 마치 날 험담하는 것처럼 느껴진다. 이때 심지를 굳게 못 잡으면 정신질환에 걸릴 수 있지만 이때일수록 자기를 고립시키지 말고 당당히 외부에 나 자신을 내세워야 한다.

친구들이 많이 없어도 나의 심정을 이해하고 격려해 줄 수 있는 친구 한 명이라도 있으면 자신감이 생긴다. 그들과 매일 대화하며 공통적인 주제로 찾고 멋진 곳에도 같이 동행하여 여행도 해 본다. 만약 교회나 절에 나간다면 그들의 학생회에 출석해 많은 친구를 사귀는 것도 난해한 정신력 극복에 도움이 될 것이다. 교회 활동 속의 건전한 이성 교제는 어디서 맛도 보지 못한 신선함을 느끼게 해 줄 것이다. 예민한 청소년들의 정신적인 건강을 위해서는 종교활동이 큰 시너지 효과가 되리라고 본다.

'유엔 아동권리협약'은 모든 아동에게 생존권, 발달권, 보호권 참여권 보장을 강조하고 있고 특히 제24조에 '아동은 최상의 건강 수준을 향유하고 질병의 치료와 건강의 회복을 위한 시설을 사용할 수 있는 권리가 있으며 건강관리지원의 이용에 관한 아동의 권리가 박탈되지 않도록 노력해야 할 것을 규정하고 있다. 또한 같은 협약 제23조는 '장애 아동의 가능한 전면적인 사회 동참과 문화적, 정신적 발전을 포함한 개인적 발전의 달성에 공헌하는 방법으로 그 아동이 교육, 훈련,

건강관리지원, 재활지원, 취업 준비 및 오락 기회를 효과적으로 이용하고 제공받을 수 있도록 계획되어야 한다'라고 강조한다.

'정신장애인 보호와 정신보건 의료 향상을 위한 유엔 원칙(이하 'MI' 원칙이라 한다. 1991년 채택)'에서도 '유엔아동권리협약'에서의 이러한 철학과 원칙에 궤를 같이하여 정신 의료시설 내에서도 성장과 발육 단계에 있는 아동, 청소년의 정서적, 심리적, 신체적 여건이 고려되어야 하기에 제2조에서 '특별한 보호를 받을 권리'를 권고하고 있다.

아동들에게도 정신적인 착취는 불법이며 그에 대한 강력한 법 집행이 있어야 한다. 유엔에서도 그들의 발달권, 생존권, 보호권을 강력히 주장하고 있는데 선진국인 한국에서는 아동 착취율이 세계 상위권에 들어간다. 이제 초등학교 막 들어간 어린이를 야시장의 손님들을 모으는 호객꾼으로 이용하고 있으며 기초생활수급자의 자녀는 친구 부모들의 눈을 피해 생활전선에 나서고 있다. 정부에서는 아동복리증진을 위해 여러 계획들을 세우고 있지만 거의 자녀들을 둔 부모들을 상대로 한 복지 체계가 중심으로 세워져 있다. 불우 아동들의 학습권, 보호권은 직접적인 체감률이 낮다.

'MI 원칙'에 의하면 정신장애인도 동등한 근본적 자유와 기본권 보장, 국제적으로 공인된 정신보건 종사자들의 윤리기준 적용, 의학 검사의 강요 금지, 비밀 보장, 가능한 자신이 거주하는 지역사회에서 치료받을 권리, 기타 질환자와 같은 기준의 의료와 치료를 받을 권리, 전문가 처방에 의한 치료 및 진단적 목적으로의 약물치료, 동의에 의한 치료, 권리의 고지, 정신 의료시설 내에서의 권리 보장 및 비슷한 연령의 일반인 생활과 최대한 유사한 조건 제공, 가능한 자발적 입원의 원칙, 절차상 보호 조치, 정보 열람 등의 기준이 제시되고 있으며 아동 및 청소년에게도 이러한 권리가 보장되어야 하는 것은 너무도 자명하다.

정신장애인들도 이와 똑같이 MI 원칙이 적용되어야 한다. 아니 하게 되어 있다. 특히 정신질환이란 병에 대한 개인 신상 명세가 철저히 비밀로 지켜줘야 한다. 청소년에게도 자신에게 맞는 의료혜택을 선택할 권리가 있고 자신을 존중해 줄 수 있는 병원도 정할 권리가 있다. 맹목적으로 끌려가서 강제 입원하는 것은 부당하며 입원한 자의 입원, 권리 고지 내용을 상세히 알고 입원하는 것도 그들의 신성한 권리이다.

부모들이 어르고 협박해서 입원시키는 시대는 지나갔다. 당사자의 의향을 충분히 알아 병원에서의 입원과 재활 프로그램에 적극 참여하여 정신건강을 활발히 유지하여 차후에 퇴원하여 직장을 가져도 좀 더 떳떳한 위치에 있을 수 있다. 그들에게도 자발성이 존재해 있으며 절차상의 보호 조치가 있음을 알게 하는 것도 이 사회의 의무이다.

아동, 청소년 전문 정신 의료기관이 절대 부족하다. 그들을 케어해줄 수 있는 병원이 일반인들과 함께 관리하다 보니 병증이 경증인 아동, 청소년들이 정신병원에서 같은 룸에 배정받고 치료도 일반인 정신 질환자와 별 차이가 없다. 그들이 조증이나 우울증이면 똑같이 장성한 어른들과 같은 질환으로 취급받았다. 정신병원에서 청소년들도 이 눈치 저 눈치 살피며 생활한다. 어떻게 하면 퇴원할까? 그 궁리 중에 파묻혀 있다가 병실의 주도권을 잡은 환자가 오면 여우처럼 옆에 붙어 별별 아양을 다 부린다.

　　그러다 그가 갑자기 퇴원하면 어머니가 죽은 마냥 깊은 우울증에 빠지게 된다. 오늘 정신병원에서는 청소년 전문 프로그램인 Wee 센터를 운영하는 병원들이 있다. 아동에서 청소년기(7세~22세)까지의 환자들을 대상으로 각종 프로그램을 진행하고 있다. 그들의 취향에 맞는 교육 프로그램은 병원의 처방에 대한 거부감을 잊게 하고 에너지가 넘치게 한다. 청소년들의 경증인 이 질환을 중증으로 가는 길목을 차단할 수 있으마 같은 동료(환우)들 간의 우애가 깊어져 사회생활을 하는 데 큰 전초의 역할을 한다. 하지만 이런 청소년들을 대상으로 한 병원이 전국에 극소수다. 이제 한국의 아동, 청소년 전문 병원이 몇 개가 되는지 알아보자.

　　2016년 말 우리나라의 정신 의료기관은 1,513개소인데 반해 아동, 청소년 전문 정신건강의료기관은 17개 시도 중 서울 7개, 경기 4개,

부산 3개, 대구 2개 등 지역 21개소에 불과하다. 퇴원 이후 사회복귀를 지원하는 정신재활시설은 국내에 304개소가 있으나 아동, 청소년을 지원할 수 있는 시설은 12개소에 불과하다. 이 또한 서울지역에 밀집되어 있어서 서울 외 지역에 거주하는 아동, 청소년을 위한 정신재활시설은 전무한 상황이다. 2016년 발표된 '정신건강 종합 대책'에도 '아동, 청소년의 학업지원 및 사회복귀를 위한 정신재활시설을 설치 운영한다'라는 계획이 마련되었다.

2018년 전국 시도별 17개소의 광역형 정신건강복지센터와 자치구별 226개소의 기초 정신건강복지센터가 운영 중이지만 중증 정신질환자를 위한 서비스가 중심이며 아동, 청소년 관련 사업은 초기 평가, 사례관리, 의료기관 연계 및 의료비 지원, 자살예방 등에 국한되고 있다. 아동, 청소년에 특화하여 정신질환의 예방과 조기 발견, 치료가 가능한 정신건강복지센터는 전국에 총 3개소(고양시, 성남시, 수원시)에 불과하다. '아동복지법'에 의한 지역아동센터, '청소년복지지원법'에 의한 청소년 상담 센터 등은 아동과 위기청소년에 대한 상담과 복지 지원이 중심이며 정신건강 관련 전문 인력 등이 배치되어 있지 않아서 정신건강에 대한 상담이나 대처에는 한계가 있다. 학교 내 복지센터(Wee 센터/Wee Class 등) 등은 아동 청소년의 정신건강 문제를 담당할 매우 중요한 역할을 수행할 수 있지만 인력이나 예산 등의 한계로 정신건강에 대한 전문성을 갖고 있다고 보기 어렵다.

앞에 보는 것처럼 청소년 전문 정신병원이 열악해도 너무 열악하다. 서구에서는 한 구역마다 청소년 정신건강증진센터(Wee 센터)가 있어 언제든지 자유롭게 상담받을 수 있고 처방받을 수 있다. 서방 선진국에서는 청소년들의 입원일을 7일로 정해두고 있다. 그것도 입원하면 환자복을 입히지 않고 사복을 입힌다. 일주일 동안의 교육은 병원에서 청소년 담당 교사들이 배치되어 있어 입원과 교육 생활을 동시에 받게 한다. 예민한 청소년들에게 최소한대로 자율성을 허락하는 것이다.

몇몇 한국 병원에서 이 제도를 따라 입원 교육치료법을 시도했으나 장소와 공간이 협소해 크게 호응받지 못하고 사장돼 버렸다. 지금도 몇몇 병원은 장소와 공간을 마련해 이 제도를 실시하고 있지만 아주 초보적인 단계이다. 그래도 안 하는 것보다 낫지 않은가? 청소년들의 정신건강과 교육을 위해 기본적인 토대를 마련하고 있는 오늘날 자꾸 변화되어 가고 있는 한국의 정신건강증진 병원들의 달라진 모습에 작은 환호를 보내며 응원하게 되는 것이 나 또한 질환을 가진 당사자로서 당연히 가져야 되는 자세가 아닐까 생각된다.

# 3

✦

# 작은 자들의 사회적 시선

# 1) 팬데믹에 빠질수록 종교는 제 모습을 찾아야 한다

본격적인 겨울 날씨이다. 아침, 저녁으로 쌀쌀한 기운이 온몸을 에워싸는 시기이다. 이때쯤 독감이 유행하고 환절기 잔병에 시달린다. 끝이 없는 코로나 득세에 긴장감을 놓을 수가 없다. 국민들에게 무료 독감 백신을 접종하려던 계획도 경험이 없는 제약회사의 부주의로 접종 취소가 되는 초유의 사태가 벌어지기까지 했다. 국민의 건강을 담보로 돈이나 벌자는 상술로 드러났다. 코로나 팬데믹에 모두가 혼돈의 상태에 빠진 이때에 누군가가 작은 등불을 든 채 길을 잃은 국민들에게 안전과 화합의 길로 인도하는 참 리더가 나오길 갈구하고 싶은 심정이다. 만약 이 어려운 시기에 참 지도자가 나와 해답의 길을 제시한다면 그 누가 반가워하지 않을까? 싶다.

다시 현실로 돌아와서 우리 사회는 하나의 목표를 내세워 시민들이 꽉 채워진 태엽 시계의 부품처럼 규칙적으로 돌아가길 원한다. 정확함은 물론이요. 일탈의 행위도 용납하려 하지 않는다. 그런데 그것이 가능할까? 많은 개성의 신분들이 이하 집산 식으로 모여있는 사회는 하나의 움직임을 쉽게 용납하지 않는다. 정치, 경제, 문화 등 이 분야에서 많은 인물들이 나오지만 모두의 이익은 다르다. 그것에서 자신의 이익이 합산되어야만 그 단체의 부류로 들어간다. 그리고 그곳에서의 정기적인 일 처리의 만족도가 최고조로 이르렀을 때 그들이 바라던 성과를 이룰 수 있다. 그 과정은 복잡하기 짝이 없다. 그 안에서 성취를 이루기 위해 동료들끼리의 경쟁을 해야 하고 자기 스스로를 제어할 수 있는 매개체를 찾아야 한다.

만약 그것이 없다면 폭주하는 기관차처럼 선로를 벗어나 사건의 역사에 들어가게 된다. 많은 사람들은 자신들을 컨트롤할 수 있는 매개체를 찾기 위해 부단히 애를 쓴다. 쉽게는 취미 할 동에서부터 공통적인 자조 모임, 자신들이 만족할 수 있는 클럽을 찾기 위해 열중한다. 그중 하나가 종교 모임이다. 좁은 현재의 세계관에서 벗어나 초자연적인 존재에 자신을 의탁해 슬픔, 좌절, 우울, 등에서 벗어나 소망과 기쁨의 세계로 들어가려 한다. 그러면 또 하나의 환희의 세계에 입문하게 되어 생활의 기본 베이스를 마련하게 되고 절도 있는 생활, 즉 감각적인 생활을 추구하게 되는 것이다.

종교에 입문하게 되면 신앙심이 생긴다. 초자연적인 존재에 자신의 문제를 의탁해 응답을 갈구하고 해결책을 받고자 한다. 그게 그리스도든 부처든 관계없이 말이다. 인간이 제삼자의 입장에 자신의 문제를 해결 받고자 하는 것은 하나의 본성이며 원초적인 욕구이다. 이것이 그들에게 긍정적인 시너지 효과를 준다는 것이다. 그것은 사랑이 될 수 있으며 모범이 되기도 하고 규약일 수도 있다. 이것들이 사회를 아름답게 해주고 있으며 온전한 세상을 만들어 주고 있다는 것이다. 길을 알 수 없어 반항하는 영혼들에게는 최고의 운전자가 되기도 하며 생활의 카타르시스가 되기도 한다. 그렇다면 종교가 만인의 연약함을 해결해 주는 해결사가 되는 것일까?

'그렇다'와 '아니다'가 반반이 아닐까 싶다. 진리로 이끌어 주는 종교는 삶의 희망이 되고 행복이 되며 사회의 완치점이 되기도 한다. 그 실례로 많은 종교인들은 사회의 규범을 해치지 않고 또 하나의 조화로움을 이루려고 한다. 그렇지만 진리에서 벗어난 종교는 독이 든 성배의 역할을 한다. 하나의 가상설을 만들어 사람들의 마음을 현혹하여 사회의 구성체를 무너뜨리려는 역할을 하기 때문이다. 불교이든 기독교이든 이단은 존재한다. 그들은 기존의 법리 내용을 기묘하게 뒤틀어 자신들의 모임을 오직 달콤한 이하 집산의 모양으로 타락시켜 버린다.

이와 같은 이단의 모습은 기존의 종교보다 많은 해결책을 제시하고 달콤한 과정의 단계로 사람들을 유혹한다. 사회에서 많은 실패를 맛본 사람들이나 복잡한 사회조직에서 그들의 성취를 얻지 못한 사람들이 타락의 선악과를 탐하기도 한다. 그 맛은 매우 달콤하여 취하기도 하고 배부르기도 하지만 궁극적인 목표의 단계에 와서는 토사곽란의 사태를 맞이하게 된다. 이때에는 현실감을 찾아도 스스로를 망각의 늪에 빠뜨려 가족은 물론이고 이웃이나 친지들을 함께 몰락의 세계로 인도하게 된다. 그 대표적인 예가 신천지나 사랑 제일의 교회 같은 부류가 아닐까 싶다. 그들은 안다. 자신들이 무엇을 잘못했는지. 하지만 지금에 와서 부정을 하게 되면 자신들이 이룩해 놓은 비대칭 같은 조직이 무너지고 말 것 같아 잘못을 인정하지 않으려고 하는 것이다.

코로나 팬데믹에 종교는 자신의 위치를 올바르게 조정할 줄 알아야 한다. 이럴 때일수록 수많은 사람들이 궁극적인 해답을 얻기 위해 종교에 귀의하려고 한다. 그런데 엉뚱하게 진리의 문으로 인도하지 않고 절벽에 위치한 심판의 문으로 인도하려고 한다면 그 단체들은 징벌의 대가를 받아야 한다. 수많은 사람들의 영혼을 더럽히고 오열의 물결로 인도하기 때문이다. 그 종교에 빠진 사람들을 비판하는 것이 아니다 아닌 것을 알면서도 진리인 양 인도하는 지도자들을 비판하는 것이다. 그들은 자신들의 성도의 재산을 일탈하고 탐닉하며 침탈까지 서슴지 않는다.

대부분의 신자들은 자신의 재산을 그 종교의 대상자 아니 어용 지도자에게 바치는 것을 신성하게 여긴다. 종교상으로는 재물에 미련 갖지 않는 깨끗한 의인의 자리에 임하는 것이다. 이 이상으로 벗어나면 자기 착각으로 빠져 지도자의 행동이 신의 뜻이라고 각인되어 자신도 도취되어 일상생활에 종교의 뜻을 부합하여 자신의 일반적인 행동마저 신의 뜻이라 착각해 집안을 망치는 경우가 많이 발견된다. 신의 뜻이라며 아내와 자식들을 박해하고 자신의 직장에서도 신의 뜻이라며 일탈행위를 일삼다 일을 그만두고 이단의 종교집단에 완전히 귀의하여 그 종교 행위에 심취하여 작은 사회인 가정을 망치게 된다. 이후 그 종교의 일탈행위는 사회의 암 덩어리가 되어 모두가 지켜야 하는 사회의 규범을 어기고 있지도 않은 날조된 규약을 만들어 이미 존재해 있는 전통적인 사회를 무너뜨리려고 한다.

광복절 집회에서의 한 일탈한 교회와 지도자, 오염된 신자들의 비상식적인 집회는 대한민국을 집어삼킨 코로나19에 기름을 붓는 역할을 했다. 확진자를 수도 없는 수로 넘치게 했으며 자기 잘못을 인정하지 않고 거짓과 시민사회에 대한 농간으로 우리들의 문화를 일시 정지시켰다. 그들이 벌인 작태에 지금까지 확진자 수는 아직 세 자리 숫자를 유지하고 있으며 전국을 코로나 팬데믹에 빠뜨렸다. 그들이 순간적인 화를 참고 오욕을 회개의 기회로 삼았다면 한국은 진정 코로나 방역의 모델이 될 수 있었다. 그렇지만 아쉽게도 그런 기회를 스스로 발로 찬 모양새니 답답하지 않을 수가 없다.

아직도 대한민국의 많은 교회가 사태가 이와 같은데 현장 예배를 고집하고 있다. 교역자들은 신도 수가 줄어들까 봐 전전긍긍하고 있다. 한편으로는 헌금 문제도 현실적으로 들어올 것이다. 소수의 대형 예배들은 온라인 예배로 전환했으나 다수의 교회들은 신앙의 자유라 외치며 현장 예배를 고집한다. 그것이 신의 뜻이란다. 과연 그럴까? 신은 우리 인류에게 소속감을 먼저 주었다. 구약시대부터 족속이 있어야 신의 역사가 강림한 것이었다. 그것이 발전해 국가가 존재하고 그다음에 종교가 존재하도록 역사하신 것이다. 그렇지 않다면 벌써 이스라엘 나라는 존재하지 않고 사라졌을 것이다. 2차 대전이 끝나고 유대인들은 먼저 국가를 만들었다. 그리고 신을 찾았다. 그들은 지금까지 강력한 국가 관념에 종교관을 입혀 나라를 존재시켜 왔다. 이것을 잘 알아야 한다.

　우리도 마찬가지다. 대한민국이 먼저이고 대의다. 그다음이 종교다. 공공의 이익이 먼저지 개인의 이익이 우선이 아니라는 것이다. 지금 한국의 종교는 국가 위에 군림하려고 한다. 그것이 신의 뜻이란다. 참으로 말도 안 되는 궤변이다. 이제부터는 종교는 대의를 위한 신앙심을 우선시해야 하며 국가를 위해 희생할 줄 아는 종교관을 국민에게 심어주어야 할 것이다. 이렇게 코로나 팬데믹 사태에 하나의 돌출된 행동이 일파만파로 퍼지는데 올바른 중심을 잡아주기 위해서는 종교는 양보해야 하고 헌신할 줄 알아야 한다. 교회는 절대 국가 위에 군림하려고 하면 안 된다. 가장 낮은 곳을 향하여 시선을 두어 신자들을 저 높은 하나님을 향하게 해야 한다, 목사들이 사사시대처럼 성도들 위에 군림하려면 우선 자기 자신을 속의 모습까지 성도들에게 보여야 한다. 그렇게 하길 싫어하는 사역자들이 무슨 자격으로 교회에 몰려드는 성도들의 소망을 훔치려 하는가. 21세기 성도들은 대부분 신앙에 대한 전문적인 지식이 목사들 이상으로 높아져 있다. 그런 그들에게 무조건적 순종을 요구하니 교회들이 분란을 일으키고 문을 닫는 사태가 일어나는 것이다. 오늘날 교회는 절대 성도들 위에 군림하려고 하면 안 된다. 그들의 신앙적인 욕구를 겸손한 위치에서 받아들여 섬기는 사역자로 있어야만 승리할 수 있는 목회자가 되는 것이다.

가시밭에도 백합화는 핀다고 한다. 우리 한국의 종교가 그런 모습을 보여야 하지 않을까 싶다. 한 사람의 가치관의 희열로 종교를 선택하듯 그들의 신앙심을 존중해 성숙한 문화를 키워나가야겠다. 시민들은 자신들의 가지고 있는 문제를 신앙심으로 풀려고 한다. 이때 옳은 정도의 길을 가르쳐 주어야지, 파탄의 길로 인도하면 진정 이 나라에 신의 역사는 존재하지 않을 것이다. 인기에 편승하는 개인주의의 종교 지도자들은 각성해야 한다. 그들은 순간적으로 우월감을 느낄지 모르지만 자신을 따르는 신자들을 존중하고 책임질 줄 알아야 한다. 계속 속된 모습으로 타락의 길을 걷는다면 그들은 거짓의 권속에 속하여 진정 신의 축복에서 제외될 것이다.

지금은 코로나 팬데믹 시대이다. 모두가 자신을 진정시키고 다독여야 할 때이다. 이럴 때 종교에서 겸양과 순종, 화합, 조화의 모습을 보인다면 이 어려운 시국이 봄날 눈 녹듯이 녹아내릴 것이다. 국민의 절반 이상이 종교를 가지고 있는데 이때 종교 지도자들이 스스로 살을 깎는 겸양의 자세를 보인다면 신자들과 국민들은 함께 힘을 모아 이 시국을 힘차게 타개하리라 본다. 왜냐면 우리 대한민국은 세계 여러 나라에서 경제나 문화적으로 존중받기 때문이다. 존중이란 그만큼 소중한 것이다. 이제부터라도 종교인들은 겸양의 자세를 보여 대한민국을 보존과 우대, 존중의 나라로 보존해야 하는 데 앞장서야겠다.

## 2) 정신질환자 가족들 항상 가슴이 애끓어

가족이란 우리 한국 사회에서는 가장 기본적인 모태이며 사회의 근원이다. 농경사회에서 시작한 우리의 가족문화는 구성원 하나하나가 기본적인 노동력으로 이루어져 있으며 국가의 근원적인 힘이 되었다. 이것은 하나의 문화가 되었고 그 나라를 아우라는 문명의 힘이 되었다. 이런 역사를 5천 년간 이어온 우리나라는 독특한 문화를 이루어 냈으며 주변국의 제국화에 예속되지 않은 채 고유의 생명력을 이어 왔다. 어느 대륙에서나 가족들은 그 국가의 기본적인 단위요,

핵심이다. 그들은 국력의 축적이고 힘의 예시이기도 하다.

하지만 문명과 문명의 차이에 따라 가족들의 성격은 차이가 난다. 서방에서는 개인의 능력을 우선시하고 단위화 되지만 동양에서는 가족들이 하나의 능력이요 단위이다. 특히 우리나라에서는 말이다. 긴 역사 동안 900번의 외세의 침략이 있었지만 제국의 강한 압력에도 불구하고 우리만의 독특한 문화는 말살되지 않고 지금까지 발전하고 유지해 왔다. 이것은 한민족의 인내와 끈기의 생명력이며 이를 토대로 문화를 이루어 왔기 때문에 다른 유류 족속들처럼 말살되지 않았다

말이 너무 포괄적으로 나갔다. 이런 문화의 근원이 가족에게서 비롯됐다는 취지에서 설명이 장황하게 나갔나 보다. 21세기 우리나라는 문화를 첨단화하고 세계 여러 곳에 영향력을 키우고 있다. 문화, 연예, 스포츠, 시사 등은 아시아의 본보기가 됐으며 주변국의 부러움이자 경외의 대상이 되었다. 지금도 한국의 사회는 가족들을 중심으로 이루어져 나가고 있다. 그들은 소비자 이기도 하고 문화의 주최자이기도 하다.

오늘은 수많은 가족 중 정신장애인 문화에 대해 이야기하고자 한다. 그들은 사회의 중요한 구성원이기도 하며 노동력의 일부이기도 하다. 그렇지만 이런 주권에서 당사자들은 열외로 밀려나기 부지기수다. 그들을 이웃으로 받아주지도 않고 멸시와 천대의 대상으로 낙인

찍어 버렸다. 정신장애인들은 그들만의 문화가 있으며 생존하는 방식
도 있다. 주변의 따가운 시선에도 불구하고 당사자들의 문화는 존속
해 왔다.

정신장애인들은 사회에서 그들을 받아주길 원했고 노력해왔다. 병
원에서의 긴긴 입원 생활은 두렵고 떨렸지만 사회에 진출하기 위해
눈앞에 놓인 장애물들을 하나씩 넘어가기 시작했다. 그리고 그 너머
의 세계는 녹녹하지 않았다. 그들에 대한 편견의 시각은 스스로의 자
신감에 못을 박기 시작했다. 그래도 편견의 시선을 넘어 당당히 주권
의 자리를 찾기 위해서는 너무 무모한 것도 있었다.

이웃과 같이 살기 위해 화합을 추구하기도 했으며 가슴 시린 양보
도 해보았다. 그래도 그들에게 돌아온 것은 모멸감과 자괴감이 너무
컸다. 질환을 가지고 있는 것도 억울한데 극복하는 태도마저 함부로
허락하지 않는 사회의 시야는 너무 차갑고 날카로웠다. 중증 정신질
환자들은 평균적인 삶을 포기한 채 그들만의 자리로 몰려 병원과 집
만 왕래하기를 수십 번씩 하게 되었고 초기 질환자들은 스스로를 인
정 안 해 자기와의 지루한 싸움에 몰려 피곤한 삶을 산 지 오래다.

"저도 살려고 노력합니다. 지금 이 순간을 어떻게든 극복해서 사회
에서 내 자리를 찾고 싶습니다. 그리고 그것은 나의 신성한 권리입
니다, 누구도 침해하지 못합니다. 그런데 사람들은 우리를 향해 손

가락질을 하며 가만히 있으라 합니다. 설치지 말고 구정물 튕기지 말고 사는 대로 살라고 합니다. 이것이 말이나 됩니까? 우리도 대한민국의 국민인데 왜 우리가 누려야 하는 신성한 권리를 막아서야 합니까? 우린 일을 할 수 있고 표현할 자유도 있습니다. 더 이상의 핍박은 인권유린입니다. 그래도 저는 그것을 극복해 나갈 것입니다."

조현병을 10년째 앓고 있는 조현우(45)의 항변이다. 그는 질환을 앓기 전에 사회에서 잘나가던 웹툰 작가였다. 그의 만화는 많은 사람에게 웃음과 감동을 선사했다. 그러다 홀몸이시던 어머니가 교통사고로 세상을 떠나고 나서 우울증에 시달리다 갑자기 세상이 불안해지고 우울해지며 외상후 스트레스 장애로 조현병을 얻게 됐다. 그는 처음에는 자신을 강력히 부정했으나 시간이 지남에 따라 자신의 처지를 인정하게 되었고 병을 극복하고자 많은 노력을 했다. 운동을 해보기도 했고 외국어를 배워보기도 하고 여러 가지 취미생활도 가지려 했지만 병 때문에 만족스럽지 않았다.

자신도 할 수 없는 정신질환자라고 자학을 하고 나면서부터 친구들은 떠나가고 연인과도 헤어졌다. 그렇게 일상생활을 힘없이 보내다 당사자 운동에 관심을 가져 그 모임에 참가하면서부터 자신을 인정하게 됐고 그 위치에서 무엇을 해야 하는 것을 알게 됐다. 정신질환자도 사회에서 바로 설 수 있다고 생각하며 당사자 단체에 가입하여 시민운동에 적극 참여하게 됐다. 그는 정신질환자에게 스스로를 인정해

바른 치료와 극복할 수 있는 용기를 심어주는 것이 중요하다고 느껴 지금도 당사자 단체 활동에 적극 활동 중이다.

수많은 당사자들이 있다. 초기, 중증 환자들 우울, 망상, 조증, 조현병 등 정신질환도 여러 가지다. 그들은 자신의 처지에 큰 비관에 빠져있다. "어쩌다가, 내가 왜?"란 의문은 항상 현재 진행형이다. 이 병에서 자신들은 나을 수 없다는 스스로의 자괴감은 자신들의 발목을 축축한 늪 속으로 이끌고 있다. 주위에서는 일어설 수 있다고 응원도 해주기도 하며 사는 날이 창창한데 왜 이제서야 포기하느냐, 절대 지지 말라고 격려를 해 주기도 한다.

그러나 이 정신질환은 당사자를 심한 우울로 인도해 각종 병중에 놓이게 한다. 여름이면 덥다고 집안의 창문을 열어 놓은 체 방에 누워있기만 하고 겨울이면 춥다고 방 안에 웅크리고 있다. 거기다 스스로의 경계심을 높이며 고슴도치처럼 각을 세운 채 '자기 촉에만 걸리기만 해라, 가만 안 있겠다'는 보호 본능 아닌 보호 간에 스스로 취해 있다. 이런 자괴감이 당사자를 스스로 망치고 있는 것이다.

"모든 것이 싫었습니다. 귀찮기만 하고 움직이기 싫고 생각하는 것도 싫었습니다. 오직 집안에만 웅크리고 앉아 세상 돌아가는 뉴스만 시청할 뿐입니다. 세상은 선택한 사람들만 중심으로 돌아가는 것 같았습니다. 사회는 우리를 사각지대의 혐오스러운 대상 범죄자로 취급할 뿐입니다. 이런 상태서 우리는 무엇을 해야 합니까? 그냥 이대로 본능에 이끌리어 살아야 하는지 한심했습니다. 하지만 지금은 낮병원에 참가해 당사자들을 주기적으로 만나며 이런 생각이 얼마나 어리석었는지 알게 됐습니다. 우리는 공통적인 주제에 공감해 있었고 우리의 문화를 주지했으며 변화의 시점이 있어야 한다고 느꼈습니다. 나한테 있는 가능성을 동료들과 연대해 함께 걸어가는 것에 비해 과거의 생활이 얼마나 낙망적인 것을 알게 됐습니다.”

조증을 7년째 앓고 있는 주지훈 씨(28, 남)의 이야기다. 그는 고등학교 때 심하게 왕따를 당한 뒤 심리적으로 위축돼 우울증에 빠지다 스스로를 이런 상실적인 시간에서 벗어나기 위해 자기만의 세계를 상상해 스트레스를 받을 때마다 가상 세계를 만들어 다중인격처럼 스스로를 위로해 왔다. 혼자서 웃기도 하다 울고 분노하기도 하고 자책을 하며 심지어 자해하기도 했다. 이런 그를 사랑으로 품어줄 사람은 자기 가족뿐이었으며 특히 어머니의 희생이 컸다.

그녀는 자기만의 세상에 빠진 아들을 구하기 위해 스스로를 그의 자학의 무대에 뛰어들어 아들의 변죽을 받아들여야 했다. 허공에다 언성을 높이 펴 외쳐대는 아들을 향해 “이 어미도 그런 감정이니 같이 외치자.”라며 연기를 해야만 했고 갑자기 울어대는 아들을 향해 연인인 양 가까이 다가와서 어깨를 내주어 다독여 주기도 했다. 심하게 자학을 하면 긴 인내심을 가지고 그의 행동이 풀리기까지 기다리다 진정이 되면 그것이 얼마나 잘못된 행동이었는지를 설명해 주기도 했다.

그녀는 가족의 공간에서 외톨이마냥 미쳐가는 아들을 붙잡아 상식의 세계로 인도했으며 당사자 가족들의 모임에 참가해 공통의 주제를 놓고 토론하기도 했다. 지금은 당사자 운동에 깊이 참가해 아들 문제뿐만 아니라 당사자들의 아픔을 같이 공유하여 아들 문제를 위해 많은 기여의 시간을 가졌다. 그녀는 가족의 한 식구로써 한 사람의 아들. 아니, 영혼을 놓치기 싫었기 때문이다. 지금은 지훈 씨가 많이 자신에게 여유의 시간을 가져 당사자 문화에 합류해 자괴감을 이겨냈지만 한 사람의 아들을 잃기 싫은 한 어머니의 희생과 활동이 한 남자의 영혼을 일깨운 것이었다.

"처음에는 쉽지 않았습니다. 제 딸이 그런 몹쓸 병에 걸릴 것이라곤 생각을 못 했죠. 3남 3녀 중 막내로 태어난 그 아이는 유난히 총명했죠. 애교도 많아 저의 사랑을 독차지하게 됐고요. 그런데 그날 여름에 한창 더울 때 바다로 놀러 간 딸아이는 익사 사고를 당해 겨우 죽다가 살아났죠. 그 후 물만 보면 공포증에 빠져 어찌할 줄 몰랐습니다. TV로 바다 장면만 나와도 비명을 질러대며 온 집안을 뛰어다니며 몸을 심하게 자해를 해댔죠. 화장실에 샤워기 돌아가는 소리만 들어도 공포에 시달리고 있었죠. 병원에선 외상후 스트레스 장애와 조현병이라 말을 하더군요. 제 딸이 정신질환자라니 인정하기 싫었습니다. 그러나 현실을 인정해야 하죠. 그녀의 공포를 극복시키기 위해 우린 무슨 일이면 다했답니다. 오빠들은 온라인을 통해 증강현실 비법을 알아 와 동생에게 적용하려고 노력했고 아내와 첫째 딸은 정신병원의 프로그램을 알아 와 그중에서 제일 좋다는 병원에 치료받게 하기 위해 노력을 많이 했죠."

어쩔 수 없는 사고로 인해 병을 앓게 된 딸을 위해 해결책을 찾기 위해 세상에 발 벗고 나선 조현우 씨(54)의 사연이다. 가족이란 공동체에서 아픈 몽니처럼 되어버린 딸의 치유를 위해 살벌한 사회로 뛰어든 그는 많은 해결책을 찾았다. 교회에도 가보고 절에도 가보고 좋은 산이란 산은 다 찾아다니며 약초와 기도 생활을 하기도 했다. 그렇지만 허사였다. 온 가족이 수고를 해도 별 효과가 없는 것이었다. 그러다 막내딸이 우연히 가족 사진첩을 발견해 갓난아기 때부터 지금까지 성장해온 사진을 보며 전에 안 가지던 호기심을 갖고 자꾸 사진에 관계된 사연을 이야기해 달라는 것이다.

아버지는 이 나이 때의 사진은 네가 제일 사랑스러울 때이고 이때는 제일 개구쟁이였다고 설명을 하자 갑자기 파안대소하며 웃더니 자기한테도 이럴 때가 있었느냐며 웃으며 즐거워했다. 이때부터 아버지와 딸의 대화가 진중하게 이뤄지며 여러 에피소드와 함께 행복해했다. 그 후 형제들은 자기와의 있었던 추억을 이야기하며 그때의 시절을 그리워하기도 했다. 그 후 가족들은 그녀와 많은 이야기를 하기 위해 시간을 투자했으며 막내딸은 정서적으로 안정감을 찾아 지금은 많이 순화되었다.

가족들은 하나의 사랑을 위해 연대 의식을 갖는다. 정상적인 일반적인 가정일 때는 행복이 넘쳐나겠지만 아픈 사연을 가진 가정은 정상적인 행복을 누릴 수는 없다. 정신질환자를 둔 가족은 말할 수 없는 자괴감에 빠진다. 그 누구의 책임이 있는 것도 아니지만 그들을 볼 때마다 양심상 심장이 방망이질하는 것 같고 생각했던 대로 관심이 가지 않는다. 그들이 알아서 잘하겠지, 방관만 했다가는 불행한 결말만 보게 된다. 항상 관심을 갖고 사랑으로 대해야 하며 삶에 대한 관심을 가질 수 있는 동기를 제공해야 한다. 오늘날 많은 당사자의 부모들이 스스로의 한계 심을 느껴 당사자 문화에 연대 의식을 가지려 한다. 과거에는 자식을 강제 입원시켜 놓으면 퇴원 후 그들과 원수 아닌 원수 사이가 된다.

그런 경험이 있는 당사자들은 그런 아버지, 어머니를 이해하지 못하고 자기에게 그런 모욕을 준 부모를 감정 아닌 감정의 상대자로 대한다. 그러다 수개월 후 또 재입원. 부모가 힘이 세면 얼마든지 자식을 강제 입원할 수 있는 것이다. 그런 방식을 수 차례 가지면 자각을 한 자식들이 부모를 원한의 대상으로 생각해 장래에는 그들을 향해 미래의 복수자가 되게 만든다. 그러지 않기 위해 오늘날 병원에서는 환자들을 위한 인지, 문화, 교양, 오락 프로그램을 마련해 당사자들의 사고방식을 많이 순화시켜려 한다. 병원에 오게 된 동기, 치유의 목적과 방법에 대해 교육을 받으면 가족에 대한 원한이 많이 수그러든다.

"처음에는 가만 안 두려고 했습니다. 그만 평소 때와 다르게 행동을 해 내가 스스로도 이상하다고 생각했지만 어머니가 자식을 강제 입원시키다니 이것이 말이나 됩니까? 이것은 자식과 부모와 인연을 끊자는 소리와 같습니다. 저는 한동안 어머니 얼굴을 안 봤습니다. 입원한 지 3개월이 지난 그때야 겨우 어머니가 찾아와 괜찮냐고 할 때 저는 제정신이냐고 악다구니를 썼습니다. 실망이 커 몇 년이 있어도 퇴원을 못 할 것 같아 답답해 미칠 것 같았습니다. 그러다 병원 프로그램에 관심이 생겨 자진해 참가하다 보니 나의 자세에 잘못됐다는 것을 알게 됐고 여러 문화 시간을 가져 스스로를 교정해 갔습니다. 그 후 언젠가부터 조현병 발작이 나 스스로에게 잘못이 있었단 것을 인정하다 보니 진정세로 돌아서게 됐고 어머니가 그리워 제가 먼저 집에다 전화해 잘못했다고 빌었습니다. 어머니는 조용히 듣다 흐느끼는 것 같았습니다. 그 후 3개월 연장 입원 후 퇴원하게 됐는데 형수와 어머니가 찾아와 절 데려갔습니다. 그 후로 저는 진정세로 돌아서 센터에 등록해 정신건강. 인지교육. 당사자 문화에 대한 정보와 교육을 받아서 제가 봐도 많이 호전됐으며 스스로를 반성하게 됐습니다."

조현병을 앓고 있던 김호중 씨(33)의 이야기다. 그는 10대 때부터 질환을 알아 오다 20대에 환청과 망상에 심하게 시달리다 감정이 폭발해 병원에 입원 생활을 하게 됐다. 그러기를 수 회 반복하다 자기감정을 절제치 못하고 주위에 피해를 주는 발작을 하게 됐다. 어머니의 신고로 강제 입원했지만 순간적인 분노가 그녀를 향했지만 주위의 권유와 스스로의 모습을 인정해 자숙의 시간을 가져 지금은 어머니와 편안히 잘 지낸다고 한다. 호중 씨의 어머니도 젊었을 때 우울증에 10년 이상 고생하다 겨우 완치가 됐는데 그래서 그런지 그의 조현병을 이해하게 되었다.

가족의 아픈 몽니로 바뀐 그를 가족에서 열외 시키기 싫어했다. 어떻게 해서든지 자기의 둥지로 인도해 그를 자학의 그림자로부터 해방해 주고 싶었다. 사랑이란 그런 것인가. 모든 손마디에서 제일 약한 곳에 신경 쓰이듯 호중 씨를 위해 비록 강제 입원시켰지만 그녀의 가슴은 수개월 동안 시커멓게 타들어 갔다. 그녀는 알았다. 당사자가 의지할 곳이란 가족뿐이란 것을 그래서 그녀 또한 당사자 문화에 관심을 가져 아들과 함께 당사자 집회에 늘 참가하고 있다. 거기서 만난 당사자들과의 교류는 상당한 혜택을 받았으며 지금 현재 그의 아들은 당사자 동료 지원가 양성 과정에 입문해 교육 중이다. 앞으로 지역 사회 동료 지원가로 일하는 것이 작은 꿈이란다.

우리는 당사자와 가족들과의 문제점을 살펴보았다. 한국이란 고유의 가족제도는 한 사람의 낙오자도 생기지 않게 하기 위해 부모들을 숭고한 가치관을 가지고 희생을 한다는 것이다. 그것으로 자기의 자식들이 조금이라도 좀 더 나은 삶을 살기 하기 위해 여러 제반적인 사항들을 준비해 놓는다. 아픈 자식이 제대로 설 때까지 그들의 손을 놓지 않는 것이 당사자의 부모들이다. 형제들도 마찬가지다. 겉으로는 외면해 있는 것 같지만 누구보다도 더 자신의 형이나 누이, 동생들을 생각하고 있다는 것을 자신들도 안다. 세월이 지나면 약이라 했는가? 그것은 아니다 지금이 중요하다 이 순간부터 가족들의 고심을 살펴 자신을 돌아봐 그들에게 극복의 의지와 재활의 모습을 보여줘 천국 같은 가족의 모습을 갖는 것도 행복의 시발점이라는 것을 알아야한다.

## 3) 재활의 첫걸음, 자조 모임

정신장애인들은 친구들끼리 몰려다니기 싫어한다. 자신의 약점을 나타내지 않고 싶어서 일부러 친구들의 시선을 피한다. 같은 공동의 주제를 놓고 토의를 하다가 중간에 흥미를 잃었는지 말을 안 하거나 자리를 피하기가 일쑤다. 그런 그들이 공동의 취미를 놓고 자리를 마련하기에는 좀처럼 쉽지가 않다. 한 번 공동의 의견을 모아 친목의 자리를 마련하면 꼭 몇 명은 그 자리를 논쟁의 자리로 희석화 시켜 버린다. 그리고 자기보다 중증 환자가 팀의 리더가 되면 협조적으로 나오지 않고 그 자리에 재를 뿌리고 동료들끼리 논란만 만들게 한다.

종종 낮병원의 모임에서 보면 모두가 프로그램에 집중해 있으면 자신 혼자만 울적해하는 친구를 보는 경우가 흔히들 있다. 왜 그러는 것일까? 곰곰이 생각해 보면 자기한테 관심 좀 써달라고 하는 사인인 것 같고 무조건적 비판적인 자세로 임하는 모습이 그 그룹의 활동성을 억제시키는 모습이기도 하다. 몇몇 그런 모습은 단체 활동에 마이너스 영향을 끼친다. 그들은 안다. 왜 그렇게 활동하는지… 자신의 고집이 제일 문제다. 자기만의 지식으로 가득 찬 이 친구들은 자신의 눈높이에 차지 않으면 모임 자체를 무시해 버리고 주위의 사람들에게 악영향을 끼쳐 모임의 공통적인 주제를 벗어나게 해버린다.

그래서 낮병원에서나 센터 등에서는 전문가가 빠진 순수 당사자들끼리 모임을 갖는 자리를 마련하는데 새로운 방법을 제시한다. 공통적인 취미나 주제, 역할 분담으로 그들끼리 모임을 가지게 해 동료의식을 느끼게 하고 책임감을 키워 사회활동에 기술을 습득하여 공동체 문화에 자연히 녹아들어 사회의 요소로써 유대감을 느끼는 모임. 즉, '자조 모임'을 갖는 시간, 활동을 가져 독립심을 키워보자는 취지로 이런 모임을 독려하게 되었다.

처음에 일반 프로그램처럼 생각하여 스스로들 이해하기 힘들어했지만 한 번 한 번 모임을 가지다 보면 공통의 주제를 발견하게 되고 토의도 활발하게 이루어져 모임에 대한 이해도가 높아졌으며 스스로의 의사결정이 처음엔 서툴렀으나 주위의 격려와 지지로 자신의 발언을 자신 있게 내놓아 모임의 형성에 활력소가 되는 요인들이 되었다. 처음엔 자신만의 고집을 앞세워 자조 모임을 무색하게 하는 행동도 돌출되었지만 전문가가 배제되어 있고 당사자들만 모여있어 서로를 이해하고 감싸주며 주제에 벗어나지 않게 방향들을 잡아주니 큰 돌출성 문제들은 나오지 않았다.

"처음엔 무척 힘들었습니다. 각자 개성이 강하고 병증도 가지각색이어서 이해가 안 되었고 몇 명이 자기주장만 내세우고 협력이 안 돼 이 모임 괜찮을까? 걱정이 되었습니다. 그래도 연륜이 있는 분들이 모임을 진정시키고 다독여 주며 이끌어 주니 철없는 젊은이들은 그들의 리드에 따르기 시작했습니다. 모임 자체에 의문을 가지고 있던 한 당사자는 자신의 주장만 내세우고 분란만 일으키다 결국 모임에 참석을 안 하게 되었는데 그때 가슴이 아팠습니다.

그래도 다수가 이 자조 모임을 잘 이끌어 보자고 다짐을 하여 첫 술에 배부르겠냐며 처음부터 서로를 다독이며 모임을 이끌어 나가 지금은 1년이 넘게 자조 모임을 하고 있습니다. 전문가가 배제된 당사자들끼리의 모임도 이렇게 하면 이루어지는 구나를 알게 돼 힘이 되었습니다."

이모 병원의 낮병원 자조 모임 '이너스'의 회장 이재욱 씨(32)의 회고
다. 이 모임은 처음에는 40대에서 60대까지 5명의 모임에서 시작되었
다. 한 주 동안의 핫이슈나 공통적인 시사 문제를 놓고 토의를 하기도
했으며 공통의 취미생활을 실용의 현장으로 만들기 위해 색연필화 공
부 모임을 주기적으로 가지기도 했다. 회원 중에 화가로 활동하였던
당사자가 있어서 쉬운 터치감인 색연필로 꽃이나 사람, 주변 환경을
그리는 것으로 의미 있는 시간을 가지고 있었다. 예술 활동이었는지
정서적으로 안정감을 주어 모두가 긍정적인 모습을 취했으며 기본적
인 색연필의 터치감부터 사물 연출까지 체계적으로 배울 수 있었다.

그리고 2주에 한 번씩 맛집 탐방도 하여 단합 대회를 가지기도 하
였다. 일절 병원의 치료진이 배제된 채 활동하는 것이었기에 오히려
자연스러웠다. 당사자들끼리 허심탄회하게 이야기할 수 있는 것이 큰
동기적 발단이 되었고 일주일에 한 번씩 가지는 이 자조 모임은 20대
젊은이들 3명이 합류하여 총 8명을 이 모임을 유지할 수 있게 되었다.
이 활동을 통해 자연스럽게 일반인들과 만나는 것도 두렵지 않게 되
었고 현재 이 모임의 2명이 자활의 힘을 얻어 직장을 얻어 취업 활동
중이다. 자조 모임을 통해 자신의 현실감을 인정하게 되었고 이상과
문제를 구별할 수 있게 되어 사회에 진출하는 데 큰 도움이 됐다는
것이다.

현재 센터에서나 재활시설에서 자조 모임을 적극 조성 중이거나 활용 중이다. 당사자의 재활 활동의 하나로 이 모임을 역설하게 되었고 그들의 자연스러운 활동이 사회할 동의 창조성에 도움이 됐다. 물론 모임에 참석하는 사람들은 여러 가지 모습을 하고 있다. 젊은이에서 노년층까지 다양하다. 창조와 역동성이 강한 20대들이 이 모임을 이끌어 가는 주춧돌 모양을 이루고 있다. 모든 연령대가 즐기는 영화 감상에서부터 미술관 관람, 심지어 개성의 역동성을 강조한 뮤지컬 관람 등은 중년층들에게 많은 동기 성과 역동성을 제공하였다.

그리고 카톡에 단톡방을 만들어 여러 가지 공감대를 형성하였으며 다양한 문화, 시사 정보들을 공유하여 지식의 창을 넓히기도 하였다. 특히 자조 모임을 통해 사회의 여러 가지 모습에 관심을 가지며 공감을 형성해 당사자끼리 유대감을 강화하였다. 시간이 지나면서 사회에 복귀하는 모습도 보여 취업 활동을 하는 당사자들이 늘어나기 시작했다. 이들의 경험으로 자신도 사회에 독립할 수 있다는 자신감도 가질 수 있게 되었다.

"처음엔 당사자들 자조 모임이라 우습게 생각했죠. 우리가 무슨 자체적인 모임이냐고요, 그런데 그것이 아니었습니다. 시간이 지날수록 당사자들끼리의 공감대가 형성되고 우리의 주제가 사회를 바라보는 동기가 되었으며 우리들만의 시각을 창조하고 넓히게 되는 계기가 마련된 것이죠. 당사자들도 사회의 주체로 그들의 문화에 동참할 수 있고 또 창조하는 데 힘을 보태고 모두와 함께 즐길 수 있다는 것을 느꼈습니다. 전에는 사회의 변두리 지역에서 배회만 했지 동료의식을 갖지 않았거든요. 이제는 하나의 문제에 공감대를 형성해 의사 표현을 하여 우리의 문화를 만드는데 큰 에너지를 얻은 것이었습니다. 우린 잊힌 무대의 조연이 아니라 장기 흥행 중인 주연배우라는 것을 알게 됐습니다."

성남센터의 '고운 바리' 자조 모임의 김희철 씨(34)의 자신에 찬 고백이다. 그는 10년째 조증을 앓고 있으며 혼자만의 인생을 살아왔다. 집에서도 부모와 데면데면 대하다 쉬이 지내왔고 센터에서도 수동적인 자세로 프로그램에 임했다. 그곳에서 몇몇 친한 동료들도 있었지만 가슴을 터놓고 흉금 없이 이야기하기엔 턱없이 부족했다. 그러다 자조 모임이 만들어진다는 소식을 듣고 친한 동료들끼리 한번 참석해 보자고 다짐한 뒤 현재까지 한 번도 빠지지 않고 참석하고 있다.

그 모임에서 당사자들끼리 회칙을 만들고 리더를 선출하고 모임의 시간을 정한 뒤 2주일에 한 번씩 약속의 시간을 가져 많은 감동의 순간을 맞이했다. 특히 사회를 바라보는데 자신감이 생겼고 그 사이에서 자신의 할 일을 정해 재활의 시간을 가져 취업전선에 나서기도 했다. 지금은 모 출판사의 사무보조로 일하고 있다. 이렇게 자조 모임을 통해 동료들끼리 연대 의식을 가지고 시간에 참여하다 보니 자연히 사회진출에 시야를 돌리게 된다. '우리들도 할 수 있다'라는 자신감도

생겨 각자 작은 소망들을 차근차근 일깨우고 있다

지금은 낮병원이나 센터, 절차보조사업에서 자조 모임을 육성하고 있다. 당사자들에게 독립심을 길러주고 많은 시너지 효과를 받으니 그들을 자연스럽게 참가시켜 스스로 모임을 육성해 나갈 수 있도록 지원해 주고 있다. 그렇다고 전문가나 병원, 센터 직원들이 참가하는 것이 아니라 당사자들끼리 스스로 깨달아 가도록 인도하고 있다. 그리고 지역의 한계성을 넘어 타지역의 당사자들이 관심을 표하면 그들을 포용하는 자세를 취해 많은 이들이 참석하도록 하고 있다. 이모 병원의 낮병원 당사자들 자조 모임인 이너스는 타지역의 관심 있는 당사자들에게 참석의 폭을 넓혀 화성시 수원시에 사는 회원들을 받아들이고 있다. 그리고 다른 낮병원의 자조 모임, 카센터의 자조 모임과 연대 관계를 맺어 한 달에 한 번씩 만남의 자리를 조성하려고 한다.

그래서 사회문제에 당사자의 입장에서 한목소리를 내어 항변하기도 하고 단체 활동의 자리를 가져 사회운동에 참여하려고 한다. 수원의 당사자 모임인 작은 소리는 자조 모임을 가진 지 10년의 시간을 자랑하고 있다. 그들은 매주 한 번씩 수원센터에서 모여 현실에 놓인 당사자들의 모습과 문제, 현실적인 가치관을 토론의 장을 삼아 논의하기도 하며 단체 인지 교육을 받기도 한다.

또 억압된 당사자의 문화와 처해 있는 문제를 해결하기 위해 유관

기관과 협약도 맺어 시민 활동도 하고 있다. 지금 현재 20명가량이 회원으로 등록되어 있으며 당사자 가족협회와 연대의 끈을 맺어 가족들의 애로사항도 참고로 해결책을 함께 찾기도 한다. 지금은 당사자의 취업 문제를 화두로 사회운동에 나서고 있으며 정신장애인들에게 다른 장애인들과 같은 복지혜택을 주어야 한다고 목소리를 높이고 있다.

"당사자들도 느껴야 합니다. 우리가 처한 문제를요. 언제까지 유관기관에게 맡겨놓을 것인가요? 우리의 문제를 당사자가 한목소리로 항변을 해 꼬여진 매듭을 풀어야 합니다. 정신장애인이라고 우릴 스스로 낮게 여겨서는 안 됩니다. 우리의 인권을 당사자 다들이 나서서 찾아야 합니다. 많은 문제가 산적해 있지만 사회의 우리에 대한 허세를 잘 파악해야 됩니다. 그렇지 않으면 우린 다른 장애인 단체에 곁가지로 예속되어 버립니다. 그렇게 되면 안 되죠. 우리 당사자들이 스스로 문화를 만들어 자체적으로 바로 설 수 있다는 것을 보여주어야 합니다. 그리고 사회에서 우리 동료들을 많이 만들어야 합니다. 일반인들도 포함해서요. 이 모든 것이 자조 모임에 서부터 출발해야 합니다. 당사자 문화를 가장 잘 나타낼 수 있는 것이 자조 모임의 목소리요 권한입니다."

수원시 당사자 자조 모임, '작은 소리'의 회장인 인권 강사 김경오 씨의 강력한 주장이다. 그들은 일주일에 한 번씩 모임을 가져 스스로 교육 시간도 가진다. 당사자의 삶, 문화, 운동 등 여러 분야에 걸쳐 스스로 회비를 걷어 겸비하는 자세를 취한다. 처음에는 핸드폰 다루기 모임에서 출발하였던 모임이 10년이 지난 지금은 어엿한 사회운동의 전초인 작은 소리 자조 모임을 건설했다. 이들은 타지역의 자조 모임과 연대 의식을 가져 사회운동도 적극 참여하고 있다.

아무튼 당사자 자조 모임이 단순한 것 같지만 시간을 쌓아가며 역사를 가지면 이렇게 사회에 단초의 종 역할을 할 수 있는 모임이 될 수 있다는 것을 잘 보여주고 있다. 간단한 일이다. 당사자의 현실적인 모습에 무게감을 더해 우리의 모습을 되돌아볼 수 있다면 이 자조 모임이 그냥 친목을 조합하는 시간의 자리가 아니라 우리도 할 수 있다는 역사의 장을 장식하는 모임의 시간이며 순간의 시작이기도 하다.

처음부터 강하게 하지 말고 단순한 공동의 목적을 두고 활력의 시간의 장으로서 모임을 갖는 것이 좋겠다. 그리고 시간이 흘러 연약한 모래의 자갈들이 모인 자리가 아니라 험한 고개도 넘을 수 있는 자력의 힘을 가진 자조 모임이 된다면 그땐 우리도 외쳐야지 하며 사회운동에 참여하게 될 것이다. 그렇다, 지금부터는 모임을 약속의 장으로 남기는 것이 좋겠다. 그래서 우리의 우애를 힘을 정신을 동산을 넘은 작은 산성을 만드는데 반석 역할도 해 보는 것도 좋지 아니한가 생각된다.

## 4) 정신질환을 신앙으로만 극복하지 마세요

정신질환을 현대의학이 정의하기 전까지 마음에 장애가 있는 병으로 인식되어 왔다. 또 뇌에 정신적인 충격이 가해져 피할 수 없는 운명인 것처럼 광기 어린 혐오스러운 대상으로 오해받아 왔다. 그들에겐 시민으로서 살 권리도 제한되어 왔고, 사회적인 편견으로 제한되어 버렸다. 정신질환은 근대까지 귀신에 들린 병으로 오해받아 왔으며 그들을 한적한 수용시설에 자기 의지와는 달리 강제적으로 수용되어 버렸다. 그곳에서 상상도 하기 싫은 방법으로 치료를 받게 했으며 강제 노역에 시달려 왔다.

일제시대엔 그들을 타락한 천민으로 낙인찍고는 강제수용하여 고문은 물론이고 생체실험에 시달리게 했다. 그들은 해방과 동시에 수용시설에서 풀려났으나 그들에 대한 낙인화는 그대로 답습되어 부랑자 시설, 낙후된 병원에 강제 입원시켜 사회에 나오는 것을 허락하지 않았다. 민주주의 시대에 그들은 독재 정권의 유산처럼 치부되어 시민들은 "정신질환자들을 병원에 강제 입원해야 한다."라는 전근대적인 사고방식이 시간이 지나도 사라지지 않았다.

그러다 70년대에서 80년대 기독교 부흥 운동에 정신질환자들은 낙후된 병원 시설에서 교회가 운영하는 기도원이나 시설에 수용케 되면서 정신질환은 주님의 역사로 치유될 수 있다는 사고방식이 발전해 많은 정신질환자들이 기도원에 몰려와 그들이 세워놓은 규칙을 지키며 신앙으로 "이 마귀가 준 병을 이길 수 있다. 믿음만 있으면 정신질환 같은 것은 단번에 나을 것이다."란 사고가 정신질환자를 자녀나 부모를 둔 가족들에게 널리 퍼지게 된다. 병원에서 나온 정신질환자들은 처음엔 기도원에서 형제님 하며 인격적인 대우를 받으나 포화 직전까지 수용된 정신질환자들을 관리하기 위해서는 기존의 병원 방식을 사용하게 된다.

초라한 방 안에 구금해 두었다가 쇠사슬로 온몸을 묶어 기도원 수용실 밖으로 공개되지 않게 했다. 그들은 정해진 시간에 기도를 받았는데 안찰이란 명목 아래 온몸을 구타당하며 기도 받기 시작한다. 목사나 전도사들은 이렇게 해야 귀신이 나간다고 말하며 인체의 급소란 급소는 다 노리고 안찰을 해댔다. 그것은 병원에서의 강박 치료보다 도가 심했다.

그런 안찰을 받고 나면 온몸이 시퍼렇게 몸이 든다. 단순한 신학 지식만 무장한 목사들은 귀신이 기거한 집을 무너뜨려야 나쁜 영들이 떠난다면서 심하면 몽둥이로 구타까지 하기 시작한다. 이런 문제들이 80년대 후반에 언론을 통해 알려지면서 사회에서는 불법집회장이라며 비판하기 시작했고 정부에서는 이런 인권을 무시한 기도원들을 대량 압수 수색한다. 그러기를 몇 년 후 정신질환자를 불법 수용해 안찰기도를 수행한 기도원들은 하나둘 문을 닫거나 강제 폐업하게 된다. 실로 끔찍한 작태의 시대가 아니었나 싶다.

그 후 수십 년이 지난 오늘 정신질환자들에 대한 인식이 건전한 당사자 문화로 인식되기 시작했고 언론에서 당사자들에 대한 잘못된 편견에 대해 수수방관하지 않고 한목소리로 항의하는 운동이 시작되면서 당사자 사회문화운동에 변화의 바람이 부는 오늘이다. 그들은 낮병원이나 센터, 시설 등에서 재활의 시간을 보내기 시작했고 변두리에 위치한 당사자 문화를 주체적 위치로 옮기기 위해 모두가 힘을 쓰기 시작한다.

국회에서는 정신건강에 대한 여러 문화와 자세에 관심을 가져 법을 발의하기 시작했고 당사자들을 위한 여러 복지제도가 하나, 둘 태동하기 시작했다. 재활기관에서의 인지 교육이나 여러 재활 프로그램을 통해 사회에 대해 눈높이를 높이기 시작한 당사자들은 하나, 둘 사회에서 독립의 자리로 나서기 시작하고 아직은 열악하지만 생업의 최전선에서 자신들의 꿈을 성취시키기 위해 한 층 한 층 목표의 석탑을 쌓아가는 중이다.

이런 분위기의 당사자들의 사고방식은 옛날의 수동적 입장에서 스스로 깨치고 학습하는 능동적 사고방식으로 발전해 사회에 대해 자신들의 포용력을 키우기 시작했다. 자신의 인생을 개척하기 위해 많은 훈련이 필요했지만 개인의 사고방식이 열린 사람일 수로 사회의 닫힌 여러 혜택을 받기 시작했다. 물론 그 구성요소로서는 가족들의 신뢰 관계가 형성되는 것이 제일 중요하지만 자활의 눈을 높이는 것이 우선시 됐다. 당사자들의 스스로의 걸음을 걷기 위해 일반인과 같은 커리큘럼을 갖거나 공유하게 되었고 종교도 자연스럽게 선택하여 자신의 성장에 잘 양력이 되게 하였다.

종교는 그들에게 엄청 큰 혜택의 방향을 불러 일으켰다. 외롭게 사회에 도전하는 당사자들에게는 그들이 의지할 수 있는 벽이 되었으며 사회활동의 전초전이 되기도 했다. 교회 내 일반인과 같은 모임에 참석하는 당사자들은 자연스럽게 그들과 사귀며 친화력을 배우고 도전과 힐링을 얻기도 한다. 젊은 당사자들은 교회 모임에서 사회의 규칙과 전통에 대한 존중을 배워 자연스럽게 기독교 문화에 녹아든다.

또 수련회를 통해 신앙에 대한 발전의 눈과 모습을 성취해 나름 자신만의 신앙관을 가지게 되어 성도들과 생활하는데 전혀 문제가 되지 않는다. 이럴 때 정신질환이란 병은 하나님께서 날 성장시키기 위한 도구의 장으로 인식해 스스로 질환을 극복하려고 하며 "나도 이 병쯤이야 하나님의 역사로 회복될 수 있어." 자신감이 생기기도 한다. 교회의 모임의 장을 통해 성격이 밝아져 사회와의 대화에 이해력이 생기며 극복할 수 있다는 자신감도 배가된다.

"처음에는 교회의 모임이 쑥스러웠습니다. 정신질환이란 병을 숨기고 싶었고 그냥 예배만 드리고 집으로 쌩하고 오기만 했죠. 그러다 주위 전도사님도 그렇고 젊은 친구들이 우리와 같이 어울려 주님의 사랑을 확인하자고 제의했을 때 당황스럽고 내가 과연 이들과 어울릴 수 있을까?란 생각이 들었습니다. 좀 긴장했죠. 그러다 자신감을 가지고 그들과 문화를 공유하고 단체 활동에 나섰더니만 뭔가 새로운 에너지를 얻는 것 같았습니다. 일반인과 공통적인 주제를 놓고 토론도 하고 봉사도 같이하게 되고 신앙 활동을 어울리며 하다 보니 내가 너무 소극적이었나? 하는 생각이 들었습니다. 처음엔 소심했던 내가 지금은 신앙 활동을 통해 긍정적인 생각을 하게 되고 발전된 모습을 보니 왜 이제서야 이런 생활을 하게 됐나 자책 아닌 자책을 하기 시작했습니다. 지금은 교회 모임이 너무 좋고 활동이 시너지 효과를 줍니다."

교회 생활을 한 지 3년 된 당사자 김일우 씨(28)의 자신에 찬 이야기다. 모든 당사자들이 그런 것은 아니지만 다수의 그들이 겪는 공통적인 공감이다. 교회에서 소극적일 수 있다. 자신의 병 때문에 나서기 싫어하는 당사자들은 이런 기분을 느끼기 어렵겠지만 사회에서 독립을 꿈꾸는 당사자의 재활 활동으로서 교회 모임에 참석하는 그들은 보통 이런 자신감을 가진다. 그리고 모임 자체로 끝나는 것이 아니라 개인적으로 영적 스터디도 할 수 있다

매 주일마다 달라지는 영적인 공복감을 모임의 대화를 통해 해소

할 수 있다. 매일 큐티를 함으로써 영적인 지식을 쌓을 수 있고 그럴 때마다 알 수 없는 자신감이 자신을 만족시킨다. 이런 공부는 그를 훈련시키기도 하고 실천의 무대로 보낼 수도 있다. 성경 공부를 통해 영적인 시각이 넓어져 당사자는 물론이고 일반인들에게 영적인 깨달음을 인도할 수 있다.

이런 개방적인 신앙적 자신감은 건강에도 영향을 끼쳐 질환을 회복할 수 있다는 자신감도 생긴다. "나는 선택받은 하나님의 자녀니 이런 질환쯤이야 신앙심으로 이겨낼 수 있어. 이 병은 사탄이 준 것이야. 날 한층 성장시킬 수 있는 기회야."란 마음이 자신을 격려한다. 그리고 필요한 약을 먹어야 하는데, '시험 거리다' 하며 복용을 중단한다.

처음에는 긍정적 영향을 끼쳐 약을 먹지 않아도 한동안은 정신건강에 아무런 이상이 없다. 때때로 망상이나 불안감이 중대해도 모임의 활동에 치중하다 보면 이러한 단점은 쉬이 넘길 수 있다. 그런데 초기 정신질환자나 경증 환자들한테는 이런 방법이 시너지 효과를 주지만 중증 환자들에게는 짚고 넘어가야 할 문제다.

약을 복용하는 것을 갑자기 중단하면 슬금슬금 음성반응이 재발한다. 이쯤이야 나의 부지런한 신앙심으로 극복할 수 있다고 버틴다면 심각한 문제를 만날 수 있다. 한 번씩 벌어지는 음성반응이 증가하기 시작하고 그러다 양성반응으로 넘어가 안타깝게 질환이 재발할 수 있다. 그럴 때면 심각한 신앙의 시험기에 빠져들어 인생이 모호해지기 시작한다. 그동안 잘해왔던 신앙생활이 의심되고 하나님께서 역사를 안 하시네?란 심각한 딜레마에 빠질 수 있다. 이때 정신적인 방황을 해 성도들의 위로가 가슴에 와닿지 않는다.

"갑자기 잠이 오지 않는 거예요. 약을 끊은 지 3개월 째인데 갑자기 가슴은 쿵쾅거리고 답답해지는 거예요. 목사님의 말씀은 자꾸 새어 나가고 영적인 만족감이 지난 번보다 확실히 줄었어요. 무엇이 문젠가 새벽 기도도 열심히 나가고 수요예배도 빠지지 않고 다니는데 자꾸 불안하고 망상이 생겨나 답답한 거예요. 병원에 가 주치의 선생과 상담을 해 보니 갑자기 약을 끊어 부작용이 생긴 거래요. 저는 믿을 수가 없었죠. 이렇게 하나님을 잘 믿고 있는데 병의 재발이라니 큰 시험에 빠졌습니다. 제가 무슨 큰 죄라도 지은 것처럼 얼굴을 쳐들 수가 없었어요. 그래도 신앙으로 가는 단계적인 시험이다 생각하고 약을 주기적으로 먹기 시작하니 전보다 많이 편안해졌어요. 한 번씩 병원에 가 주치의로부터 피드백도 받고 주의를 하면 신앙생활에 큰 도움이 됐습니다. 약도 하나님의 창조물 중의 하나라 생각하니 마음이 많이 편해졌습니다."

교회 다닌 지가 4년째 되는 당사자 김용란 씨(45)의 소해다. 그녀는 초기에 약을 먹으면서 신앙생활을 하다 교회 생활 절정기에 약을 끊었다. 충분히 신앙심으로 이겨낼 수 있으리라 생각했기 때문이다. 그런데 그것이 아니었다. 주기적으로 먹던 약을 3개월 동안 끊다 보니까 정신적으로 피로해지고 부담감을 느꼈기 때문이다. 그녀는 사탄이 준 시험이라 생각하며 기도로 극복할 줄 알았지만 그것은 큰 착각이었다.

목사님과 상담 중 그가 약도 하나님이 만들어 주신 것 중의 하나란 말씀에 감동을 받아 약을 다시 주기적으로 복용했고 불안한 마음과 망상이 사라지기 시작했다. 이때도 성도들과 모임 활동을 계속하여 신앙으로 영적인 힘을 얻고 육체적으로는 약을 복용함으로 정신건강을 찾을 수 있었다.

이것은 하나의 단적인 예다. 이런 일이 당사자에게 빈번하게 일어난다. 나는 거룩하게 신앙생활을 하는데 왜 병이 오지? 믿음이 약해서 그럴까? 사탄의 역사가 아닌가? 란 별별 추측이 다 생긴다. 하지만 이것은 정상적인 방법의 하나다. 사람은 누구나 전보다 나은 삶을 추구한다. 더 높은 가치관을 꿈꾸기도 하며 사회의 위치를 향상하려 한다. 하지만 그들에겐 정기적인 패턴이 있다. 건강한 사람도 쉽게 질환에 걸리는 것처럼 당사자들이 신앙생활을 하면서 병이 재발하는 것도 자연스러운 패턴이라고 생각하면 된다. 이것을 내가 가질 수 있는 방법으로 치유할 수 있다는 자신감을 가지고 있다면 쉬이 극복할 수 있다.

"신학대학원을 다니며 신앙생활 절정기에 다다랐을 때 병이 재발했죠. 믿음으로 조현병을 극복했다고 자신감이 찬 저에겐 청천벽력 같은 순간이었지만 어머니의 조언에 순종을 하여 정신병원으로 가 상담을 받았죠. 결과는 처참했습니다. 몸이 정상기였다 하더라도 이 질환은 주기적으로 관리를 해야 한다는 것이죠. 1년이라도 병원을 찾아 주치의의 피드백을 받고 약을 복용했더라면 심한 불면증으로 재발하지 않았을 것이란 주치의의 말씀에 온몸에 힘이 빠졌습니다. 그래도 이렇게 끝낼 수는 없었습니다. 약을 복용하더라도 대학원은 졸업해야만 했고 이 길에 전념하기도 확신을 가지고 있었기 때문이었습니다. 곧 약을 복용하여 불면증은 많이 호전되어 예전과 같이 생활했고 졸업도 할 수 있었습니다. 지금도 불면증 약을 먹으며 신앙생활을 합니다. 활동적인 운영에 은혜도 예전과 똑같이 받죠. 정기적인 주치의와 상담은 빼먹지 않고요. 지금은 그분의 피드백이 신앙생활과 연관성이 있어 두 배로 발전한 생활감을 맛볼 수 있게 됐습니다."

신앙생활을 생활의 한 척도로 믿는 당사자 김승우(43) 씨의 소해다. 그는 믿음의 절정기 때 질환이 재발했다. 소명감을 느껴 신학 공부를 할 때 하나님의 역사가 임하는 순간을 매시간 느꼈지만 질환이 재발했을 때 깊은 수렁에 빠지는 것 같았다. 그때 어머니의 조언이 크게 도움이 됐다. 몸이 나빠지면 치료받고 약을 먹는 것도 하나님의 순리의 역사 중 하나라는 것은 그의 학문의 증진을 포기하지 않게 했다. 지금은 불면증 약을 매일 먹고 취업 활동을 하고 있지만 이것 때문에 신앙이 나락의 길을 걷지 않았다. 오히려 증진됐으면 됐지, 인생의 후퇴는 없었다. 많은 당사자들이 이런 경험을 한다.

절정기의 신앙생활에 질환의 재발은 자신의 삶의 오점인 것 같지만 그것은 나에 대한 하나님의 계획 중의 일부인 것이다. 당사자들이 사회에 독립하기 위해 전초전으로 교회나 절에서 신앙생활을 하지만 자신의 건강에 대해 개방적인 태도를 가지고 있어야 한다. 언제 재발할 줄 모르는 질환에 겁먹지 않기 위해서는 정기적인 병원의 왕래와 주치의와의 상담은 빼먹지 않아야 한다.

그리고 약 복용은 꾸준히 하여 심한 체중에 시달리지 않게 해야 한다. 사도 바울도 심한 안질에 걸려 치료를 받으며 복음사역자 생활을 하였다. 디도도 심한 불면증에 걸렸으면서도 약으로 처방받아 초기 기독교 사회를 이끌어 왔다. 건강이란 항상 좋을 수 없다.

언제 나락으로 떨어질 줄 모른다. 그렇지만 자신의 의식을 열려있게 만들어 지식을 한 곳에만 집중하는 것이 아니라 다방면으로 오픈해야 된다. 우리 당사자들은 자신의 병을 부끄럽게 생각하는 부분이 많다. 그야 사회적으로 활동하는데 제약이 많기 때문이다. 그렇지만 자신의 질환을 극복하고 인생의 정점을 찍은 많은 당사자들은 모두가 의식이 열려있었다는 것이다. 그들은 자신의 병을 부정치 않고 처방

받으며 문학, 미술, 정치 등에서 두각을 나타내며 활동을 해 왔다.

그렇다 병은 알리며 사는 것이라고 어른들은 말해왔다. 내 병을 두려워하지 말고 스스로의 의식을 깨우쳐 올바르게 처방받으며 인생의 정점을 찍으면 그 누구도 부러워할 수 없는 인생의 주인공이 될 수 있다. 신앙생활도 좋다. 하지만 나의 정신건강을 자각하여 몸을 추스르며 신앙생활을 한다면 그 누구도 맛볼 수 없는 인생의 진미를 느낄수 있을 것이다. 당사자들은 현실의 무대를 느껴 스스로의 무게감을 느껴 사회와 신앙생활을 한다면 그 누구도 맛볼 수 없는 인생의 완성도를 추구할 수 있을 것이다.


## 5) 코로나 블루, 모든 이들을 우울하게 만든다


코로나19. 제2의 팬데믹으로 넘어간 지 오래다. 아직도 3차 유행의 정점으로 간 지 오래다. 돌아오는 여름만 되면 코로나가 진정세로 돌아가 기세가 한풀 꺾일 것으로 예상들을 했지만 그것은 보기 좋게 빗나갔다. 아직도 산발적 집단 감염이 유발해 오늘까지 코로나 확산세로 유지 중이다. 미국은 일찌감치 코로나에 손 놓은 지 오래다. 확진자가 끝이 없는 숫자로 달려가고 있다. 그들은 백신 개발에만 신경 써

약이 완성되면 자국민을 중심으로 투약해 완치되는 순간만을 기다리고 있다. 코로나19 생각하기를 간단한 독감 정도로 생각하는 것이 문제다.

  마스크 착용을 자율적으로 맡겨진 지 한참 오래다. 끝도 없이 확진자 수가 나락으로 떨어진 지 오래지만 이제는 코로나가 지역에서 풍토병으로 자리 잡아 1년에 한 번만 예방 접종하면 된다. 전에는 1년에 4번이나 접종하였다. 그렇게 공포스러웠던 코로나가 평범한 독감으로 자리 잡은 지 1년이 지났지만 아직도 불안하다. 고령의 어머니를 둔 나로서는 그녀의 건강에 신경을 안 쓸 수가 없다. 지금은 코로나 블루에서 완전히 해방되었다고 말할 수 있나? 그것은 아니다. 아직도 주위에서는 확진자 수의 증가로 불안하기만 하다. 그래도 초창기 때처럼 공포스럽지가 않아 이 질병에 담대히 대할 수가 있게 됐다. 개인위생을 철저히 하면 충분히 이 바이러스 침투에 예방할 수 있다. 그리고 지역사회의 경제생활도 정상화되어 어디서나 우리들을 위한 서비스를 받을 수 있다. 친구들과 동료들과 함께 모임의 자리를 갖기도 하며 친목의 시간을 갖는다. 그렇다고 이 질환을 웃기게 넘겨서는 안 된다. 아차 하는 순간에 코로나에 걸리면 나의 생활에 오점을 남기게 된다. 서로 조심하여 정보들을 교환하며 일상생활에 돌아가는 것이 중요하다.

## 일반적인 코로나 블루의 심각성

우리나라도 코로나 블루의 영향에서 벗어나지 못하고 있다. 코로나에 의해 경제, 문화, 사회 일상이 잿빛 세계처럼 시각점을 찾지 못하는 것을 코로나 블루라 부른다. 경제활동은 코로나의 창궐로 1차 마비가 된 지 오래고 서민 경제활동도 제한적인 영향을 끼쳐 구역 상권이 마비된 지 오래다. 지금에야 코로나 확산세를 잡은 우리나라에서는 권역별 사회적 거리두기 5단계를 두어 1단계를 유지해 사회의 경제만이 어느 정도 숨통이 트였지만 그전에는 20인 이상 모이지도 못했다.

"정말 미칠 것만 같았습니다. 사회적 거리두기 2단계에서 사람들이 식당으로 오지를 않아 큰 타격을 받았습니다. 한 달에 10명 정도 왔나? 테이블에 파리만 날렸죠. 몇 개월 동안 월세도 못 내 가게를 접어야 하나? 갈등에 쌓였습니다."

서울 모 시장에서 식당을 운영하는 김소유 씨(40)의 토론이다. 코로나 전에는 하루에 손님이 100명씩 오는 맛집이었으나 이번 코로나로 직격탄을 맞은 그는 3개월 동안 마이너스를 기록 중이다. 이렇게 소상공인들이 직접적인 영향에 놓이게 되어 서민들의 시장경제가 올 스톱하게 되었다. 학원, 유흥주점, 노래방, 헬스장, 등은 전부 제로섬에 놓여 어떻게 문제를 풀어야 난감한 상황에 빠졌다. 그러나 한국의

K 방역의 위력이 나타날 때 이와 같은 문제들은 하나, 둘씩 풀리고 있었다.

노래방에서부터 시작된 경제활동의 시작은 차차 시장의 폭을 옮기어 유흥주점, 식당, 대중시설의 정상적인 활동에 들어가게 된 것이다. 그렇지만 코로나의 인계점은 사라지지 않았다. 아차 하면 다시 수만 명으로 환원될 줄 모르기 때문이다. 코로나 블루 시대에 우리 모두가 힘 모아 자기들의 선 자리에서 최선을 다해 방역 준수를 잘 지키고 협력해 나가는 것이 지금의 이 위기를 극복할 방법이다.

## 우울증의 정점을 찍다

코로나 방역 대책의 철저한 준수로 마스크는 생활화되었고 기본적인 위생 규칙 준수는 의무화되었다. 그 단적인 예로 감기, 독감 등 호흡기 질환이 전년도에 비해 90%나 줄었다. 어린이들의 독감 앓이가 크게 줄어들어 건강한 삶을 지내는데 큰 도움이 됐다. 또한 소화기 질환인 식중독, 설사, 소화불량 등이 30%나 줄어 신체적으로 건강한 삶을 사는데 일신적인 모습을 갖추게 되었다. 그런데 정신적인 건강은 크게 하향곡선을 그리고 있다. 특히 우울증, 불안, 망상 증세가 크게 증가하며 사람들을 불안하게 만들었다.

"이젠 불안해서 못 살겠습니다. 어제께는 제 친구가 확진자로 자가 격리됐습니다. 안 만난 지 한 달이 돼지만 그 불똥이 저에게 미칠까 크게 걱정이 됩니다. 일도 손에 잡히지 않고 망상에 사로잡혀 누군가 날 감시하는 것 같습니다. 물론 내가 감염자가 될 수 있죠. 하지만 감염자라는 낙인이 겁이 나는 것이죠. 뭐 죽을병도 아닌데 괜히 내가 중죄인이 된 것 같아 고개를 둘 수 없을 것 같습니다. 정신병원에 가 상담하고 싶어요. 주위 눈치가 보여 갈 용기가 안 납니다."

용인에서 복덕방을 운영하는 김수진 씨(50)의 얘기다. 그처럼 코로나19 병폐로 불안하여 일상생활을 못 하는 사람이 늘어나고 있다. 특히 면역체계가 약한 50~60대 후반 중장년층에선 자기도 어느 순간 걸릴 줄 모른다는 예측에 휩싸여 불안하기 짝이 없다. 특히 가정주부들이 불안감이 심하다. 여자들끼리 수다를 떠는 것이 유일한 낙으로 삼는 이들은 비말로 침투가능한 코로나19 때문에 위생 준칙을 철저히 지킨다. 그러다 친구들끼리 모이면 그 경계심을 풀어 마스크를 풀어 놓은 채 얘기를 하다 코로나에 감염되는 수가 적지 않다. 질환에 대한 예방 대책을 쉬이 깜빡하는 그들 때문에 가족들이 건강에 비상등이 켜지는 순간이다.

이런저런 예로 일파만파 파다 보면 정신질환자들의 상태도 급격히 우울해지기 일쑤다. 코로나19 창궐로 병원에서는 면회를 중지시키고 병원 안에서의 엄한 규칙은 더 심해져 당사자들을 당황스럽게 만든다.

"갑자기 면회가 안된다는 거예요. 그나마 답답한 병원 환경에서 가족들 얼굴 보는 것으로 견딜 수 있었는데 코로나 때문에 외부인 면회 금지가 내려지자 저는 갑자기 혼란이 오고 불안해지기 시작하는 거예요. 그래도 병원 프로그램이 있어서 무료한 시간을 피할 수 있었으나 그것도 며칠에 한 번 있는 프로그램으로 저의 불안한 마음을 억제시키지 못했습니다. 병원에서도 코로나19에 대한 합리적인 조치를 내려주길 원합니다."

조현병으로 입원 중인 김남길 씨(33)의 토로이다. 그처럼 코로나 확산에 의해 정신병원이 봉쇄 조치에 가까운 대책은 많은 정신질환자들을 불안하게 만들었다. 언제 병원에서 대량 감염자가 나올지 모르기 때문이다. 아무리 위생정책을 잘 지키는 병원이더라도 아차 하는 순간에 봇물 터지듯 병원 체계가 무너질 줄 모르기 때문이다. 병원에서는 8개월을 넘어가는 이번 코로나19에 대해 좀 합리적인 방책을 마련하여 대면 상담 기회를 내주길 바란다. 병원의 안전만 중요한 것이 아니라 그 안의 당사자의 인권 또한 중요하니 그들에게 기본적인 권리의 침해를 해서는 안 된다.

그들에게 치료진만의 선택이 최고의 방법이라고 설득하지 말고 당사자들의 기본적인 권리를 인정해 대면 상담을 인정해 주길 바란다. 최소한 가족들의 면회는 허락해 주어야 한다. 그들은 병원의 영업적 이익의 도구가 아니다. 병원이 또 하나의 소비자로 존중해 줘 인식의 변화를 주어야 한다. 아무튼 코로나19의 창궐로 사회는 전신마비가 되다시피 됐다가 각고의 노력 끝에 회복 단계에 들어섰다. 그 치유의 선두에 한국의 K 방역이 있으니 모든 나라의 예방 대책의 시금석이 되어 코로나 블루 이 시대에 화이트 한 날을 맞이하는 순간을 우리 한국, 우리들이 그 흐린 날을 깨워 밝게 열어젖혔으면 한다.

## 6) 사회 낙인화에 당당히 맞서는 당사자들의 스토리

눈에 보이지 않는 병이라 해서 함부로 부르고 멸시해서 사회의 구석으로 몰아세우는 무리들이 흔히 말하는 병은 정신질환이다. 신체장애와 지체장애는 외견상으로는 확연히 구분이 되어 장애인으로서 인권을 지켜주지만 정신질환자들은 특히 이상의 신체가 아니라 욕을 먹어도 구정물을 통째로 먹인다. 오물통에 잠기게 해서 "저자가 정신질환자야. 상대하면 안 돼, 동정해서도 안 돼. 나중에는 범죄를 저지를 것이야."라며 당사자들을 사회의 면에 서지 않게 만든다.

학교에 가면 당사자들이 하지도 않았는데 어수선한 분위기를 그들 탓으로 돌리고 험담으로 '저이들이 성폭행을 하고 살인까지 할 거야.' 하며 왕따 아닌 왕따를 하게 된다. 만약 이에 크게 분노해서 흥분하게 되면 발작이라며 모서리로 몰아세우고 이것은 네가 한 짓이라며 자신들을 합리화 시킨다. 그중 당사자를 이해하고 사고를 공유하는 친구가 있으면 그들까지 한 묶음으로 포장해 사회적으로 난도질을 해댄다.

사회가 많이 변해가고 많은 사상들이 합리화되어 가고 있는 이 시기에 당사자들에 대한 공격성은 줄어들지 않는다. 다만 언로의 개방성에 사고방식이 개방되어 있는 사람들이 많이 생기면서 정신질환자에 대한 의문과 정체성, 그들이 겪는 문제에 함께 동참해 주고 해결해 주는 일들이 적지 않게 생기는 것이 현 당사자 문화에 좋은 영향을 끼치고 있다. 만에 하나 정신질환이란 병이 눈에 보이는 병이라면 병원에서는 획기적인 치료법이 선보일 것이다. 하지만 정신과 마음에 생기는 이 질환은 당사자들을 지근 거리에서 괴롭히고 있다. 하지만 옛날처럼 혼자서 앓는 병이 아니라 당사자 동료들이 함께 문화를 공유하며 앓는 병으로 발전해 많은 당사자들이 긍정적인 마인드로 자기 병을 받아들이고 있다.

지역의 센터와 재활시설, 그리고 낮병원 등의 설립과 활동성은 그들에게 또 다른 문화를 낳게 하고 있다. 동료들끼리 병에 대해 공유하고 함께 학습하면서 자기 지병을 알아가며 관리하게 되었다. 여러 인지 수업은 자기가 왜 정신질환에 걸렸는지에 이해하는 계기가 되었고 문제를 하나하나 짚어 자신의 인생의 해결점을 찾는데 작은 단초가 되었다.

"왜 우리가 사회의 낙오자로 불려야 합니까? 거기다 범죄자 취급이라니요. 사회의 이슈 때마다 가만히 있는 당사자들을 왜 건드리고 풀어헤치고 있습니까? 우리들이 할 말이 없어서 가만히 있는 줄 아십니까? 우리 전 세대 사람들은 스스로를 보조해 주는 기구가 없어서 말없이 당하고 살았지만 지금은 아닙니다. 우리 당사자들이 스스로를 사회의 주인으로서 여러 문제들을 바라보고 있으며 거기서 우리들이 일어설 때가 언제인지를 알 수 있습니다. 함께 사상을 공유하고 문제를 하나하나 해결하다 보니 우리의 주권이 남에게 있는 것이 아니라 우리의 손에 있다는 것을 알게 되었습니다. 이제는 당사자들이 문화의 주인공들이 돼서 함께 사회문제를 공유하고자 합니다."

조현병을 앓고 있는 김기준 씨(32)의 토론이다. 그는 20대 초반에 질환에 걸려 처음에는 많이 방황했다고 한다. 왜 그런 병이 내게 왔는지 알 수 없었다. 대학교에 입학해 성실하게 학업을 쌓았던 그에게 어느 날 한 여성을 알게 되었다. 그녀는 같은 대학의 디자인을 전공한 재치 있는 아가씨였다. 처음에 친구로서 사귀다 연민의 정을 느껴 사랑을 하게 되고 같은 공간, 같은 시간을 공유함을 늘려가며 애정을 키워왔다.

그러다 대학 3년 때 그녀가 교통사고로 죽음을 맞이하자 너무 큰 충격을 받은 그는 밤이고 낮이고 함께 데이트했던 거리만을 배회하게 이르게 됐다. 그러기를 수년째, 죽어버리고 싶던 생각이 들면서 자살을 시도하게 되고 그 후 찰나의 순간들이 사진처럼 각인이 되어 환청과 망상에 빠져 사실상 삶의 의욕을 잃게 되었다.

그러던 그가 대학교에서의 조현병에 관계된 모임에 참석하면서 생활의 일상을 하나하나 기억하게 되었고 자기만 외로운 것이 아니라 같은 질환의 동료들도 자기만큼이나 깊은 상처를 가지고 이 병을 이겨나고자 하는 모습을 보고 자기도 이 상황에서 벗어나기 위해서는 동료들과 함께 문화를 공유하여 사회에서 낙오자의 모습이 아닌 대지에서 일어서는 거인의 모습처럼 이 상황을 이겨내야겠다는 의지를 갖게 되었다.

그 후 직장에 취업한 그는 조현병 약을 먹으며 정신질환에 관계된 교양서적을 읽기도 하며 남는 시간엔 직장인들을 위한 조현병 작은 모임인 '그린필드'에 가입하여 한 주간 있었던 얘기를 하기도 하고 또 다른 당사자의 경험담을 들으며 자기의 운명을 개척해 나갔다. 지금은 수원의 정신질환자 자조 모임 '하나의 목소리'에 가입하여 사회에 대한 불합리성과 당사자들이 취해져 있는 상황에서 벗어나 사회에 주인으로 활동할 수 있는 자리를 마련하는 데 일조하고 있다.

김기준 씨와 같은 사례가 많다. 과거에는 사회의 낙인화에 집안의 골방에 틀어 박혀 끙끙 앓기만 했지만 이제는 당사자들이 당당히 사회에 나서 자신의 주장을 외치고 있다. 물론 지역의 센터나 재활시설, 그리고 낮병원에서 당사자들의 재활을 위해 여러 프로그램을 준비하여 맞춤형 복지 시스템을 제공하고 있지만 무엇보다도 중요한 것은 그들의 마음가짐이다.

사람 만나기 싫어하는 당사자들도 많다. 그래도 단체사회에서 빠지지 않으려고 모임에 꾸역꾸역 참가해 자신의 삶을 변화시키는 사례도 있다. 그들도 사회의 낙인화에 빠져나오기 위해 많은 수고를 하고 있다. 일반인들과의 차별을 두기 위해, 혹은 동료의식을 고취시키기 위해 낮병원에 나와 프로그램에 참석하는 경우도 있다.

"저는 낯가림이 심해 어디에 나서기를 싫어합니다. 친구들과 둘이서 만나 얘기하는 시간도 길게 하지도 않습니다. 시야끼리 부딪히는 것을 싫어했기 때문입니다. 그런데 병원에 입원 생활을 하던 중 한 친구가 명랑하게 웃으며 하루를 시작하는 것이었습니다. 저보다도 두 달이나 일찍 입원하고 있어서 매우 우울한 친구였는데 몇 주 전부터 웃음이 가득하여 생활의 패턴이 바뀌었습니다. 하도 궁금해서 이유를 물어보니 요즘 낮병원에 나가 교육을 받고 있는데 거기에 나오는 당사자들이 퇴원 후 재활을 목적으로 나오는데 삶의 이유가 다양하고 나만의 고충이 거기에서는 다 공통되더라. 그리고 우리들끼리 모여 동아리 활동하는 것도 있는데 이 또한 즐겁더라 하며 행복해했습니다."

"나도 매우 궁금하여 낮병원을 신청하여 입원하는 동안 다녔는데 나와 같은 열등의식 가진 사람들이 허물없이 지내며 같은 가치관으로 하나의 모임을 만들어 가는 것이 신기했습니다. 물론 말은 잘 안 했지만 먼저 다가와서 낮병원의 존재를 설명해 주는 것을 보고 복지사님인 줄 알았더니 저와 같은 정신질환 당사자였습니다. 저는 순간 용기가 나 우선 동료들끼리 존재의 가치를 공유하고 경험치를 공부해 나가면 나만의 우울한 이 질환에서 탈출할 수 있을 것 같아 용기를 내서 낮병원에 정기적으로 출석하기로 했습니다."

조현병을 앓고 있던 모 병원의 당사자 김기자 씨(45)의 이야기다. 그는 10대 초반에 질환에 걸려 이후 대인기피증이 심하게 생겨 마음의 문을 닫고 골방에 갇혀 자기만의 망상의 세계에 빠져 사는 삶을 살아오게 되었다. 그렇게 친구들과의 관계도 끊어 버리고 지금은 칠순 노모와 둘이서 살고 있다. 어머니가 교회에라도 나가 신앙심을 키우면 자기 결벽증에서 빠져나오지 않겠는가 생각했지만 그것은 헛된 생각이었다. 예배가 끝나면 언제 없어졌는지 자기보다 1시간 일찍 집에 와 있는 것이다. 그에게 중요한 것은 정상적인 교우 관계가 아니라 마음이 통하는 당사자 동료가 필요했다. 그는 최근에야 낮병원에 나가 같은 처지의 당사자들을 만나고 같은 아픔의 사연을 공유하고 있다.

물론 그들끼리 대화는 잘 안 한다. 그래도 당사자가 와서 모임의 이유와 오늘 있을 일을 이야기하면 귀를 기울여 듣는다. 혼자서 도서관에 가서 책을 읽는 것보다 나아 어머니께서는 낮병원에 나가는 것을 적극적으로 추천하고 있으며 그 또한 낮병원에서의 소소한 친교 모임을 즐긴다. 이제는 사회에서의 당사자의 위치와 해결책에도 관심을 가져 인지 수업 때에도 질문도 던지며 공부를 하고 있다.

당사자의 오늘과 내일이라는 다큐멘터리를 볼 때는 자기도 모르게 눈물을 흘렸다고 한다. 정신질환자가 처한 문제와 해결책을 위한 답은 당사자끼리 문화연대라는 것을 알았다 한다. 이렇게 당사자 사회의 첫 입문을 낮병원을 통해 알게 된다 해도 그 이후의 행보는 자신에게 달렸다. 아니, 동료의식이 있는 자기에게 있다.

사회의 냉대를 받아온 당사자들은 갈 곳이라곤 집이나 병원뿐이다는 상식에서 벗어나야 한다. 자신의 위기의식을 혼자서 아등바등 해결해 나가려고 하지 않아야 한다. 그에게는 운명을 같이할 동료들이 있기 때문이다. 과거에는 정신질환의 배움의 지식을 의료진이나 관계자들만이 가지고 있었다면 지금은 당사자들도 센터. 재활시설, 낮병원 등에서 기본적인 아니 그것을 넘은 지식을 쌓고 경험할 수 있다. 자기가 앓아 온 병이 최고의 자료다. 지병에 대한 지식에다 자신만의 경험의 노하우는 자기 망상, 고집에 사로잡힌 당사자들을 새로운 방향으로 인도하는 지침서가 된다.

"저는 조증에 걸린 지 10년째인데요. 내 수준에 맞는 심리 서적을 보지 못했어요. 병원 주치의를 통해 책을 소개받아도 3일도 안 되어선 덮어 버리고 잠만 쏟아지는 거예요. 어떡하면 나의 이 궁금증이 풀어질까 한참을 생각했는데 해답을 찾지 못했습니다. 그러다 수원 정신건강센터에 등록하여 매주 3회 이상 나가고 있는데 그곳에서 김인순이라는 인권 강사를 만나 제 삶이 달라지기 시작했습니다. 하나의 자조 모임이었는데요. 역사가 15년이나 됐어요. 거기서 많은 당사자들을 만나 자기 사례담을 발표하는데 아! 내가 느끼는 감정이 이것이었구나, 내가 이 모임을 통해 나의 묵은 덩어리를 녹여버릴 수 있겠구나! 하며 긴장이 해소되며 안정감을 찾을 수 있게 되었습니다. 우리 당사들끼리 모여 정치의 한목소리를 내면 국회의원의 높은 나리들께서 법안도 발의해 주는 것을 보고 이제부터는 나도 당사자의 주역이 되어 현실적인 문제와 고뇌하는 심정을 토로해 수원시 당사 단체들과 자리를 함께해 당사자 연대 문화의 주역이 되어 봐야겠다고 꿈을 가지게 되었습니다. 우리 당사자들은 한번 뭉치면 꿈을 성취한다는 것을 느꼈습니다."

이재오 씨(33)는 조증에 걸린 지 10년이 됐지만 이런 자조 모임을 있다는 것을 최근에나 알았다. 늦게 공부하는 것이 무섭다고 하듯 그는 센터에 5일 출근하고 일주일에 한 번 있는 자조 모임에 꼭 참석하여서 여러 사례담과 당사자가 직면해 있는 문제를 직시하게 되었고 매드 프라이드에도 참석하여 한국의 당사자 문화 의식에 눈을 뜨게 되었다. 그는 자조 모임이나 인터넷 정보를 통해 당사자 단체의 활동에 적극 참여하여 우리의 인권을 주창하는 데 한몫을 하고 있다. 이렇게 많은 당사자들이 우리의 주권이나 인권의 발전을 위해 여러 모임의 활동들이 활발하다. 자기들도 의식 있는 공부를 해 시야를 넓히는 지식을 쌓아 사회를 넓게 보아 우리 당사자들이 가는 길을 여러 갈래로 개척하여 나 장애인 단체 못지않게 열정적으로 움직이고 있다.

그렇다. 우리는 처음이 아니라 나중이라 하더라도 용두사미가 아니며 참석하는 데 큰 의의와 역사적 흐름에 편승할 수 있다. 이제 사회에서 낙오자로 손가락질을 하더라도 눈썹도 깜짝하지 말자. 우리에게는 당사자 동료가 있고 발전해 가는 단체들이 있다. 우리의 목표는 당사자들의 인권 주창과 권리의 효용적 가치를 드높이는 것이다. 이제부터라도 이러한 것들을 준비하기 위해서는 우리의 가벼움을 진중히 여겨 가치관을 자랑하며 쌓는 것이다. 우리 당사자들에게 꿈이 있는 이상 그 누구도 손가락질하지 못하며 앞으로 한 발 한 발 전진하는 것이다.

# 4

*

## 당사자는 존재만으로
## 유의미

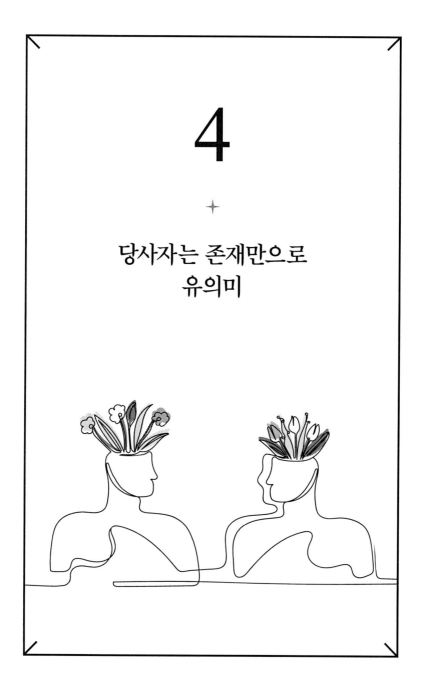

## 1) 어려움 속에서도 견딜 줄 아는 당사자들의 사랑

이번 팬데믹에 많은 사람들이 고생했다. 대기업은 물론 중소기업들의 타격이 컸으며 특히 소상공인들의 시장경제가 메말랐다 할 정도로 타격을 입었다. 시민들의 5인 이상 모임 금지는 요식업계와 관계된 기관들이 충격을 받기에 충분했다. 코로나 전에는 월 매출이 3천만 원이 넘는 식당들이 질환의 반기로 매출이 백만 원 수준으로 추락했다. 대부분의 식당은 임대료도 못 낼 정도로 매출이 얼어붙었으며 문을 닫는 식당들이 늘어나기 시작했다. 이에 정부 지원금이 생겨 일차적인 숨통을 트이는 것 같았으나 그 기간이 지나면 다시 얼어붙었다. 정부에서는 시장경제를 살리기 위해 정부 지원금을 2차, 3차까지 확대해 소상공인들을 살리려 하고 있으나 뜻대로 되지 않고 있다.

서민들의 생활도 급전환을 맞이하기에 이르게 된다. 외식은 절대 안 되게 되고 그냥 집안에서 일상생활을 하게 되었다. 이번 코로나19로 실업자들이 대거 쏟아져 나오고 아르바이트생들은 각종 직업에서 퇴출당하였다. 정규직도 근무일 수가 줄어들게 되고 재택근무로 변화하게 되고 급료도 절감되어 가고 있다. 아이들은 밖에서 놀고 싶어도 허락이 안 되어 집안에서만 뒹굴게 되고 피 끓는 청춘들은 해소할 데를 찾지 못해 불법 포차 이용을 전전하다 코로나에 걸리고 만다.

　　어르신들은 요양원에 갇혀 지내야만 하고 대량 확진자 수가 늘어나는 가운데 요양원들은 코로나의 공격에 속수무책으로 공격당하고 있다. 이것은 방탄복을 입고 있어도 소용이 없는 탄환의 전쟁이다. 우리 당사자들도 똑같이 일반인과 같이 코로나19의 확진에 피해를 입고 있으며 무서워 밖으로 외출을 하지 못한다. 안 그래도 은둔형 외톨이 타입의 당사자들은 더욱더 집안에만 틀어박혀 자신들만의 공허한 세상을 보낸다. 정신병원에서의 집단 확진과 죽음은 많은 당사자들에게 충격을 주었고 자신들의 병중에 의문점을 가지고 병원에도 왕래하지 않으려고 한다.

　　이번 기회에 병원과 이별이야!란 극단적인 성격을 가진 당사자들도 눈에 띄게 보인다. 병원에 와 처방을 받기 위해 원무과에 열댓 명씩 앉아 있으면 코로나에 걸리지 않을까 걱정된다. 물론 병원에서는 각종 예방 시스템을 갖추고 있지만 큰 둑이 무너지는 것이 작은 구멍에서 비롯되는 것처럼 옹기종기 모여 앉아 있는 원무과의 좌석 배치는 불안하기만 하다. 거기다 몇몇 당사자들은 마스크를 코끝이나 턱 밑에 끼고 있는 사람들이 보여 왜 협조하지 않을까? 하는 의문점이 생긴다.

"기본부터 챙겨야 합니다. '우린 정신적으로 문제가 있으니까 이런 식으로 해도 되겠지.' 하는 어느 몰지각한 사람들이 있습니다. 하지만 대부분의 당사자들은 사회 규율을 잘 지키는 타입이라 별문제가 없이 보입니다. 사실 병원까지 가는 것이 싫은 것은 사실입니다. 집단 병원에서 확진율이 제일 높다는데 이러다 내가 코로나에 걸릴까 걱정이 됩니다. 그래도 우리들에는 정기적인 병원 처방이 필요하고 주치의와 우리 심리상태를 오픈해 상담을 해야 합니다. 무조건 의사의 질문에 예, 예라고 답하면 제대로 된 처방을 받을 수가 없습니다. 이럴수록 몸의 부작용에 대해 확실히 말하고 정확한 처방을 요구해 우리 몸을 지켜야 합니다. 이것은 간단한 데서부터 출발할 수 있는 것입니다."

조현병을 앓고 있는 김도균 씨(44)의 토로이다. 그는 코로나19가 생기기 전에는 병원을 신뢰하고 처방을 가는 날을 기다리곤 했었다. 항상 자기 몸 체크를 메모하는 성격이라 자신의 병에 대해 상당한 지식을 가지고 있었다. 그리고 당사자 단체 활동에 적극적이어서 월 2회 참가하는 자조 모임에 열성적으로 참가해 동료들로부터 칭찬을 받을 정도다. 그리고 국내 당사자 단체의 사회활동에도 관심이 커 그들의 활동을 늘 모니터링할 정도로 열성적이었다. 그러다 코로나19의 발현으로 모임 활동이 정지하게 되고 동료들을 만날 수 없게 되자 자신만의 외로움에 시달렸다.

활발한 그의 성격은 점점 외톨이 모드로 전환되어 가고 있었다. 그러다 이러면 안 되지! 하며 그동안 모아두었던 당사자 단체들의 활동자료들을 스크랩하여 자신만의 뉴스집을 만들어 자조 모임 회원들에게 배포하기 시작했다. 이 주일에 한 번씩 자신은 물론 회원들의 건강과 몸 상태, 공통적인 주제를 가지고 소식란을 만들어 동료들의 의식을 깨어 있게 만들었다. 그는 코로나19로 인해 기죽지 말고 회원들끼리 비대면 모임을 계속 이어 나가 무기력했던 친구들을 활기차게 만드는데 계기를 마련했다. 컴퓨터를 통한 줌의 대면 모임은 성공적이었으며 호응도 좋았다.

"저는 다섯 살 때부터 할머니와 살았습니다. 일찍 어머님을 여의고 아버지는 생계를 책임지기 위해 중동에 나가 있습니다. 그때 할머니는 52세 젊은 나이였는데 제가 칭얼거리면 뭐든 다 해 주었죠. 한 번은 장난감 권총을 잃어버렸는데 할머니가 집안을 살살이 뒤져도 나오지 않아 수수깡으로 총을 만들어 줬죠. 저는 그때 도토리라 이게 더 쓸만하다며 같이 하루 종일 논 기억이 납니다. 지금은 칠순인데 불면증과 무릎관절로 집에서 누워있기만 하십니다.

코로나 전에는 제가 모시고 동네 한 바퀴, 맛집 순례 등 여러 군데를 다녔는데 지금은 기력이 쇠하셔서 앉아 있는 것보다 누워있는 것을 좋아하십니다. 코로나 이후엔 방역 조치를 철저히 해야 한다며 세면제와 소독약을 직접 고르셔서 총기가 아직은 살아 계시는구나, 생각했습니다. 방에 누워 계실 때 저는 주로 옛날이야기나 요즘 세상 돌아가는 이야기, 성경책 읽어 주기 등 할머니께서 원하시는 모든 것을 해 드리려고 노력하고 있습니다.

하지만 사람인지라 매일 서비스해 드리기는 쉽지가 않죠, 그래도 저만 보면 씩 웃어주는 것이 정감이 넘쳐 할머니 위해 식사를 준비할 때가 제일 신납니다. 할머니가 없었으면 오늘의 제가 없는 것이죠. 저의 병 또한 할머니가 간병을 잘해줘 고비를 잘 넘기었습니다. 20년 전에 조울증이 발생했거든요. 할머니는 저에게 머리보다는 마음이 아파 생긴 병이니 내가 잘 웃겨 주마 하시며 개그 콘서트의 장면들을 준비했다가 저에게 재연하실 때마다 저는 별 감동은 없었지만 그녀의 마음이 절 이끌어 웃게끔 해 주었습니다. 이제 제가 할머니를 웃게 해 드릴 것입니다. 육신은 쇠하였지만 별 감흥도 없어도 할머니는 잘 웃어 주십니다. 주름살 사이 노 두 눈이 반달 모양으로 굽어지며 웃어 주실 땐 저는 행복한 힐링의 한순간을 맞이하는 것 같습니다."

조울증을 앓고 있는 김은남 씨(32)의 이야기다. 그는 어머니를 다섯 살에 여의고 아버지는 7살에 중동으로 떠났다. 할머니와 본격적으로 같이 산 시기는 7살부터이다. 아버지 손에 이끌려 할머니 집에 왔을 때에는 그냥 마당 넓은 허름한 시골집이었다. 그런데 그곳에서 할머니와 생활하며 지낼 때가 가장 행복했다. 넓은 마당은 그의 전용 운동장이었고 학교를 다닐 때에는 할머니가 그의 전용 비서였다. 그렇게 이십 대를 보내다 대학교에서 첫사랑의 상대가 갑자기 죽어버리자 그것이 트라우마가 되어서 조울증에 걸렸다.

갑자기 몰려오는 우울증은 자신을 학대하며 자해를 하게 했고 어느 순간 기분이 좋아 미친 사람처럼 막 웃어대다가 세간살이들을 부숴버리는 것이었다. 그럴 때마다 할머니는 인남 씨를 꼭 안아 "그래, 지금은 괴롭겠지만 이제는 안 아플 거야. 세상 사람들이 널 뭐라 하든지 이 할미는 널 놓지 않을 테니까 이제 나와 함께 한 걸음씩 걷는 거야. 알겠지." 하시며 위로해 주실 때 마음에 감동을 받아 눈물을 마구 흘리고 말았다.

순간순간 죽음의 처지에 있을 때마다 "이놈아, 할미 두고 먼저 가선 안 돼. 그건 불효야, 나와 함께 가야지. 그래야 너 장가가는 것 보고 자식들 놓는 것 보고 이 할미가 눈을 감지."하시면 양심이 북을 치듯 두들겨 기력을 회복했다곤 한다. 몇 년 전만 해도 걸을 수 있어서 가고 싶은 데는 어디든지 갔는데 지금은 양쪽 무릎이 안 좋아 걷지를 못하신다. 좋아하는 교회는 못 가시고 온라인 예배만 드리고 있는 실정이다. 인남 씨는 집 근처 비닐하우스에서 딸기 농사를 짓는다.

겨울철이 되면 제일 좋은 딸기를 따 할머니에게 갖다 드린다. 그러면 그녀는 그것을 먹을 때마다 "딸기 하나에 복이 하나씩 들어올 줄 믿습니다. 하나님."하며 기도드린다. 그는 조울증에 지쳐 있지만 그래도 백발이 성성한 할머니가 곁에서 자길 지켜주고 있다고 믿으니 세상 두려울 것이 없다. 이번 코로나에도 딸기 농사에 타격을 받았지만 할머니 양쪽 무릎 수술비는 벌었다. 한 달 후 병원에서 시술할 것인데 그날이 기다려진다. 그러면 옛날처럼 가고 싶은 곳에 가시고 맛집도 계속 순례할 수 있기 때문이다.

"저는 명우 씨와 같이할 때가 제일 힘이 나요. 낮병원에서 처음 만날 때마다 낯설었는데 같이 자조 모임에 참가하고 프로그램에 참가하면서 정이 쌓인 것 같아요. 그때는 별것이 아니라 생각했는데 그게 인연이 돼서 이렇게 연인으로 발전했습니다. 제가 1년 동안 직업상담사로 계약직으로 일을 하게 됐을 때 명우 씨가 직장 생활할 때는 잘 먹어야 한다며 직접 수제 도시락을 싸 주었습니다. 그날이 1월 추운 날이었는데 장갑을 함께 장만해 손을 따뜻하게 해야 한다며 손수 장갑을 끼워 주었죠. 주 5일 근무 7시간 일이라 서로 만나기가 힘들었습니다. 그런데 항상 퇴근할 때면 정시보다 30분 전에 먼저와 절 기다려 함께 집에까지 갔죠. 아 이런 것이 연인으로서 발전 관계하는 구나. 하는 생각이 들었습니다. 우리는 낮병원에서 첫 대면을 했죠. 저는 환청 때문에 병원에 입원한 조현병 환자였고 그는 자신만의 고뇌를 손수 해결할 줄 모르는 조울증 환자로 낮병원에 나와 있었죠.

첫인상은 무서웠습니다. 키는 크고 무뚝뚝하고 매너도 없었죠. 그러다 동아리 활동 시간에 내가 조장 그가 부조상을 맡아 한 팀을 이끌어 가게 됐는데 그때 그의 재치가 발휘된 것이죠. 저는 대중 앞에 나서는 것을 두려워했는데 그가 날 모두 앞에서 말하는 방법을 가르쳐 주는 것이었습니다. 팀의 준비 재료는 같이 장을 다니면서 마련하고 먹거리도 같이 먹고 병원에서 입원하면서 낮병원에 다닐 때 여러 행복감을 주었습니다. 그러다 6개월 후 병원을 퇴원하게 됐을 때 그가 꽃 한 송이를 준비해 축하한다며 웃는 모습이아 저 사람이면 나와 인연을 만들어 갈 수 있겠다는 생각이 들었죠. 그 후 난 명우 씨를 나의 반려자로 점찍었죠."

조현병을 5년째 앓고 있는 기우인 씨(27)의 이야기다. 그녀는 아버지가 농장을 크게 운영하여서 세상 부러울 것 없이 살았다. 대학 졸업할 때까지 줄곧 장학생으로 있었다. 어린이집에서 3년 동안 선생으로 일을 잘하다 연차를 맞아 집에서 쉴 때 뭔가에 쫓기는 기분이 들었다. 마음이 어서 순해지고 가슴이 갑자기 콩닥콩닥 뛰기 시작했다. 그러다 밭에서 호박 수확하는 일을 돕다 하늘에서 엄청 큰 환청이 들려와 기절을 해 병원을 입원한 것이 정신병원이었다. 주치의는 직장생활할 때 알게 모르게 받은 스트레스가 쌓여 해소할 줄 모르다가 이번에 병이 발생한 것이라 설명해 주었고 그는 간간이 들리는 환청에서 벗어나기 위해 입원 생활을 택했다.

처음에는 병원 생활이 어려웠으나 재기하기 위해서라도 주치의 말씀에 잘 따르기로 했다. 그러다 낮병원을 추천받아 나가게 되었고 거기서 운명의 만남인 명우 씨를 만나게 된 것이다. 그들의 교제는 순수했고 병에서 회복되는데 촉매제 역할을 하였다. 그러다 작년 1월에 지역사회 직업상담소 센터에서 계약직으로 일하게 되었고 순차적으로 배워나가면서 직장 생활을 하게 되었다. 그러다 며칠 안 되어서 코로나19가 발생하였고 일터에서도 시스템이 예민하게 돌아가게 됐다.

코로나 때문에 직장을 잃은 사람들이 직업상담문의가 전보다 배로 많아졌고 그녀는 일은 서툴지만 자기 부서에 책임을 다한다는 일념으로 상담에 집중하였다. 그래도 이 일에 초짜배기이어서 일은 힘들었고 곧 싫증을 느꼈다. 이때 명우 씨는 당사자에게는 일이 회복이라며 이미 누나는 건강이 회복되어 일을 하고 있으니 많은 당사자들이 눈여겨 지켜보고 있다고 말하면서 응원을 멈추지 않았다.

코로나로 서로 만나기가 힘들었지만 항상 전화로 3번 이상 대화를 해 일의 소중함을 일깨우는 데 큰 힘이 되었다. 이번 질환으로 수많은 사람들이 실업자로 몰려나오는 것을 눈으로 확인한 그녀는 그래 당사자에게는 일이 회복이야 하며 지금의 직장에 만족하여 일이 어렵더라도 하루하루를 의미 있게 보내게 되었다. 금년에 1월이 직업상담사로 일한 지 1년이 되었지만 코로나로 인한 실업자들 그들을 위한 상담, 그들의 가정 상태를 알게 된 그녀는 일의 소중함을 느껴 명우

씨와 한 달에 한 번씩 만날 때마다 당사자로서의 책임감을 느낀다고
한다.

　그렇다. 당사자에게는 힘든 1년이었다. 일반인도 힘들게 느낀 이번
코로나 한 해는 금년의 백신 처방에 희망을 보게 되었고 우리나라에
서 3월부터 접종이 시작되니 이 무거운 코로나 무게를 한편으로는 이
겨나갈 것 같다. 묵묵히 참고 견디어 자신의 의무를 다해간다면 따뜻
한 햇살이 비춰어 맑은 하늘을 무게감 없이 마음껏 느낄 날이 환하게
올 것이다.


## 2) 당사자들 목소리 옭아매는 정신병원의 내로남불?


　시대와 기술이 첨단으로 달리는 21세기. 많은 사상들이 나타나고
사라졌다. 한때는 이것이 정말 옳은 소리일까? 란 의심도 들고 아니
이것이야말로 정말 정답일세! 하는 감탄이 나오기도 했다. 그런데 한
가지 변하지 않은 것이 있으니 당사자들의 치료가 시술되기도 하며
의지의 기둥이 돼야 할 병원이 30년 전이나, 아니 10년 전이나 변한
자세가 보이지 않는다. 그들은 정신장애인들을 오로지 영업 상술의
하나로 보고 있으며 그들을 생각한다며 의아한 장기 입원은 제삼자가

보아도 이해가 되지 않는다. 누가 당뇨병으로 최소 3년 이상 입원하고 있다 하면 인권 단체들은 들고일어날 것이다. 환자의 자기 권리를 피폐 생긴 것이라며 당장 소송에 들어갈 것이다.

그런데 정신장애인들의 3년 이상, 10년 이상의 장기 입원에 대해서는 입을 다물고 있다. 왜일까? 태생적으로 정신장애인들은 사회에서 돌바닥에서 핀 꽃처럼 함부로 대한다. 그들은 이렇게 말한다. "정신질환자들은 믿을 수 없어. 그들은 미래의 범죄자야. 사회의 규칙과 법을 어기는 사이코패스 같은 자들이야. 그들은 강제 수용되어 있어야만 사회가 안정될 수 있어."하며 그들의 주장을 구체화한다. 당연히 환자의 목소리를 경청해야 할 정신병원에서는 "당신들은 중환자야. 우리가 됐다고 할 때까지 병원에 입원하고 있어야 해. 그래야 병이 낫거든. 그렇지 않으면 노숙자 쉼터 같은 데서 평생 살게 될 거야."하며 강제적인 장기 입원을 당사자에게 설파한다.

전국 수백 개의 정신병원에서 10년 이상 아니 그 이상 장기 입원하고 있는 환자들은 전체 입원율이 적지 않은 수를 차지하고 있다. 한 모 병원에서 곱디고운 10대에 입원했다 60이 될 때까지 퇴원하지 못하고 있는 김수연(63) 씨가 있다. 10대에 이모 집에서 더부살이를 하다 조울증 증세가 나타나 어느 날 이모 손을 잡고 공원에 놀러 가자는 소리에 이끌리어 도착한 데가 한 모 병원이었다. 처음에 3개월 동안은 어쩌다 참을 수 있었는데 그 이후론 견디기 힘들어 병원 창살을 잡고 고래고래 소리치기 시작했다. "제발 내보내 주세요. 내가 잘 못했어요. 이모 좀 불러주세요,"하며 악다구니를 썼다.

그러나 돌아온 것은 코끼리 주사(강도가 센 진정제)를 놓아 잠들기를 반복했다. 그렇게 시절은 보내고 이모가 죽은 후에도 병원에서 기초생활수급자로 변경된 그녀를 놓아주지 않고 장기 입원 처리해 버렸다. 수많은 병원 원장들이 바뀌고 10년이 지난 후에 자기도 병원의 생활에 적응돼 요 사회에 나가는 것이 두려워 지금까지 강제 입원이 되어 있다. 이러한 그녀를 누가 구제해 줄 것인가? 3년 전 인권위원회에서 이를 발견하고 그녀를 병원에다 퇴원 조치 명령을 시달했으나 이제는 형제도 없는 그녀는 지금의 병원이 스위트 홈이 되어 이제는 자기 운명처럼 병원에 입원 생활을 하게 되었다.

이런 예가 한두 명이 아니다. 본인도 병원에서 입원 생활하다 20년이 넘게 입원해 있던 당사자를 알게 됐다. 김모의 씨(60)는 40대에 단란한 가정을 꾸미다 남편과의 불화로 화를 꾹꾹 참다 순간적인 분노로 남편의 손에 이끌려 병원에 강제 입원하게 되었고 불법 이혼을 당해 자식들을 다 남편에게 뺏기고 병원에서 20년 동안 생활하고 있다. 다행인지 모르겠지만 그의 아들들이 어머니가 생각나 한 번씩 면회를 오는 것으로 알고 있었다.

그럴 때마다 자기 자식들 자랑을 늘어놓기 바쁘다. 자기는 곧 퇴원하게 될 것이라고 확신하며 병원 밖의 생활은 낯설다며 입원 생활에 중독이 되어 있다. 이런 일을 부추기는 것이 다름 아닌 병원이다. 병이 회복되면 재활치료 기간을 두어 사회에서 독립생활을 할 수 있도록 지원을 해 주어야 하는데 한 사람에게서 나오는 수익금이 제법 구미가 당기서인지 퇴원 조치를 안 하고 있다.

이런 병폐를 해결하기 위해 2017년 정신건강복지법이 발의됐다. 강제 입원은 인신구속의 성격이 주어지기 때문에 불법이라는 판결을 내려 이와 같은 환자들을 퇴원 조치시키는 판정이 내려졌다. 그 후 많은 병원에서 장기 입원해 있던 환우들이 사회로 돌려보내지게 되었다. 이때 병원들은 갑자기 집에도 갈 데가 없는 환자들을 한꺼번에 퇴원시키면 사회에 큰 혼란이 온다며 반대하기 시작했다. 그들로서는 많은 영업적 이익을 안겨주던 구성원들이 탈퇴하는 것이니 얼마나 금전적 손해가 있었겠는가?

그들은 병원끼리 단체행동에 들어가 "정신 나간 정신건강복지법 당장 철회하라. 안 그래도 갈 데가 없는 환자들을 사회로 내몰면 이때는 적지 않은 혼란이 올 것이다."하며 반대 운동에 나선 것이다. 그런 것일까? 의식이 있는 정신장애인들은 사회에 독립해 제 갈 길을 갔지만 그들을 환영하지 않는 사회나 한편으로 가족에서는 그들을 피하고 싶었다.

그래서 정신건강복지법에서 새로 생긴 동의 입원제도를 십분 활용해 부모와 병원이 강제 입원자를 설득하여 병원에 붙들어 두게 할 수 있었다. 이번 법의 개정으로 많은 탈인 화가 이루어질 것이라는 예상이 있었지만 정신병원의 영업적 방향에 강제 입원환자들을 동의 입원으로 돌리어 병원의 손실을 적게 받을 수 있게 하였다. 왜 병원은 정신장애인들을 믿지 못하는 것일까? 그들은 사회에 나가 재활할 수 있고 독립할 수 있고 사회에 복귀하여 돈도 벌 수 있는데 왜 이런 기회를 가지지 못하게 하는 것일까 심히 우려가 아닐 수 없다.

그러다 직접적인 변화의 순간이 온 것이었다. 그것은 아쉽게도 코로나19 때문이었다. 이 바이러스는 노인이나 어린애 할 것 없이 예외를 두지 않고 사람이면 그들의 저항에 아랑곳하지 않고 침입해 죽음에 이르게 한 것이다. 특히 기저질환이나 고령자 사이에서는 죽음의 사신이었다. 집단으로 수용되어 있던 병원에서는 속수무책이었다. 그 예가 청도내남병원이었다. 수십 명의 목숨을 앗아간 비극의 현장이었다. 정신질환자를 전문적으로 치료하던 병원이었는데 한 병실에 열 명씩 수용되어 있었고 그것도 침대도 없는 차가운 맨바닥에 환자들끼리 다닥다닥 붙여놓았다. 코로나19에게는 좋은 먹잇감이었다. 수용되어 있던 환자들은 방황도 못 하고 질식사하듯 목숨을 잃어 갔다.

국민들은 정신병원이 저런 곳인 줄 몰랐다며 안타까워했으며 가족들은 발만 동동 굴렀다. 차가운 시신으로 실려 나온 정신질환자들은 누구의 동정도 받지도 못하고 차가운 시체안치실로 옮겨져야만 했다.

이때 사회의 질타는 날카로웠다. 아무리 대우를 받지 못하는 정신질환자들을 저렇게 소, 돼지처럼 취급하다니 있을 수 없는 일이라며 현 정신병원 체계에 대해 비판하기 시작하였으며 정부에서도 시급히 대책안을 내놓아야 했다.

그러기를 수개월 동안 대구 제2 미주병원, 서울 다남병원 등에서 정신질환자들이 확진자로 다량으로 나오자 국민들은 어서 빨리 대책을 마련하라고 강력히 요구하기 시작하였다. 그래서 지난해 11월에 정신병원의 병상수를 10병상에서 6병상으로 줄이고 다인실과 개인실을 지금의 모습보다 현저히 다르게 넓히라는 지침을 내렸다. 또 병상 간 거리 1.5m 띄우기와 입원실에 개인적 화장실과 손 씻기 및 환기시설 설치, 3백 명 이상 정신병원에서는 감염병 예방을 위한 격리병실 별도 설치 등을 할 것을 권고하였다. 그리고 정신건강복지법의 실현으로 회복된 환우들을 지체없이 퇴원시킬 것을 명하였다. 그러나 병원들의 생각은 틀렸다. 그들은 환자들을 생각하는 것이 아니라 당장 병원의 이익을 생각하였다. 지난 4일 대한 신경정신의학회는 "정신건강복지법 개정안에 반대하며 이번 법의 실현이 준비되지 않은 정신장애인들을 대규모 탈원화하면 환자와 그 가족들 사회에 큰 혼란을 야기할 수 있다."라고 반대 의사를 분명히 했다.

이것은 사회에 대한 한편의 심각한 후유증이 될 것이며 코로나19 사태 극복 후 원점부터 다시 검토해야 한다고 역제안을 한 것이다. 이

것이 무슨 말 같지 않은 추태인가. 병원을 병을 고치라고 있는 것이지 키우라고 있는 것은 아니다. 그런데 코로나19 대 유행에 정신질환자를 위한 예방법은 내놓지 못하고 그 시기만을 무사히 넘기기를 바란다며 바짝 엎드리고 매서운 매를 피할 생각만 하고 있는 것이다. 전국의 정신병원들은 자각해야 한다. 그들이 입원시켜 놓은 환자들이 바로 소중한 생명이라는 것을 당장 영업적 이익이 없어진다고 생각하니 이런 말 같지도 않은 반발 문민 발표하고 차후 눈치만 살피고 있는 것인가? 당사자들은 이럴 때 한목소리를 내서 우리들의 인권을 수호하고 권리를 발호하여야 한다.

당사자들은 혼자가 아니다. 옛날처럼 주야장천 얻어터지고 있는 신분이 아니라는 것이다. 서로의 목표와 이익, 소망을 위해 정신장애인 단체들은 한데 뭉쳐야 한다. 과거처럼 한 단체만 외롭게 외치던 시대는 지나갔다. 우리에게는 순절한 동료들이 있다. 그들은 우리의 의지를 나타내기 위해 한목소리를 내고 있다. 송파정신장애동료 지원센터, 한국 정신장애인 자립생활센터, 부산 희망 바라기 등 당사자 단체 10여 개 등이 "대 실정 등 정신 의료 관련 단체들 성명서 즉각 철회하라!, 지역사회 중심의 자립생활 서비스 전환에 협조하라!"라며 강력히 항의 전문을 발표했다. 그들은 정신장애인들의 인권을 위해 당사자, 그들의 가족, 동료들이 힘을 합치어 사회에 우리들의 목소리를 냈다. 정신 의료기관들이 옛날의 당사자들로 본 것이라면 그들은 큰 실수를 한 것이다.

사회에 현명한 단체들도 당사자들과 어깨를 맞대고 앞으로 전진하고 있다. 다수의 정신보건 분야들은 이번 대신정발표문에 크게 반발하여 정신장애인들의 한 힘이 되었다. 그들은 장기 입원 위주의 의료 체계를 근본적으로 반성하고 지역사회에서 정신장애인들이 살아갈 수 있는 방도를 마련해야 한다고 강력히 밝혔다. 개인적 한 명, 한 명 정신장애인들을 보면 별볼일없겠지만 그들이 하나로 뭉쳐 사회에 나가면 작은 문화의 물결을 만드는 단초의 반석이 될 수 있다.

"우리 정신장애인들은 가치가 없는 대상자가 아닙니다. 한 명, 한 명 소중하고 보석 같은 존재입니다. 우리가 비록 사회에서는 인정의 받지 못하고 있지마는 사회는 많이 변했습니다. 우리들의 꿈을 위해 앞으로 나아가고 계획을 위해서 하나의 힘으로 뭉치기도 합니다. 우리는 비록 장애인이지만 대한민국의 국민으로서 누려야 할 특권과 권리가 있습니다. 우리는 하나로 모여 기원하고 이루어지길 바라야 합니다. 별것 없는 일로 우리가 무너져서는 안 되는 것입니다. 사회의 작은 눈들이 우릴 주시하고 있다는 것을 알아야 합니다. 그래서 그들과 손을 잡아 사회가 우리에게 쳐놓은 차별적인 마지노선을 돌파하여 희망과 성장의 언덕으로 나아가 생명의 나무를 심어야 합니다. 그것이 우리들이 할 일입니다."

어느 이름 없는 작은 당사자의 미래에 대한 정신장애인들의 바람에 이렇게 속삭이듯 말했다.

## 3) 당사자에 대한 미디어의 횡포,
## 자기방어 철저히 해야

　정신질환이란 용어 자체가 모호하다. 무엇을 초점으로 삼아 이 병을 정의하는가? 물론 이 병에는 조현병, 우울증, 조증, 강박성 장애. 조울증, 등 수십 가지 병명으로 나누어져 있다. 여기에 당사자의 병의 특성상 의사의 진단과 병의 예후, 학문적 이론에 따라 자신의 병명이 정해진다. 많은 당사자들은 자기의 병에 대해 준비성이 철저하나 다수는 "그냥 그런가 보다. 내가 왜 이런 병에 걸렸지. 이제부턴 정신질환자로 살아가야 하나?" 반 포기한 상태에서 자신의 병을 받아들인다.

　그리고 사회에 나서기를 두려워하고 방 안에만 있는 은둔형 외톨이 신세로 전락하게 된다. 가족들도 정신장애를 둔 자식들이나 부모를 거리상 멀리 두며 마음에 내키지 않는 케어를 하게 된다. 의식이 깨어있는 당사자는 자신의 병을 극복하기 위해 많은 정보를 얻고 나를 사회에서 독립하기 위해 재활의 의지를 불태우고 있다. 그런데 자신도 알지 못하는 정신질환이란 낙인화는 생각보다 집요하며 잔인하다. 어디서 내가 정신질환이란 병을 앓고 있다는 소리를 함부로 할 수 없음에 한계성을 느끼게 된다.

물론 자신은 타인에게 해를 끼치지 않았다. 그냥 일상적인 생활을 할 뿐인데 주위의 시선이 서늘하게 느껴진다. 하루 전날만 해도 친절한 이웃이었는데 오늘부턴 자길 혐오하는 타인으로 대한다. 친구들도 자신을 향해 색안경을 끼고 바라보며 그동안 느껴보지 못했던 열외성을 피부로 체감하게 된다. 우리 당사자들은 세상을 향해 걸을 뿐인데 그 모양새 자체가 마음에 들지 않는다고 비판 아닌 비판을 받게 된다. 억울한 일이 아닐 수 없다. 어느 순간 자기가 즐겨보는 미디어에서는 정신질환자를 사회의 중범죄자 취급을 한다.

사각지대의 혐오스러운 대상, 언제 범죄를 저지를 줄 모르는 사람들. 사회의 구성원에서 열외를 시켜야 하는 당사자로 매도한다. 틈만 나면 TV에서나 매체에서는 우리 당사자를 향해 날카로운 비수를 날리고 있다. 우리의 인권을 침식당하는 순간이다. 사람들은 자기가 본 일 외에는 잘 믿지를 않는다. 그러나 항상 대하는 매체를 통해 사건, 사고 뉴스를 보게 된다. 그 중심에 정신질환자에 대한 뉴스는 일반적인 가십거리보다 더 달콤한 소재다.

그래서 매체들은 사건의 요인보다 누가 범죄자인가?에 초점을 맞추어 기사를 써 내려간다. 사회가 혼란스러울수록 정신질환자 뉴스는 매체들이 물어뜯기 좋은 소재거리다. 사람들은 그런 매체들을 신뢰하고 오답이라도 정답처럼 인식하게 된다. 미디어는 사람들이 건강 또는 질병에 관한 정보의 대부분을 얻고, 그것을 토대로 특정한 인식을 형성하게 되는 주요한 출처다.

정신질환의 특성과 미디어의 중요성에 주목하여 미디어의 정신건강, 정신질환, 정신장애 보도와 재현에 관한 연구들이 이루어져 왔다. 한국 미디어의 정신질환, 정신장애 보도와 재현에 관한 연구들은 각기 다양한 선행 연구를 검토하면서 정신질환. 정신장애의 인식에 있어 미디어의 중요성을 공통으로 제시하였다. 대중은 주로 미디어를 통해 얻은 정보에 영향을 받아 그에 대한 인식이나 태도를 형성하게 된다.

영상매체는 특정 집단에 대한 이미지 형성에 매우 강력한 역할을 한다. 뉴스, 다큐멘터리, 신문은 그것이 전달하는 내용이 왜곡되거나 편파적이라고 지적받지만 대다수 수용자에게는 공공성과 객관성이 담보되었다고 인식되어 부정적 효과가 더 크다. 미디어의 정신장애 관련 정보는 일반인의 사고는 물론 공공 정책에까지 영향을 주는 것으로 나타났다. 정신과 용어의 부정확한 사용과 잘못된 정보 전달로 인한 수용자의 혼동, 정신장애인의 위험성, 공격성, 폭력성, 예측 불가능성, 무능력 등 부정적 이미지의 반복적인 노출이 주로 지적되었다.

정신병력을 가진 사람에 의한 폭력 범죄를 다루는 텔레비전 뉴스는 정신질환자에 대한 부정적인 태도에 가장 중요한 영향을 준다, 선정적인 헤드라인, 끔찍한 범죄 장면의 강조, 정신질환과 폭력의 연관성 암시 등은 사람들의 공포심을 강화한다. 정신장애인과 접촉해 보지 못한 대다수 사람들은 대중매체를 통해 정보를 습득하고 그 정보는 대상에 대한 관점의 틀이 되어 정신장애에 대한 특정한 이해와 해석을 촉진하게 된다. "정신질환자 강남구에서 여성 성폭행 살인!", "강도 사건 정신질환자로 추정", "정신병 경력 범죄자 친모 살해!" 이런 헤드라인 기사가 주를 이루고 있다. 기자들은 사건의 개요를 따지려 하지 않고 사건의 결과만 잔인하게 파고든다.

그런데 사실은 정신병력과 관계가 없는 사건이 결과로 나타나는 예가 하나가 아니다. 그들은 선정적인 기사로 신문 판매 부수만 늘리면 그만이다는 일념으로 정신질환자들을 토막토막 해체해 버린다. 이와 같은 일을 당한 당사자들은 사회로 나서기를 주저한다. 내가 안 그랬는데 괜히 죄스럽다. 사람들 만나기가 큰 부담감이 느껴지고 그런 자신을 자책하며 범죄자 아닌 범죄자로 고해성사를 하고 싶은 심정이다. 어느 인기 있는 드라마를 틀어도 악당은 정신질환 병력이 있는 사람으로 구성되어 있다. 마치 세상의 악당들은 당연히 정신병을 가지고 있는 장기판의 말로 통용되고 있다.

왜 그럴까? 생각을 해도 어처구니가 없다. 미디어가 정신질환을 사회의 파국의 형상으로 만들고 있기 때문이다. 많은 당사자들은 항의를 한다. "왜 우리들을 파국의 형상으로 만드는가? 우리의 인권을 짓밟지 말라. 우리에게도 스스로를 보호할 수 있는 권리가 있다. 더 이상 우릴 매도하지 말라!"라며 항의한다. 그래도 다행인 것은 과거보다 많은 당사자들이 의식이 깨어있어 한목소리로 하나의 목표를 세우고 집결하고 있다는 것이다. 거기다 의식이 깨어있는 일반인과 이 당사자 단체들이 함께 우리의 소리를 들어주고 함께 공생해 나가고 있다는 것이다. 인생이 길어야 80이라 하지만 요즘은 100세 시대 아닌가? 장기적인 계획을 세워 여러 가지 일을 해 나가야 한다. 미디어의 잘못된 왜곡으로 우리를 스스로 땅속에 묻으려고 하면 안 된다.

우리 당사자의 질환은 그 증상뿐 아니라 사회적 인식과 반응이 치료 접근성과 당사자의 고통에 상당한 영향을 미치는 질환 유형이다. 정신질환은 유병률이 높은 질환군이지만, 사회적 낙인이 심해 치료에 대한 거부가 강하다. 비정신장애인 대중의 부정적인 태도와 편견은 정신질환을 가진 사람들이 정신건강의학과 정신건강복지서비스에 접근하는 것을 어렵게 만든다.

정신질환을 앓고 있는 사람들은 낙인찍힐 것이 두려워 질환을 숨기고 치료를 회피하며 이로 인해 심해진 증상이 편견과 차별을 야기하는 악순환을 겪고 있다. 미디어에서 사회적으로 낙인찍은 질병을 어떠한 시각과 주제로 조명하느냐가 해당 질병에 대한 사회적 인식에 영향을 미치며 당사자들에 대한 인식과 태도로 이어져 당사자와 그 가족의 삶에 영향을 미친다.

따라서 정신질환, 정신장애에 대한 사회 전반의 편견과 낙인을 해소하는 것은 정신질환의 조기 발견과 안정적, 지속적 치료, 회복, 사회생활의 지속 또는 복귀에 매우 중요하다. 특히 미디어의 재현과 보도 경향은 정신질환, 정신장애에 대한 편견과 낙인에 있어 핵심적이다. 정신질환은 조기 발견이 중요하다. 처음에 이 질환을 발견하여 집중 치료와 각종 프로그램 참여와 사회에 독립 시 켜려 하는 지역 정신건강센터에 가입하여 당사자 문화 활동에 참여하는 등 재활 활동을 하면 초기에 이 병을 극복할 수 있다. 그런데 안 그래도 정신질환자들에 여론이 좋지 않아 주눅이 들어 사는데 거기다 하루, 이틀 사이로 미디어의 정신질환에 대한 부정적인 보도는 초기 정신질환자에게 좋지가 않다.

그들은 극복할 수 있는 기회를 사회의 낙인화 때문에 병원에 가기를 꺼리고 처방을 거부한다. 또 자기 자신을 강력히 부정하여 현실성을 잃게 되어 자유 아닌 타자에 의한 자유인이 되어 회복의 기회를 영원히 놓치게 된다. 방법은 있다. 자기 자신을 스스로 일깨우는 것이다. 자신이 정신질환에 걸려있다는 것을 인식하여 자신을 일으켜 세우는 것이다. 그 과정은 어렵겠지만 말이다. 그래서 낮병원에 스스로 나가 동료들을 만나 그들의 문화에 참여하는 것이다. 그러면 나와 같은 당사자들이 많구나? 하는 생각의 전환을 가져와 연대 의식을 가진다면 당사자 문화의 일원이 되어 스스로를 일깨울 수 있다.

한편 정신질환의 치료 방법을 언급한 뉴스도 있었다. 정신질환에 관한 과학적 정보나 사실보다는 부적절하게 방치된 사례, 위험성, 정신질환자가 일으키는 사건과 문제에 초점을 맞추는 경우가 많았다. 가장 많이 언급한 질환은 우울과 조울증이었고 특정한 병명의 언급이 없는 정신질환이나 포괄적인 언급도 상당했다. 약 12년 동안 공중파 뉴스에서 보도된 정신건강 및 정신질환 뉴스의 80% 이상은 우울증과 조울증, 정신질환의 포괄적인 언급이었다.

분석 대상의 단 5.5%만 긍정적 시각의 기사로 분류되었고 부정적(42.2%)이거나 특정한 시각이 없는 기사가 대부분이었다. 약 1/4의 기사(26.5%)가 편견을 포함하였으나 편견 해소를 주장하는 기사는 극히 드물었다(1.4%). 또 장애인 차별 금지 추천 연대(2012)는 2011년 7월 1일부터 2012년 6월 30일 사이에 해당하는 시사, 교양 프로그램, TV 뉴스에서는 정신질환의 부정성을 부각하는 다양한 영상들이 보고되었는데 위험성, 공격성 부각이 가장 빈번하였다.

특히 뉴스 보도로는 주로 범죄 사건이나 사고에 한정되어 위험성, 공격성 부각이 두드러졌다. 일간지 5종(경향신문, 동아일보, 조선일보, 중앙일보, 한겨레)에서 보도된 기사 중 부정적 기사(정신질환자에 대한 차별 소지가 있는 내용)는 11.4%로 이전 선생 연구들이 제시하였던 수치보다는 낮은 결과가 제시되었다. 그러나 부정적 기사에서 원인 편견(48.8%)과 난폭 위험(41.1%)이 가장 빈번하게 나타났다는 점에서는 유사했다.

우리 당사자들은 이와 같은 오류의 세계에 놓여 있다. 마치 내가 가지고 있는 질환이 범죄의 한 종류인 마냥 가슴을 졸이면서 말이다. 그렇지만 여기서 우리가 손도 못 써보고 변두리 구석으로 숨는 것보다는 동료들과 연대 의식을 가지고 사회에 나서는 것이다. 하나의 페미니즘 운동의 일환으로 "우리도 존재한다. 우리의 세상에. 여러분들과 연대 의식을 가지고 싶다."라고 사회에 당당히 나서 우리의 목소리를 높여야 할 것이다.

당사자들이 함께 자신들을 묶었던 압박과 강박의 쇠사슬을 풀어 뒤로 물러서지 말고 앞으로 나서는 것이다. 많은 핍박과 호응의 찬사가 한꺼번에 쏟아질 것이다. 21세기 첨단의 시대에 대중들은 의식들이 깨어있다. 자신들이 몰랐던 사회 외 약자 편에 서 있던 당사자들이 지금 우릴 핍박하는 각종 질타와 비판을 몸으로 받으며 앞으로 나서는 것을 긍정적 시선으로 받아들일 것이다.

미디어의 잘못된 오류는 여론에서 스스로 반성하여 우릴 객관적으로 보고 능동적인 시각으로 우리 바라본다면 자신들이 몰랐던 새로운 모습을 보게 될 것이다. 그리고 우리의 숨겨진 진모를 발견하여 혐오감으로 둘러쌓던 왜곡된 보도를 당사자의 모습과 문화, 그들의 이상을 높이 취재할 것이다. 한 사람, 한 사람을 바라보면 허점이 빤히 들여다보일지 몰라도 이상과 가치로 뭉쳐있는 당사자 문화와 의식을 보게 되면 더 이상의 우리들에 대한 오보를 하지 않게 될 것이다.

지금부터 우리의 모습을 스스로 찾아보자. 몰랐던 소중한 자아의식을, 그리고 소망과 꿈을 피워 나가면 우리에게 전혀 알지 못했던 새로운 가치관과 이상을 발견하여 메말랐던 광야와 같은 우리 세상을 함께 가꾸어 나갈 것을 조용히 권해 본다.

## 4) 당사자들 스스로 강박에서 벗어나야 한다

강박. 이 단어는 정신질환자에게 생각하고 싶지 않은 한마디로 공포의 용어이다. 정신병원에 입원하면 알게도 모르게도 혈기 충만한 환자가 보호사에게 사지를 묶이어 독실에 갇혀있는 것을 종종 목격한다. 그 이유는 병원의 규칙을 지키지 않아서, 또는 단체생활을 무마시키려는 행동 때문에 병원의 채찍질로 종종 사용된다. 침대에 어깻죽지를 움직이지 못하게 양손과 발목을 포승줄로 묶어 3~4시간 동안 방치한다. 그리고 코끼리 주사(강력 진정제)를 놓아 정신을 잃게 만들어 자신이 실현하려는 자존감을 해치게 만든다.

그 후 강한 강박 사건을 당한 후에는 병원에서 생활은 자신감을 잃게 만들고 환우들 만나기를 꺼리게 된다. 사회에서도 낙인화되어 병원으로 입원당했는데 이해되지 않은 병원의 규칙을 어겼다는 이유로 막무가내식의 강박은 분명한 당사자들의 인권침해다. 강박 후 손목에 퍼렇게 멍든 자국은 며칠을 가지 않아도 지워지지 않는다. 더 큰 것은 당사자의 자존감에 회칠을 한다는 것이다.

이때부터가 간호사, 보호사 눈치를 살펴야 하고 심지어 친하게 지내야 하는 환우들까지 경계감을 나타낸다. 그리고 이런 단순한 강박 외에 체벌로써 하루 종일 묶어두어 기저귀를 찬 채 볼일을 봐야만 하는 사태에 이르는 경우가 종종 있다. 이것은 인신구속의 또 다른 침해요 권리남용이다. 수십 년 전부터 시행되어 온 이런 작태는 오늘에 이르기까지 없어지지 않는다. 인권위의 계속된 권고에도 불구하고 이런 행위는 발전했으면 발전했지 전혀 퇴보의 움직임을 보이지 않는다. 우리 당사자들이 함께 목청을 높여 이와 같은 작태에 항의해야 한다. 그리고 세상에 알려 병원의 인권침해, 권리남용을 알려 일반인들이 관심을 갖고 우리와 같이 행동 윤리에 나서게 해야 한다.

간혹 드라마나 영화에서 강박에 대한 장면이 나오는데 일반인들은 정신병자가 심하면 저 같은 행위를 당하지 왜 그렇겠나? 식으로 넘어가거나 영화의 스토리텔링에 필요한 각축으로 이해하고 만다. 우리 당사자들은 일반인들이 시각적 욕망을 채워 주는 동기유발의 도구가 아니다. 우린 지금도 퍼렇게 멍들어 가면서 가슴에 대못을 박은 채 당하고 산다. 이 강박은 병원에서만 이뤄야 지는 것이 아니라 당사자의 집이나 사회에서 알게도 모르게도 이루어지고 있다.

병원에서 퇴원한 당사자는 바깥 세계가 지겹기만 하다. 입원하고 있는 동안 의사들과 간호사들이 자신을 대했던 기억이 연장선상에서 사회를 신뢰하지 못하게 되고 반감만 가지게 만든다. 약 처방 때문에 그때 살짝 비추어 부모와 함께 병원에 외래 차 와 자신의 시간만을 기다리게 된다. 주치의와의 5분 내지 한 대화에 자신의 병에 대한 의사를 제대로 전달하지 못하고 무조건 의사의 말에 순응케 된다.

약만 타가지고 오면 다시 지신의 방에 들어가 세상과 단절하는 시간을 반복하게 된다. 가족은 물론이고 친구들의 눈초리도 맵게만 느껴진다. 안 그래도 코로나 때문에 외출이 자유롭지 못한데, 방 안에서만 틀어박혀 넷플릭스나 무한 반복해서 시청하게 된다. 영화의 허무맹랑한 세상에 몰입되어 자신이 주인공이 된 듯 자신 외에 모든 것을 부숴버린다.

그리고 곧 공허감이 찾아와 다른 채널만 찾게 된다. 이렇게 자신을 사회에 따돌려 방콕에서만 자신의 기분을 해소하려는 행동은 또 하나의 강박이다. 세상과 가족과, 친구, 등에서 멀어져가 자신의 공상과 망상에 시달리면 사리분별력이 없어진다. 폭력적인 영상에 스트레스를 해소하는 것도 한두 번이지 계속 이어진다면 사회가 악으로 보일 수밖에 없다. 자신만의 문화에 빠져 이 질환을 통제한다고 망상에 빠지면 실제 생활에선 은 영원한 열외자가 된다.

"부수고 태우고 토막 내는 영화가 내 삶의 전부입니다. 사회는 절

반겨주지 않습니다. 점점 외부의 편견과 낙인이 심해져 벼랑의 끝으로 절 몰아세웁니다. 이제 그만하라고 외쳐도 내 스스로가 절망의 구렁텅이로 빠지게 됩니다. 병원에서의 생활은 절 구해주지 못하고 엉뚱한 타지로 인도하고 말았습니다. 전에는 책도 읽고 음악도 즐기곤 했는데 지금은 폭력을 소재로 한 영화에 빠져 나 자신이 우울과 망상으로 인도되고 있습니다. 친구들한테 연락을 하려고 해도 절 정신병자로 취급할 것 같아 용기가 나지 않습니다. 저는 살고 싶습니다. 사회에서 제자리를 찾아 조용히 나만의 문화를 만들고 싶습니다. 그렇지만 가족들의 응원도 없고 나만 외지에 떨어진 사람인 양 해결책이 없습니다."

조현병으로 병원에 6개월 입원한 김남일 씨(27)의 토론이다. 그는 정신병원에 입원하기 전 건강한 대학생이었다. 간혹 기분이 올라올 때마다 그것을 억제하지 못해 어머니에게 화를 내거나 동생들에게 이유없이 화풀이를 한 것이 병의 전제 내용이었다. 시간이 지날수록 이유 없는 난폭한 성격은 자신도 이해하기 힘들었으며 부모와 합의해 병원에 입원하게 됐다.

처음엔 2개월 있을 정도로 약속을 하고 병원에 입원했지만 그 안의 도덕과 윤리를 이해하지 못해 자신의 성질을 폭발해 독방에 강박을 당하는 등 많은 문제를 가지게 됐다. 병원에서 정상적인 생활을 하지 못해 주치의 만류에도 불구하고 부모가 퇴원시켜 버렸다. 병의 전조를 잡지도 못했다. 그냥 병원에서 6개월 구금되었다가 풀려난 기분이었다. 그런데 퇴원하고 나서 사회에 대해 신뢰가 떨어져 집안에서만 해소하며 사는 것이다

　이런 생활은 자주 목격된다. 병원의 재활치료를 거부하고 자신만의 세상에 빠져 헤어 나오지 못하는 것이다. 그들에게는 무엇이 필요할까 우선 자신의 처지를 공유한 동료들이 필요하다. 낮병원이나 정신건강복지센터 등에 등록해 주기적으로 프로그램에 참가하는 것이 중요하다. 물론 세상 밖으로 나오지 않으려고 하는 사람들에게는 별개의 소리로 들리겠지만 지역사회 동료 지원가가 투입되어 그들의 정서를 어루만져 주고 인정하며 격려하는 시간을 가져 사회에 대해 신뢰성을 회복시키는 것이 우선이다. 자신의 문제점을 함께 공유하는 동료의 개입이 필요하며 그들과 일상생활을 통해 문화 관계를 형성해 나가 자신의 강박에서 벗어나는 것이 중요하다.

　낮병원이나 센터의 활동도 중요하며 그들의 인식개선에 당사자를 참여시켜 사회에서의 자신의 문제를 해결시키려는 행동이 필요하다. 그것은 각종 프로그램이 될 수 있고 인지 교육이 될 수 있고 또 쉬운 동아리 활동도 중요한 역할을 한다. 처음엔 드문드문한 참석이 한두 번 계속 이어지면 한 달이 되고 두 달이 될 수 있다. 그러다 보면 정기적인 모임에 참가하게 되고 자신의 외톨이 생활에서 벗어나게 된다.
　스스로를 강박해서는 안 된다. '내가 환자다. 그것도 사이코패스

같은 사회에서 불필요한 생산자이다'란 생각에서 벗어나 사회의 주최자로서, 제3의 관용자로서 사회에 참가해 자신만의 문화에서 벗어나 당사자 단체의 문화에 접속해 새로운 기분을 보는 것도 중요한 삶이란 것을 인식하는 것도 필요하다.

"처음에는 이것을 왜 해야 하지? 너무 유치하지 않나? 프로그램이란 것이 이런 수준이라면 참가하지 않는 것이 낫겠다는 생각이 들었죠. 그때 속는 셈 치고 한번 참가해 보자란 의지가 생겨 하루, 하루 참가하다 보니 호기심도 생기고 특히 동아리 시간에 많은 당사자들이 아이디어를 짜내고 협력하는 것을 보고 수동적이 입장이 아니라 능동적인 자세를 취해야겠다는 생각이 들어 적극 참여하게 되었어요. 결국 우리들의 생각이 꽤 쓸만하다는 것을 알게 되었고 당사자 문화에 접근해 교육을 듣고 우리나라에 이런 상황이 공용화된 것을 처음 알았을 때 내가 뭐 필요한 역할이 없을까? 하고 의무심을 가지게 되고 인지 교육을 통해 내 병이 어떻게 발생하고 진행되었는지를 알게 되었을 때 나 자신을 한번 뒤돌아보게 됐습니다. 지금은 활발하게 낮병원에 참가하고 있으며 그를 통해 사회 문화활동에 관심을 가져 앞으로 당사자들을 위한 작은 돌다리 역할을 해야겠다고 다짐했습니다."

조현병을 10년째 앓아 온 김겨운 씨(40)의 이야기다. 그는 병원에서 1년 동안 장기 입원하면서 많은 갈등을 느꼈다. 내가 왜 병원에 입원해야 되는지에 의문이 생기고 병원이란 작은 사회에서 겪는 활동들은 자신을 인식하는 데 많은 문제가 필요했다. 공동 취침과 공동식사는 군대 갔을 때와 똑같았다. 거기서 겪은 가장 큰 문제점은 외로움이었다. 당사자들과 친해져야겠는데 누굴 어떻게 사귀어야 하는지를 몰랐다. 정신질환도 여러 가지라 병 증상에 따라 성격도 제각각이어서 함부로 다가갔다간 낭패를 볼 것 같았다.

그래도 고립된 병원에서 생활은 여러 어려움을 갖다주었고 자신이 해결하기엔 역부족인 것 같았다. 우선 자기 입원실 안의 사람들을 사귀기로 하고 다가갔는데 외상 후 스트레스 환자가 너무 자길 경계해서 자신이 중병 환자인 줄 착각에 빠졌다. 그렇게 한 달을 지낸 후 프로그램에 참가하라는 간호사의 말에 한 번 참가해 보자는 마음으로 참여했더니 유치한 교육이 자기와는 맞지 않아서 뭐 이런 것이 다 있나? 란 의문을 가지고 빠져나오려는데 자기 연배의 환우들 몇몇이 교육에 집중하는 것을 보고 인내심의 가지고 끝까지 교육을 받았다.

그리고 그들과 대화를 나누었는데 각자의 생각들이 독특하면서 자기와 비슷한 데도 있는 것 같아 그들과 교제하기 시작했다. 서로 간의 인격체가 틀리듯 처음엔 성격이 맞지 안항 도중에 포기하려고 했는데 나도 그들과 별 틀린 점이 없다는 것을 인식해 같이 교육을 받으며 사귐을 계속 이어갔다. 그 후 산책 시간에 절친들 몇몇이 잠시 쉬었다 오자며 병원 내 산책로로 인도해 각자의 가정사를 이야기하는

데 거기서 나와 공통점을 많이 발견하고 그들도 나와 비슷한 생각을 한다는 마음이 생겨 더 깊은 교제의 시간을 이어갔다.

어느 누가 당사자들의 모임에는 서로 간의 사정을 알고 이해하며 공감대를 형성해 가는 것이 중요하다 해서 느끼는 바가 있어 공유할 수 있는 많은 대화의 시간을 가져 그들과 함께 당사자 문화에 관심을 가지게 됐고 우리 같은 사람들이 사회에 독립하기 위해서는 사회를 피하는 것이 아니라 직접 대면하여 문제를 해결하는 것이 중요하다는 것을 알게 되어 병원 프로그램 후에 낮병원 교육을 신청해 외래환자와 병원 환자의 차이와 문제점을 직시하게 됐고 겨운 씨는 당사자로서의 삶의 운명을 개척할 수 있는 기회를 접할 수 있게 되어 인지 교육에 당사자 문화와 당사자의 질환을 잘 알게 되어 성격이 활발해져 병원에서 무사히 생활할 수 있게 됐다.

그는 스스로를 병원에서 속박하지 않고 개척해 나갔다. 1년의 입원 생활을 하면서 많은 당사자를 만나오면서 외롭지 않은 것은 교육의 힘이었다. 처음에는 유치하게 느껴졌지만 당사자들끼리 부딪히면서 하는 프로그램 과정이 자신을 초라하거나 외롭지 않게 만들었다. 그는 수많은 당사자들을 스치면서 만나는 과정에 자신들끼리 통하는 공유할 수 있는 감정을 소유할 수 있게 되었고 부지런한 일상으로 병원 생활을 해 나가면서 자기만의 노하우가 생겨 많은 환우들에게 귀감이 되었다. 그는 1년이라는 시간을 병원에서 보냈지만 무의미하게 보내지 않은 시간이라 자신에게 매우 소중하였고 퇴원 후 정신건강센터에 등록해 당사자들과 인간적인 만남을 통하고 교육을 통해 자신이 방콕에만 존재하는 당사자가 아니라 사회에서 빛을 낼 수 있는 소중한 존재라는 것을 알게 된 것이 큰 기쁨이라 한다.

그렇다 당사자들이 자신들을 방 안에 잡아둔 강박에 사로잡혀 있지 말고 담대히 사회에 나와 우리가 할 수 있는 역량을 살려 우리들의 문화를 발전시킨다면 더 이상 바라는 것이 없다. 이제는 우리 당사자들이 사회의 변두리에서 서성이는 외지인이 아니라 당당히 사회의 주창자로서 우리의 권리를 지향해 사회에서 당사자들의 문화를 건설해 나간다면 많은 동료들이 도와줄 것이다. 그 동료들 중에는 많은 일반인도 있다. 수원의 당사자 모임인 '여함'에서는 간호사, 사회복지사, 당사자들이 함께 모여 사회 활동을 하고 있다. 그중에는 일반 병원 의사들도 포함되어 있다. 그들은 당사자들의 모임이라 해서 자원봉사하러 왔는데 많은 일반인들이 당사자들과 연대 의식을 가지고 사회 활동을 하는 것을 보고 감동을 받아 정기적으로 참석하고 있다.

꼭 정치적인 목적으로 모이는 것이 아니라 순순 민간인 단체 활동으로 함께 여행도 가고 음악회에 참석하는 등 많은 여가 시간도 함께 즐기고 있다. 그리고 몇몇 당사자들을 위한 교육 프로그램도 신설하여 시에서 지원받는 코스도 있다. 여기에서 당사자들은 그저 받는 것이 아니라 일반인과 같이 행사의 취지와 진행을 같이 마련하고 1년마다 정기총회도 열어 모임의 장점과 단점을 배워가고 있는 중이다. 당사자들의 활동적인 모습을 보면 나도 모르게 감동을 받는다. "이런 사람들이 있으니 당사자 문화가 종식되지 않고 발전해 나가는구나." 란 생각이 들어 나 자신도 알게 모르게 그들의 에너지에 녹아든다.

강박. 스스로를 자신의 침대에 묶어두지 말고 생각의 깨우침으로 바깥으로 시선을 돌리자. 우리에게는 많은 기회가 주어지고 있다. 방콕에서 탈출해 당사자들의 자조 모임에도 참가하여 우리 스스로를 위로해 보자. 동료들끼리의 협력은 우리를 작은 지루함에서 열정의 지대로 달려가게 한다. 내만 질환이 있는 것이 아니라 우리 모두 겪어야 하는 아픈 과정이며 현실이다. 여기서 당사자들끼리 뜻을 세워 작은 문제들을 해결해 나간다면 언젠가는 상아탑 못지않은 멋진 인생의 여정을 맞이할 것이다.

## 5) 정신질환자의 마음, 당사자들만이 이해할 수 있어

정신질환자들은 누구를 먼저 신뢰하지 못하는 성격이다. 괜히 의지했다가 낭패 보는 것이 한두 번이 아니기 때문이다. 믿었던 친구들이 자기를 배제하고 모임을 갖는다든지, 신뢰했던 간호사가 하루아침에 안면박대하는 것이 그들의 마음을 긁어내린다. 그래서 병원에 입원해 있어도 사례담당자와 복지사, 간호사들에게 마음을 쉬이 주지 않는다. 환우들도 신뢰하지 못해 처음에는 기약 없는 흡연실만 기웃거린다. 주치의는 신뢰하려고 해도 갭이 있어서 가까이 다가서지 못하고 있고 그렇게 병원에서 혼자 섬처럼 행동하다 병을 키우는 것이 일이 종종 발견된다.

그러다 마음에 와닿는 환우가 있으면 서로 간에 정서를 공유해 병원에서 활발히 활동하다 여러 당사자를 만나 그들의 정보를 입수해서 자기가 혼자가 아니라는 것을 깨닫게 된다. 그들과 간단한 간식시간을 통해 마음의 울렁증을 해소하고 프로그램 시간에 호감을 표시하여 적극 참여하게 된다. 거기서도 환우들 간의 신뢰가 밑바탕이 되어 움직이게 된다. 오히려 병원의 의사보다 동료들을 통해 자신의 병을 회복시키는 경우가 종종 있다. 주치의보다 못하지만 현실적인 문제에서 환우들끼리 공감하고 교류를 확대해 가면 자신이 발견하지도 못한 가능성을 알게 되어 당사자 문화에 전 초선이 되는 계기를 마련하게 된다.

"아, 그런 것입니다. 당사자들끼리 서로 신뢰하면 자신의 아픔을 알게 되죠. 내가 발견하지 못한 소소한 문제까지 찾아내게 됩니다. 우리는 간호사나 의료진이 아닙니다. 그런데 우리의 아픔을 당사자들끼리 정서를 공유하여 발견하게 되면 뭔가의 해결점이 보인다는 것입니다. 그것은 주치의도 찾아주지 못하는 문제이고 회복의 계기입니다. 처음에는 공통적인 부분이 있을까 하는 의아심이 생기기도 했죠. 그런데 당사자들끼리 허점을 찾아내는 것은 많은 만남과 대화를 통해서 이루어진다는 것을 알게 됐죠. 우리도 병원에 여러 번 입원하다 보니 자신들의 병에 반 의사가 됐는가 봅니다. 나의 아픔 문제를 명확히 짚어내 주는 동료의 행동에 저는 많이 의지하게 됐습니다."

우모 병원에 조현병으로 입원했던 김성환 씨(34)의 이야기다. 그는 처음에 정신병원에 입원했을 때에는 무서움이 컸다. 말도 통하지 않을 것 같던 당사자들이 두렵기만 느껴졌다. 간호사들은 하나같이 차가웠고 주치의의 진료는 형식적인 것 같았다. 매서운 보호사들의 눈초리를 피해 흡연실에서 주야로 줄담배만 피워댔다. 그러다 어느 날 한 당사자 친구가 자기에게 찾아와 먼저 인사를 건네며 병원에서 혼자 지내는 것이 아니니 우리와 함께 대화도 하고 산책도 같이 다니고 간식도 같이 먹자고 제안했다. 인상은 평범했으나 그의 말투가 매우 친근해서 그를 사귀기로 했다.

그 후 그를 통해 병원에서의 생활 법칙과 간호사의 상담, 복지사와 자주 대면 상담을 해야 한다는 것을 알게 됐고 환우들끼리는 의지가 맞는 사람이 몇 명이 안 돼도 함께 행동해야 한다는 것이 회복의 키 포인트라는 것을 알게 됐다. 그전에는 당사자의 눈빛이 무섭게만 느껴졌지만 지금은 다들 나를 반겨주는 눈매로 바뀌었다는 것을 알게 되었다. 같은 동년배에서 나이 많은 할아버지까지 왕도 친구가 될 수 있었다. 그는 3개월의 입원 생활을 심심치 않게 할 수 있었다. 퇴원 후 그들을 이제 볼 수 없지만 한 번씩 외래를 오면 반가운 얼굴을 보게 되어 내심 기뻤다.

"저는 간호사와 뜻이 안 맞아 입원 생활하는 동안 내내 괴로웠습니다. 그들도 병원의 필수인력이고 저는 환자인데 좀 친절하게 나오면 안 됩니까? 형식적인 질문에 형식적인 답변 그게 답답한 것이었습니다. 사적인 물음도 가질 수 있는 거죠. 그걸 가지고 수작 부린다고 공개적으로 질타하고. 누구는 여자 친구 없습니까? 이성의 끌림이 아닙니다. 답답한 병원 생활에서 좀 더 인간적인 모습을 찾아내기 위해 몸부림친 것이죠. 넓은 아량으로 봐줄 만한데 꼴사나운 늑대 취급이나 하니, 내가 성희롱을 한 것도 아닌데 마치 피의자가 된 것 같았습니다. 이제는 실습생한테도 말도 못 붙이게 합니다. 이것이 강박이지 무엇입니까?"

박 모 병원에서 조울증으로 입원 생활했던 조신이 씨(28)의 토론이다. 그는 이번에 처음으로 병원에 입원하여 모든 것이 낯설었다. 하얀색으로 도배한 입원실 자체에 거부감이 생겼고 영화에서 본 듯한 환자복에서는 기름 냄새가 나는 듯했다. 배식을 담당하는 환우들은 군대 선임하사와 같이 느껴졌고 동료들은 모두가 새침해서 말도 통하지 않는 것 같았다. 오로지 눈뜨고 하는 일은 하루 종일 TV 시청으로 날을 보냈다. 케이블 방송을 통해 무한 드라마 방송이나 시청하고 있자니 한심했다.

그러다 눈에 들어온 간호사가 있어 호감이 가 시간 날 때마다 관심을 표했다. 남이 보면 꼭 애정 공세를 펼치는 것 같았다. 오늘은 무슨 옷을 입고 왔느냐? 생머리가 나은데 왜 커트로 잘랐느냐? 나한테 궁금한 것 없느냐? 등 별 유치한 것들을 질문해 댔다. 처음에 반갑게 응수해 주던 간호사가 지쳤는지 그를 아예 상대하지 않으려 들었다. 그래서 간호사가 너 혼자냐? 싶어 다른 간호사가 있다며 여러 명에게 호감을 표시했더니만 돌아온 것은 냉대뿐이었다. 물론 신우 씨가 원인 제공을 한 것도 맞다. 하루 30분씩 있는 휴식 시간에 담배를 피우면서 간호사 험담하는 것도 도를 넘어서는 것도 한두 번이 아니었으니 말이다.

다만 그는 외로워서 동료들과 이야기하다가 일반인인 간호사들을 통해 정보도 입수하고 생활의 변화를 주고 싶었던 것뿐이었다. 병원 생활 중에서 유일한 낙은 실습생들과 잡담 나누기였는데, 그가 요주의 인물로 분류되자 실습생들은 그의 근처에도 오지 않았다.

그래도 폐쇄병동에서는 간호사가 말동무를 해 준다면 환자들의 일상과 치료에도 도움이 될 텐데, 좀 심하지 않느냐는 생각이 들었다. 간호사들이 좀 더 친절히 상대해 주었더라면 그는 물론이고 많은 당사자들이 지금의 생활에 만족했을 것이다. 나도 경험상 입원실에서

냉랭한 간호사들을 보면 속이 답답하다. 환우들과 교제 활동을 해도 그녀들의 냉정한 태도는 하루의 생활을 초치게 만든다.

갇혀있는 입장상, 누군가 우리에게 관심을 가지고 이런저런 얘기를 하면 뭔지 모를 동기성을 느끼게 된다. 마치 관심받는다는 것이 기분을 다소 나아지고 우쭐하게 만드는 것이다. 그래서 지각이 있는 간호사는 틈틈이 당사자들과 대화를 나누려고 한다. 그것이 우울하게 병원 생활을 하는 당사자들에게 색다른 성취감을 경험하게 한다. 물론 간호사들이 바쁜 것은 안다. 그렇지만 병원 공동체에서 환우들의 건강한 입원 생활을 위해 그들과 대화를 나누는 것 자체로 힐링이 되는 분위기를 만든다.

"역시 당사자의 마음을 당사자들이 압니다. 낮병원 다니기 전에는 외래로 병원을 방문하여 약만 타가지고 가면 끝이라고 생각했는데요. 주치의 선생께서 한번 낮병원에 나오지 않겠느냐?는 문의에 별 기대도 안 하고 참석하게 됐는데 거기서 당사자들의 열정과 수고, 인내, 활동을 보고 난 후 생각이 확 바뀌었습니다. 그때 그들은 능동적으로 일에 임하며 토론도 하면서 프로그램에 참석하는 것을 보고 아! 당사자들도 공동의 주제를 놓고 이렇게 체계적으로 행동하며 자유스러운 발언을 한다는 사실을 처음 알게 되었습니다. 그전까지만 하더라도 당사자 친구들이 없었습니다. 그냥 사회 친구, 동네 친구밖에 없었습니다. 그들과 인과적인 관계를 떠나서 만남의 시간을 가졌다 변 당사자들은 우리의 공통적인 아픔, 서러움, 당면한 문제들을 공유하며 나눔의 시간을 가졌습니다. 서로에게 힘이 되는 순간은 일시적으로 일어나는 것이 아니라 관심을 가지며 문제를 해결할 순간을 순차적으로 가지게 되었습니다. 내가 왜 이런 병에 걸려야 하는지를 신중히 연구하게 되었고 당사자 문화에 대해 정서를 공유할 때 힐링이 되었습니다."

사모 병원의 낮병원에 다니고 있는 당사자 김인호 씨(32)의 이야기다. 그는 형식적으로 병원을 왔다 갔다 했다. 무엇이 필요한 것인가를 몰랐다. 조울증에 필요한 약만 있으면 다 해결되는 것 같았다. 외래 때 만난 당사자들은 인생의 목적이 없는 것 같았다. 수동적으로 약만 타가는 인생을 되풀이하는 것 같았다. 그러다 주치의께서 그를 유심히 지켜보다 젊은 나이에 약만 타가는 인생이 되는 것이 안타까워 낮병원을 추천하게 되었다. 인호 씨는 별 기대도 안 했는데 자기 또래의 당사자들이 많이 나와 있는 것이 놀라워 호기심을 가지고 낮병원을 다니게 되었다.

당사자 자유 토론회에서 한 명 한 명이 주제 의식을 가지고 발언을 해 나가는 것을 보고 아 저들도 나와 같은 감정을 가지고 있었구나, 나와 틀린 것은 나는 삼키기만 했지. 이들은 대중 앞에 표출시키는구나, 그래서 저렇게 자신감이 있었구나! 하며 감동의 순간을 받아들였다. 그리고 자유 동아리 활동에서 치료진을 배제한 체 당사자들끼리 모여 실행과 목표를 세워 계획을 만들어 일을 모두의 동의 아래 체계적으로 해 나가는 것을 보고 아! 당사자도 의와 기가 뭉치면 무슨 일이든 할 수 있겠구나, 하는 동기 의식을 느끼게 되었다.

그 후 낮병원을 한 번도 빠지지 않고 나온 인호 씨는 연배와 같은 당사자들부터 사귀면서 우리들의 문제를 인식해 나가기 시작했다. 그들은 자기와 같은 아픔을 가지고 있으며 그것을 공론화하여 해결점을 찾으려고 하였으며 많은 당사자 문화에 대해 함께 공부해 나가기 시작했다. 간간이 찾아오는 인권 강사의 강의는 그들에게 동기 의식과 목표 의식을 부여하였고 당사자 출신의 강사들이 나와 열변을 토할 때면 자신들도 모르게 감동을 받고 신이 났다. 지금 인호 씨는 2회째 매드 프라이드 행사에 참석 중이다.

우리들의 광기를 숨기지 말고 선한 감정으로 사회에 작은 자리에서부터 당사자의 신성한 국민으로서 권한을 이 행사에 열정을 쏟고 있다. 많은 당사자 단체들을 만났으며 그들을 통해 우리는 외롭지 않다 같은 동료가 있으니까! 사회에서 보고 있는 왜곡된 시선에 우리의 당당한 숨겨진 모습을 보여 단결하는 당사자 문화를 보이는 데 힘을 쏟고 있다.

"우리는 사회에 숨겨진 광기의 존재가 아닙니다. 일반인과 똑같이 우리의 선한 광기의 자부심으로 당사자 문화를 쌓아가는 것을 보아주세요. 우리에게도 노력의 피, 눈물이 있으며 사회와 소통하려고 우리만의 열정을 쏟아붓고 있습니다. 우리는 사각지대의 혐오스러운 대상도 아니요. 미래의 범죄자도 아닙니다. 진정한 이 시대의 리더이자 소속인들입니다. 우리들도 일할 권리와 국민으로서 누려야 할 특권도 있습니다, 이것을 절대 허튼 태 쓰지 않을 것입니다. 우리나라의 당사자 모두가 누려야 할 문화와 그리고 특권, 존엄한 국민으로서 이 사회에 있어야 할 자리를 차지할 것입니다. 아직도 자기만의 세상에 빠져 있는 당사자 여러분들께서는 스스로의 열등감에서 벗어나 당사자의 세계에 당당히 참석하십시오. 주위에 우리를 위한 사회 여건 조성이 성장 중에 있으니 참여하시는 것도 큰 영광일 것입니다. 자 이제 앞과 좌, 우를 살펴 당사자 문화를 세우는 데 앞장서 보시죠. 그것이 우리의 의무이자 기쁨입니다."

## 6) 정신질환자와 가족으로 같이 살아가기

가족은 거룩함 그 자체다. 한 집안의 가족으로 태어났다는 것은 무의식적으로 살아가는 것이 아니라 그 안에 사랑, 의무, 감정을 공유하게 된다. 어느 가족에서 자기 식구를 낭떠러지로 내모는 일이 있겠는가? 다 참아주고 덮어주고 이끌어 주어 사회에서 독립하길 바란다.

특히 한국 같은 사회에서의 가족은 혈연은 우선이고 정신적으로 하나로 묶여 있어야 한다. 수천 년의 역사를 자랑하는 우리나라는 농경민족으로서 효를 근본으로 삼았다. 한 가족에서 가부장을 필두로 엄격한 유교문화의 전달자로서 그 시대의 사명감을 담당해야 했다.

전쟁이나 역병에서도 가족은 운명공동체로서 같이 움직여야 했고 자손들을 많이 남겨야 그 가문의 자식으로서 거룩한 의무를 다하는 것이었다. 이렇게 이어온 우리 역사는 첨단 문명이 달리는 오늘에서도 가족의 끈끈한 유대 의식으로 이어져 왔다. 지금은 생각도 많이 달라졌지만 집안에 아픈 사람이 있으면 그를 중심적으로 가족들의 시간 추는 돌아갔다. 그를 치유하기 위해 병원, 종교, 여러 사례들이 움직여야 했다. 혈연을 중심으로 엮어진 가족은 그 위례 질서에서 벗어날 수 없다

이와 같은 이유로 가족 중에 정신질환자가 생기면 많은 관심과 시간이 투자된다. 먼저 그의 운명과 사회인으로서의 여정은 긴 시간이 흘러야 했다. 다른 질병들처럼 약이나 수술들로 완치되는 것이 아니라 정신적인 문제로 그와의 공감대 형성이 우선 돼야 했다. 그렇게 흔한 질환이 아니라 처음에 이 병에 걸리면 많은 충격을 동반한다. 우리 가족 중에 정신병이라니 영화에서나 혹은 매체에서 들려온 그런 질환이 왜 우리 아이에게 생겼을까? 하는 깊은 의구심과 실망감이 밀려 들어온다. 처음에는 당황해서 어쩔 줄 모를 다 주위의 권고로 정

신병원을 찾게 되고 거기서 간단한 상담과 추후 병의 진행 속도에 따라 입원이 결정된다. 여기서 난제가 발생한다.

수십 년 동안 함께 살아온 아내가 아니 남편이, 자식과 생이별하는 수순을 밟아야 한다. 일반적인 질환으로는 단기적인 입원에 의해 문제가 해결되지만 정신질환은 운이 없으면 1년, 그 이상의 세월을 병원에서 보내야 한다. 이런 수순을 받아들일 수 없는 가족은 처음엔 무척 당황해한다. 사랑하는 자녀가 조현병으로. 조증, 우울증으로 자신의 곁을 장기적으로 비운다는 것은 생각도 안 해본 일이기 때문이다.

주치의의 결정에 경험이 없는 가족들은 그의 처사에 순응할 수밖에 없게 된다. 이 질환은 순차적으로 발전해 가는 병으로서 아들이 간단한 불면증에서 사상의 망각에서 망상으로 번져가는 현실을 지켜보는 가족으로서는 당황스럽고 고통스러운 일이 아닐 수 없다.

"처음에는 무척 당황스럽고 긴장이 되었습니다. 내 아들이 조현병이라뇨. 그만 신경쇠약증으로 보약이나 몇 첩 지어 먹이려고 했는데 장기적인 입원이 필요하다 했을 때 내가 무슨 죽을 짓이라도 벌인 것처럼 자책이 되기 시작했습니다. 20대 황금기를 혐오하는 질환으로 보내야 한다니 주위에 얼굴을 둘 수가 없었습니다. 그래도 아들이 현실을 인정하고 자기의 건강과 회복을 위해 입원을 받아들였을 때 미안하기만 했습니다. 제가 일반적인 상황일 때도 신경을 써야 했는데 그렇게 하지 못한 것이 죄스럽게 느껴졌습니다. 이제는 처음보다 진정이 돼서 정신질환에 대해 알아가고 있는 중입니다. 음성반응과 양성반응이란 뜻도 어려웠지만 그에게 이런 증상이 적게 나타난 것에 감사했습니다. 당사자 가족 회동도 있다고 해서 참가할 생각입니다. 거기서 많은 위로를 얻고 격려를 얻어 힘을 낼 것이고 좋은 정보도 습득해 아들의 독립 활동에 도움이 될 생각입니다."

조현병으로 아들을 병원에 입원시킨 당사자 어머니 이유진 씨(54)의 토론이다. 그녀도 아들이 고등학교 다닐 때만 하더라도 밝은 성격으로 씩씩하게 살아왔기에 별 근심도 없었다. 대학 시절 전공과 맞지 않는다는 아들의 토로에 시간이 해결해 주겠지 하고 방심하고 있었던 것이 결국 조현병을 불러온 것이다. 그래도 다행히 초기 증상이라 앞으로 많은 시간을 회복에 투자하면 이 질환을 극복할 수 있을 것이라는 주치의의 판단에 마음의 위안을 느끼게 되었다. 지금은 6개월 입원 생활을 정리하고 집으로 귀환한 그 아이를 회복시키기 위해 많은 노력을 하고 있다.

우선 그를 대하는 가족들의 염려하는 모습에 낯설지 않게 느끼기 위한 조치로서 평소와 같이 그를 대하기로 가족들과 합의를 보았다. 이 질환이 감기와 같이 스쳐 지나가는 병이 될 것이라는 분위기를 조성해 가족들이 낯선 이방인으로 취급하지 않는다는 자율 규칙을 정해 최대한 아들이 평소와 같이 생활할 수 있도록 환경을 조성하기로 했다. 그가 궁금해하면 친절히 답해주고 귀찮아 안 해주고 그를 하루에 3번 이상 위로해 주는 정서적 지지를 하기도 했다.

책을 좋아하는 그를 위해 양질의 책들을 마련해 편안한 사색적인 분위기를 꾸며주기도 하는 등 최대한 발병 이전의 환경으로 조성하려고 가족들이 노력하고 있다. 아들은 전보다 자신에게 신경 써주는 가족들에게 감사함을 가지며 회복에 열중 중이다. 병원에서 사귀던 당사자들과 주기적으로 연락하며 새로운 우애 관계를 쌓아가고 지역 정신건강센터에 등록하여 일주에의 5번 이상 참가하여 여러 프로그램에 참여 중이다.

거기서 당사자 문화와 문제를 대면하여 혼자 사색하는 시간도 가지기도 하며 동료 당사자들과 함께 해결점을 찾기 위해 노력 중이다. 거기서 가족들과의 대면 관계를 배우면서 스스로도 조심하며 얻은 감정을 가족들과 공유하기도 한다. 그는 발병이 전보다 성격이 더 활달해져 정신의 회복에 많은 시간과 정성을 들이고 있다

이유진 씨와 같은 사례가 많이 있다. 자신의 자녀나 배우자를 향해 여러 시간을 투자하고 있는 사람들이 많은 것은 정신질환에 대한 많은 인식개선이 도움이 되었다. 과거보다 질환에 대한 인식개선 도서들이 많아 나와 있고 당사자들의 수기 형식의 책은 이 병의 인식에 대해 많은 도움이 되었다. 정신과 의사들의 대중들을 위한 알기 쉬운

정신질환 독서는 이 병을 앓고 있는 식구들에 대해 많은 이해심을 높이게 되었다. 인터넷에서도 많은 정보를 얻을 수 있고 사례자의 경험과 이해는 자신들의 지식을 넓히는 데 도움이 되었다. 물론 정신질환자를 가족으로 둔 많은 가정에서는 많은 오해의 탄식이 발생한다.

20대에 발병한 딸아이를 케어하다 내가 평생 죽을 때까지 이 아이를 케어하여야 하는가, 만약에 내가 죽으면 누가 이 아이를 돌보지? 하며 의구심에 빠지는 부모들도 많다. 이런 분들을 위해 당사자 가족 모임에 참가를 소개해 주고 싶다. 수원에 위치한 당사자 가족 모임 단체인 '사상'은 역사가 10년이 넘어간다. 당사자를 가족으로 둔 이들은 처음에는 많은 애로사항에 복장이 터지기 일쑤였다. 그들을 이해하지 못하니까 그저 약만 처방받아 먹이려고 하였고 입원만 반복하게 했다. 병원에서의 당사자를 위한 의료 범위는 제한적이다.

그 나름대로의 해결의 이유가 있겠지만 모두의 마음을 얻는 것이 아니다. 오히려 병원에 대한 반감만 가득한 채 퇴원하는 사례가 대부분을 차지한다. 이런 문제점을 해결하기 위해 조직된 '사상'은 당사자를 가족을 둔 부모들에게는 많은 위로가 됐다. 처음에는 질환에 걸린 자녀들의 일탈을 문제로 고민이 많다는 부모들이 서로의 경험을 공유하면서 자신들의 좁은 인식 문제를 넓히는 데 중요한 계기가 되었다. 지금 그들은 수원시 종합정신건강센터 건립에 주의를 집중하고 있다. 이번 센터는 정신건강증진센터는 물론이고 수원의 정신건강에 관련돼 종합기관들을 총망라하여 5층 높이의 독립기관으로 발전할 계획이다.

그런데 인근 부지의 아파트, 초등학교 관계자와 학부모들이 정신질
환자들이 들어서는 기관을 이 부근에 설치할 수 없다고 반대 중이다.
여기서 사상은 종합 건강 센터 관계자들과 시민들을 대상으로 이번
에 들어설 종합정신건강센터는 수원 시민의 정신건강 보호를 위해 만
들어지며 수원의 많은 당사자들의 재활과 회복을 목적으로 건립되는
것으로 일반 시민들에게 피해가 되지 않는다고 설파 중이다. 수원시
는 경기도에서 정신건강에 대한 지원을 제일 많이 하고 있는 도시다.
당사자들을 위한 문화행사도 많이 개최해 시민들로부터 호응을 많이
받고 있으며 매년 정신건강 기관과 일반인, 당사자들을 위한 종합문
화행사를 할 정도로 열린 행정기능을 알리고 있다.

아무튼 정신질환자를 가족으로 둔 가족은 많은 피해망상에 시달
리기도 한다. 당사자가 자기 병을 극복하지 않으려고 하면 가족들은
그들의 마음의 문을 열려고 많이 애쓴다. 그들이 자기의 입장을 말할
때, 설명이 잘 이루어지지 않을 때에는 고성과 폭력이 나타날 때가 있
다. 이에 가족들은 손을 놓고 지켜보기만 하다 정 안되면 강제 입원
시켜 버린다. 이때 당사자는 억울하다며 자신의 입원 처사에 항의를
하지만 이미 엎질러진 물 상태다. 그전에 가족들과 많은 교감이 이루
어져야 한다. 당사자를 가족을 둔 가정에서는 모두가 편안해지는 방
안으로 그들과 규칙을 합의해 두기도 한다.

이와 같은 방법은 많은 도움을 준다. 당사자들이 자신들이 지킬 수 있는 규칙을 부모와 합의해 놓은 것은 상당히 지키려고 애쓴다. 예를 들어 집안에서 고성방가 금지, 하루에 한 번씩 자기 방 청소하기, 어머니와 1주일에 한 번씩 함께 장 보기, 음악 크게 들어놓지 않기, 형제들과 말다툼 줄이고 관심을 취미와 특기로 돌리기 등은 당사자들이 함께할 수 있는 규칙이다. 그냥 보기에는 유치한 것 같지만 이것은 당사자들의 동기를 유발한다. 이것을 지킴으로 병원에 입원을 안 할 수 있고 어느 정도의 자유를 느낄 수 있다.

그리고 자기 적성도 살려 그림을 그린다든지, 시를 짓는다든지 자신만의 예술 활동으로 승화시키는 데 도움을 줄 수 있다. 나이 많은 부모에게 하루에 30분씩 이야기하기는 인생이 경험자로부터 현실의 고뇌를 해결할 수 있는 도움도 받을 수 있다. 대화를 통해 하루의 지친 과정을 부모와 공유하며 삶의 의미를 되새길 수 있다. 또 가족 간의 규칙은 자신의 행동에 책임 의식이 생기기도 하며 한편으론 의무감도 생겨 양심의 각서처럼 느껴져 행동에 옮길 때마다 뭔가 다른 희열을 맛보게 한다.

물론 규칙을 어겼을 때에는 자신에게 벌칙도 생긴다는 것을 알게 된다. 고성방가로 집안을 시끄럽게 했을 때 설거지나 집 안 청소를 시키면 싫어도 입원 생활하는 것보다 나아 스스로 인지하여 노력하게 된다. 가족들은 당사자들과 공유하고 싶어 한다. 그들이 읽는 책, 취미, 특기, 감정의 공유화는 당사자를 좀 더 이해하게 되고 그들과 함께 사는 이유가 된다.

언제까지 당사자의 건강과 회복을 병원에만 의지할 수 없는 것이다. 재활 의지를 가질 수 있도록 많은 당사자 단체나 문화를 체험하게 해야 한다. 그것을 가족들이 먼저 알고 정보를 습득하려고 애를 쓰면 많은 당사자들에게 재활 의지와 독립 의지를 키워준다. 물론 당사자들과 함께 살기에는 많은 문제점이 있다. 장성한 자녀들이나 배우자들에게 오냐오냐할 수는 없다. 의무감을 심어주어야 한다. 가족과 더불어 사는 목적의식을 키워 자신들의 인생을 체험케 하고 성장케 해야 한다.

많은 가족이 당사자들과 살기에는 아직도 문제가 많다는 것을 안다 그럴수록 당사자 가족 모임 참가나 단체 활동에 관심을 가져 정신질환이란 병에 학식을 넓혀 당사자를 이해하면 속 끓이는 일보다 즐거워하는 일이 더 많을 것이다. 가족이란 공동체에서 어느 누가 열외되기를 바라겠는가. 모두가 사회의 과정을 습득하고 독립하는 모습을 바라고 있을 것이다. 당사자에게 좀 더 여유로운 곁을 준다면 아마도 그들이 바라는 가족의 가치를 더 높일 수 있을 것이다.

# 5

✦

## 서로 나누어야 하는
## 우리의 마음

# 1) 당사자 운동, 순수 당사자 중심으로 이루어져야 한다

사회에서 이슈화되고 있는 문제 중 하나가 당사자들의 문화에 대한 시선 집중이다. 과거에는 물론 최근까지 당사자에 대한 사회적 시선은 삐딱하다 "정신질환자 주제에 뭘 한다는 거야?", "쟤네들이 무슨 인지가 있어 항의 운동까지 하게. 정신이 있는 거야 없는 거야.", "제발 좀 빠져주라. 우리들의 세계에서 들러리로 살려면 확실하게 그렇게 하던지…" 등 냉소적인 반응이었다. 그렇지만 시대는 개방적인 문화적 환경으로 바뀌고 우리 당사자들은 자기들의 당면한 과제를 알게 되고 스스로 풀기를 원하게 되었다. 과거와 같이 비난의 소리에 숨어서 상황의 눈치를 살피며 주눅 들어 살았는데 오늘은 당사자들이 자신들의 부당한 문제를 깨달아 스스로 항의하기까지 발전하게 되었다.

많은 당사자 단체들이 만들어져 자신들의 인권을 변호하게 됐고 직시한 문제를 풀기 위해 권익 옹호를 외치며 사회 일선에서 외치게 됐다. 처음에는 당사자들끼리 뭉치어 활동했으나 시대에 따라 관심의 속도가 빨라져 일반인들이 당사자 운동에 참가하게 되었다. 그들은 핍박받고 있던 당사자 세계에 관심을 표하고 당사자 문화에 공감하며 이웃으로 같이 살기를 원했다. 그래서 당사자들의 직면한 문제를 과업으로 삼아 공동으로 해결해 나가고자 했다. 처음에는 당사자 문화의 변경에서 지켜보다가 중심적으로 자리를 옮겨 당사자의 문화를 이해하고 문제들을 공동으로 해결하려고 적극적으로 나서게 됐다.

"처음에는 당사자를 친구로 두어 그와의 정서만을 공유하려고 했는데 그가 우리와 별 차이가 없다는 것을 알게 된 후 그들의 문화에 관심을 두게 됐습니다. 처음에는 이해 정도로 인식을 마치려고 했는데 그가 당사자의 인권과 권익 옹호를 위해 당사자 운동에 참가하는 것을 보고 감동을 받아 함께 이들의 문화에 참가하게 됐습니다. 중증질환자도 있어서 잘 이해가 안 되었지만 대부분이 저의 친구와 비슷한 수준이라서 그들이 억울하게 생매장당하고 있다는 것을 느끼게 됐습니다. 그래서 그들의 인권 보호와 권익 옹호를 위해 일반인들이 관심을 많이 가지고 그들의 문화에 참가하는 것이 중요하다는 것을 알게 되었습니다. 똑같은 국민인데 왜 그들이 정신질환자라고 변두리로 내몰려야 합니까? 그것은 용납될 수 없는 일이었습니다. 저한테 정의감이 살아있는 한 억울한 당사자들을 구제하고 싶었습니다. 지금은 친구와 많은 당사자 단체와 함께 사회참여운동에 참가하고 있는데 나름 보람찹니다."

당사자를 친구로 두어 그들의 문화에 참여하고 있는 김남우 씨(34)의 이야기다. 그는 개인적으로 친분을 쌓아온 친구가 당사자 운동에 참가하는 것을 보고 대견스럽다고 생각한 것이 다였는데 그와의 우정을 생각해 봐서라도 그는 사회에서 생각하는 사각지대의 변두리가 아니었다. 그리고 이웃들이 생각하는 혐오스러운 대상은 더더욱 아니었다. 그가 실수를 한 것이 있어도 이웃들에게 민폐를 끼치는 정도는 아니었다. 일반인 이웃들과 조화롭게 살 수 있는 평범한 친구였으며 사회의 구성원이었다. 그러다 그를 통해 당사자 인권 단체를 알게 되어 그들과 자유로운 공감을 토대로 당사자 문화에 자연스럽게 발을 내딛게 되었다.

지금은 자신과 같은 많은 일반인들이 당사자 운동에 참가해 그들과 공감대를 형성해 나가는 중이다. 친구를 통해 알게 된 정신건강증진센터의 당사자들은 모두가 활기차고 싹싹한 것이 일반인들과 별 차이가 없었다. 그들과의 친분을 통해 당사자 입장에서 그들이 직면한 문제를 볼 때 일반인들이 좀 더 양보를 해 주면 정상화되는 사회의 문화가 아닐까 하는 의구심마저 생기는 것이었다. 남우 씨는 오늘도 당사자들과 그들의 문제를 심도 깊이 논의하고 있다. 그들도 우리 사회의 시민으로서 누려야 할 특권과 신성한 의무가 있기 때문이다.

당사자들의 일자리 문제도 사회참여운동의 하나이다. 많은 당사자들이 회복의 증거로 취업전선에 나서 일하기를 원한다. 사회에서는 그들에게 참여의 기회를 주기에는 아직도 인색하다. 당사자들의 정신 문제를 거론하며 그들을 신뢰하지 않고 그저 형식적인 취업 해결 문제로 이 난제를 풀어나가려고 한다. 많은 장애인들도 취업 문제가 제1순위다. 지체장애인, 신체장애인들도 그들의 복리 문제를 위해 수십 년 전부터 사회와 싸워오기 시작했다. 신체장애인들은 쇠사슬을 준비해 자신의 온몸을 묶어 억울한 사회의 구속력이 우리 장애인들을 죽인다고 이 문제를 정부가 해결해 주길 바란다고 퍼포먼스 아닌 퍼포먼스로 사회에 자신을 각인시키려 했다.

지체장애인들은 부모들이 도시락을 싸 들고 다니며 자신의 아들, 딸들을 위해 공동전선을 펼쳐 국회의원, 시의원 관계 기관 등을 돌며 항변하기 시작했다. 그러기를 20년 가까이한 결과 지체장애인들은 최저생계비는 보장받게 되었다. 카페에 바리스타로 일해도 일반인들과 똑같은 월급을 받게 된 것이다. 그런데 정신장애인들은 카페에서 바리스타로 일을 해도 타 직원과 똑같이 일해도 그들의 임금의 1/3만 받는다. 정신장애인에 대한 복리 제도가 만들어지지 않아 싼값에 노동력을 착취하는 것이다.

"처음에는 일자리가 생겨 너무 기뻤습니다. 나도 사회인이 되는구나 하며 정신적으로 만족도가 높았죠. 그런데 똑같이 8시간 근무하고 받는 수당은 일반인의 절반 수준에도 못 미치는 것이었습니다. 정신장애인 취업 기관을 통해 일자리를 얻게 됐지만 회사에서는 우리들의 정신세계를 인정하지 못하겠다는 것입니다. 언제 그만둘 줄 모른다고 언제 발작할 줄 모른다고 아예 우리들을 사각지대의 혐오스러운 대상으로 취급하고 있습니다. 취업 기관에서 정신장애인을 담당하는 당사자 출신의 직원이 있었으면 합니다. 그래야 우리들의 모습을 이해하고 거기에 맞는 취업 자리를 알선해 줄 수 있죠. 그저 수당이나 타 먹자 하는 일반인 직원들의 근무태도는 믿을 수가 없습니다. 많은 정신장애인 사설 기관에서 당사자들을 뽑아 우리를 위한 일자리를 만들어 주는 데 보탬이 되었으면 합니다. 지금처럼 당사자 취업 자리를 일반인들이 제비뽑기 식으로 추천해 준다면 우리들의 미래는 어둡다고 생각됩니다.”

얼마 전까지 카페에서 바리스타로 일하던 당사자 김옥순 씨(24)의 토론이다. 이와 같이 정신장애인들의 취업 자리를 위해 정부에서는 애를 쓰고 있다고 홍보는 하고 있지만 일반인 직원들의 별 의미 없이 당사자들을 일반인들이 일하는 취업 자리로 보내어 불이익을 당하게 하고 있다. 만약 그 직원이 당사자 직원이었다면 아마도 그들을 정신장애인을 받아들이는 복지기관인 사회적 기업으로 입사시켰을 것이다. 그러면 일하는 당사자는 그곳에서 눈칫밥도 안 먹고 자신의 재능을 펼칠 수 있었을 것이다. 지금 이 글을 쓰고 있는 나도 당사자로서 당사자들이 중심으로 있는 회사에서 근무 중이다. 그곳에서는 일반인의 눈치를 보지 않고 자신의 역량을 뽐내며 일하고 있다. 직원들이 당사자들이어서 우리들의 문제와 아픔을 공유하며 일을 처리하게 해 직원 간에 큰 오해가 없다.

그리고 시간이 나는 대로 회사에서는 근무에 따른 교육도 가르쳐 주어 일을 하는 데 시너지 효과가 크다. 이런 일자리가 보편화되어야 한다. 오늘 당사자들을 중심으로 하는 회사들이 취업 기관으로 인정을 받아 많은 당사자들을 취업시키려고 노력을 한다. 하지만 그 기관들이 대부분 일반인들로 구성되어 있어 당사자들의 애로사항을 전혀 모르는 상황이다,

당사자 취업 기관에 그들을 담당하는 당사자 직원들이 최소한 3명 이상은 있어야 한다. 그래야 그들이 일하기를 원하는데 취업시켜주는 데 형평성이 빛을 볼 수가 있다. 오늘날 100개의 당사자 양성 기관에서 그들을 취업시키기 위해 많은 교육과 실습을 경험치 하고 있다. 그 기관에서 당사자 직원을 수명 채용해 그들의 사정과 권유를 알게끔 해 오늘의 당사자 취업 문제를 푸는 데 이슈화가 되어야 할 것이다.

"지금 현재 당사자 사설 기관에서 당사자 직원을 1명 이상 두기가 힘이 듭니다. 우리가 관심을 가지려 해도 정부 기관의 이해의 관심도가 낮으면 그만큼 예산이 줄어들기 마련입니다. 기관의 사업적인 내용을 당사자 문화에 맞추려 해도 다른 기관들의 이해도가 떨어져 일의 숙련도가 늘지 않습니다. 그래도 다행인 것은 당사자 양

성기관이 늘어나서 스스로 직원을 채용하기 위해 당사자들을 훈련시키고 있다는 것입니다. 2년 전만 생각해도 꿈도 못 꿀 거죠. 이에 우리와 같은 사설 기관이 정부로부터 지원을 받아 당사자 직원을 3명 정도 채용하는 안을 계획 중에 있습니다. 당사자들이 자립해서 만든 기관에 정부로부터 지원을 받아 당사자 직원 채용 수를 늘려가고 있는 실정입니다만 아직은 많이 부족한 부분이고요. 당사자 문화를 일반 기관이 앞장서서 그 중심에 서서 가타부타할 것이 아니라 순수 당사자들을 중심으로 기관을 세워 정부의 지원을 받아 당사자 문화를 쌓아가는 것이 정답이라고 생각합니다. 앞으로 많은 당사자 기관들이 유의미하게 세워지는 것이 아니라 그들을 중심으로 그들에 의한 기관이 세워져 많은 당사자의 직면한 문제가 풀리기를 바랍니다."

## 2) 당사자 마음, 당사자들이 이해해 주어야…

당사자를 스스로 저격하는 당사자들이 있다. 그들은 자기가 모든 피해자보다 우위에 있다는 것을 공공연히 선포하고 다닌다. 자신도 정신질환자이면서 친구나 동료들을 인정사정 보지 않고 물어뜯는다. 그리고 그들이 같은 전선에서 사라지길 기다린다. 만약 그가 상처를 싸매고 다시 일어나면 득달 없이 달려들어 급소를 문체 당사자를 허접한 곳에 패대기친다. 그가 일반인이었다면 비판의 대상이 되겠지만 같은 당사자끼리 안면박대하고 치고받고 싸운다면 그 장면이야말로 무간도 세상이다.

죄가 똑같이 반복하고 벌 또한 변치 않고 무한 반복되는 세상이 무간도이다.

왜 그럴까? 그것은 자신의 자존심을 크게 건드렸기 때문에 이와 같은 일이 벌어졌다고 변론 아닌 변론을 한다. 당사자가 당사자에게 어떤 스크래치를 냈단 말인가? 말이 안 되는 비유다. 직장에서 일을 예를 들면 그가 마음이 들지 않는다는 이유로 갖은 모략과 음모를 짜낸다.

"저 사람이 전과자 출신이라는데요?", "저 사람과 소통이 되지 않아 못 견디겠어요. 해고해 주세요!" "저런 사람이 일을 한다니 다른 사람이 들으면 욕을 해요. 당장 잘라요!" 이유 같지도 않은 이유를 대며 같은 당사자를 몰아세운다. 일을 이 지경까지 놓아두고 일만 하고 있던 당사자는 날벼락이다. 속 좁은 상사는 그 말에 귀 기울여 그를 잘라내기에 별의별 트집을 잡아놓는다. 다 자신의 권력을 유지하기 위해 코너에 몰린 당사자를 구해주기는커녕 수수방관이다. 오히려 흠을 잡는 당사자와 편을 짜 그를 일에서 열외시키려고 애를 쓴다.

"참 어처구니가 없습니다. 며칠 전부터 낌새가 이상해 그들을 주목하여 보고 있었더니만 아무 잘못도 안 한 저를 단지 꼴 보기 싫다는 당사자 동료의 고변에 상관이 짝을 맞추어 저를 코너로 몰아세우고 있었습니다. 내가 좀 모자란다는 이유로 완벽한 타자를 동료로 받아들이겠다는 그녀들의 이야기였습니다. 이것은 법도 없습니다. 같은 당사자가 자신의 자존심을 상처 냈다는 이유로 절 몰아세우더니만 다른 동료들에게까지 고변해 절 의지할 데가 없게 만든 것이죠. 저는 그녀들과 이야기도 하지 않습니다. 다만 업무적인 대화만 나누죠. 그럴 때에는 우리에게 아무 문제가 없다고 느끼는데 등만 돌아서면 절 욕하는 것입니다. 저한테는 인권이 없습니까? 사람을 생으로 매장하는 것도 유분수지 같은 동료끼리 서로 도와가며 일해야 하지 않습니까? 답답한 심정입니다."

모 출판회사에 다니는 김성민 씨의 토론이다. 그는 당사자로서 5년 전에 입사하였고 동료들과 한 가족처럼 지내며 업무에 재미를 가질 때이다. 어느 순간 같은 과에 근무하는 계모 양이 자신을 이상히 쳐다보기 시작하더니만 자기를 무슨 하자가 있는 환자로 취급하며 일절 대화도 하지 않는 것이다. 그녀도 당사자 출신이다. 처음에는 서로의 지병을 이해하고 의견의 공감을 가져 의지할 데도 있었지만 요사이 갑자기 자신을 대하는 눈치가 달라져 자신을 성범죄자 출신이라고 헛소문을 내고 다닌다.

성민 씨는 순간 자기가 뭘 잘못했기에 이런 사태까지 왔나 하며 자책하기 시작했다. 또 정 모 양도 똑같이 당사자 출신인데 계모 양과 짝을 맞추어 자길 핍박하고 있다. 아니 증거 같지 않은 증거까지 내놓으며 그를 해고하라고 난리를 치고 있다. 당사자는 그들끼리 도우며 협력해 나가야 한다. 그런데 같은 일을 하는 동료끼리 서로 배를 찌르는 식의 모략은 그들에게 그대로 돌아가게 될 것이다.

대표적인 사회적 기업인 무모 회사는 발달장애인, 지체장애인, 정신장애인을 직원으로 채용해 기업을 꾸려나간다. 그 회사는 당사자끼리의 상호 협력을 모태로 해 양보와 화합 정신을 회사의 사훈으로 두고 있다. 장애인들끼리 다투기라도 하면 엄중한 중립적인 입장에서 처리를 하며 판단을 내린다. 정신장애인들은 서로를 인정하며 단점들을 보완해 가며 일들을 하고 있다. 만약 그 누가 모략과 편 가르기로 당사자들을 따돌리면 엄중한 질책은 물론이고 감봉 처리된다. 또 회사에서 직원들끼리의 자조 모임을 허락하여 당사자 고유의 문화를 지키고 발전해 나갈 수 있었다.

물론 이 회사가 당사자들의 치료센터는 아니다. 철저히 영업이익에 따라 움직인다. 그것이 자본주의 문화가 아니겠는가? 하지만 여기서 간과해서는 안 되는 것은 당사자 문화의 생성과 보호 육성이다. 여러 가지 장애인들이 모인 회사에서 같은 당사자끼리의 협력과 조화를 이루어 나가는 것이 이 회사의 건립 목표이기 때문이다.

"당사자가 자기들의 문화를 소중히 여기고 함께 이해하며 서로 도와준다면 오늘의 많은 문제가 해결되리라 믿습니다. 우리 세대만 하더라도 서로를 인정하지 않고 존중하지 않으려 하였습니다. 나에게 결점이 생기면 그것을 덮으려고 애만 썼고 동료들과 공감을 안 하려고 했습니다. 또 당사자의 결점이 발견되면 그것을 발설하여 나의 약점을 덮으려고 했죠. 그러나 오늘에 이르러서는 당사자들이 서로의 문화를 인정하고 결점이 발견되면 함께 해결하려고 애씁니다. 사회적인 문제가 터져도 방구석에 숨는 방향보다 함께 모여 사회에 나가 우리의 목소리를 내는 데 힘을 보태고 있습니다. 당사자의 자랑이 우리의 자랑이고 아픔이 우리의 아픔이라는 것을 공감하게 된 것이죠. 지금은 정신질환자의 복리증진 개선과 인권 향상을 위해 우리 당사자들은 하나가 되어 외치고 있습니다. 병원에 대한 처우개선도 한 방향을 향해 가고 있습니다. 언제까지 병원이 당사자들의 치료의 갑이 될 수는 없잖아요. 입, 퇴원도 소비의 문화인데 우리 당사자들이 이 문제의 갑이 되어 심도 깊이 논의되었으면 합니다."

조현병을 15년째 앓고 있는 김우태 씨(45)의 이야기다. 그는 초창기에는 정신질환자들이 원망스럽고 밉기만 했다. 운세도 안 좋은데 이 질환이 걸린 것이 당사자의 자기 곡해가 심해서라고 생각했기 때문이다. 그는 이 병을 극히 증오했고 자신을 증오하게 됐다. 그러다 자해 시도만 여러 번, 가족들과 담을 쌓고 살아가기 시작했다.

그러다 40살에 정신건강센터에 다니기 시작하며 많은 당사자를 만나고 그들과 감정을 공유하고 심각한 문제를 가지고 심도 있게 논의하기도 했다. 이 과정에서 당사자들이 나와 같은 문제를 가지고 있고 해결하려는 입장에 서 있는 것을 보고 자신이 가지고 있던 문제를 하나씩 내려놓았다.

그들과 함께 해결점을 찾으려고 했을 때 나름 깨닫는 부분도 있어 당사자들을 자신의 문제로 인식하기 시작했다. 그리고 사회에서 당사자들의 자리가 흔들릴 때마다 연대 의식을 느껴 그들과 함께 사회문화운동에 참가하기도 하였다. 그럴 때마다 우리는 길 잃은 어린 양처럼 행동하는 것보다 아프리카에서 사자도 이겨내는 물소 떼들의 협동성이 필요하다는 것을 깨달았다.

이제는 당사자를 만날 때 동료의식을 느끼고 간절할 때에는 형제의식도 느낀다. 이와 같이 단결성이 필요하다는 것을 알게 되어 심적으로 감사함을 느끼게 됐다. 이제는 당사자의 문제가 자신의 문제이고 자신의 해결해야 할 이상으로 자리 잡게 되었다.

"당사자의 마음을 제일 잘 아는 사람은 당사자들입니다. 자기 자신을 사랑하자는 것이죠. 정신질환이란 것이 자기 의심병입니다. 남도 못 믿는데 자신을 어떻게 믿냐는 것이죠. 질환을 가진 분들은 대부분 당사자들을 신뢰의 관계에서 배제해 버리죠. 미친 사람을 어떻게 믿냐는 것이죠. 이것은 아이러니한 문제입니다. 자신을 사랑하지도 못하면서 어떻게 사회와 공생해 나갑니까? 자아를 사랑하지 못하면 사뭇 거도 할 수 없습니다. 이것은 작은 주춧돌이 금이 가 전체 건물의 균형을 버리게 하는 것이나 마찬가지입니다. 나를 사랑해야 신뢰가 생깁니다. 이것은 사회의 금이 가 문화란 벽을 세우지 못하는 것과 마찬가지입니다.

당사자끼리 유대해야 할 때는 서로를 믿고 사랑하는 것입니다. 그것이 메마른 광야에 푸른 나무를 심는 것이나 다름없습니다. 당사자끼리 서로의 상처를 옭아매서 튼튼한 뿌리를 만드는 것입니다. 그리고 가지에는 당사자의 믿음, 사랑이라는 열매가 열리도록 하는 것입니다. 그렇습니다. 당사자가 당사자 마음을 제일 잘 압니다, 우린 이것을 동지 의식으로 만들어서 참다운 당사자 문화를 만드는 것입니다. 서로를 미워하고 의심하는 것을 버려야 합니다. 우린 스스로의 시선을 낮은 데로 옮겨 쳐다보며 살아가야 합니다. 마음을 하나로 뭉치자는 것이죠. 의심은 서로의 간극의 차이를 크게 만들어 더 이상 성장하지 못하게 만듭니다. 우리 당사자들은 수평적으로 시야를 통일해서 봐야만 우리의 미래가 보입니다. 맑은 미래가요."


어느 당사자의 이야기다. 서로를 이해하고 배려를 하면 완벽한 사회를 만들 수 있다고 외치는 순간이다. 틀린 말은 아니다. 하지만 시간이 많이 걸릴 것 같다. 그렇다고 마냥 기다릴 수는 없다. 우리들이 스스로 움직여야 한다. 당사자들의 아픔, 소망의 소리를 들을 줄 알아야 한다. 그리고 연대 의식을 가져 사회 최전선으로 나가 능동적으로 외쳐야 한다. 우리가 건설하고자 하는 세계를 사회에 알려야 한다. 조금씩 우리의 소원이 무르익고 있다. 우리들의 문화에 일반인들이 힘을 보태고 있다 더불어 사는 세계에 우리의 아픔이 자기만의 상처가 아니라 사회의 상처라 생각하고 그들이 연대 의식을 하며 함께 전진하자고 한다.

그들은 나의 가족일 수도 있고 친구일 수도 있고 같은 무대의 동료일 수도 있다. 그들은 우리의 문제에 귀를 기울여 당사자의 문화를 이해하고자 한다. 우린 그들의 손길을 뿌리칠 필요가 없다. 그들과의 세상을 공유하는 것이다. 게임 무대에서 출신자 성분을 배제하는 것처럼 우리의 무대에서 그들을 조연으로 아니 주연으로 동등하게 함께 움직이는 것이다. 하나하나 당사자 문화를 이해해 가는 그들에게 우리는 책임감을 가지고 우리의 옷깃을 풀어 상처 난 몸을 보여주는 것이다. 그래서 함께 상처를 동여매며 사회의 성장의 무대에 함께 전진하는 것이다. 우린 우리의 문제를 스스로 부정하지 말고 인정하고, 공감함으로써 전진하는 것이 중요하다.

## 3) 정신질환, 종교의 위치에 따라 차도가 낮아져

정신질환의 역사가 언제부터 시작되었을까? 본격적으로 연구되기는 산업혁명 후 근대시대에 정신질환의 위치가 증명되기 시작했다. 빈부의 차이가 극명하게 나타날 이때 거리의 정신질환자들은 부랑자들과 격리되어 수용되었다. 많은 의학자들이 과학적으로 불분명하게 정의되었던 질환을 의학적으로 증명하기 위해 당사자는 물론 의사, 치료진들이 많이 노력해 왔다.

비록 강제수용소에서 병의 치료를 요구받던 시대였지만 그 시대의 희생 아닌 희생으로 근대의 긴 터널기를 지나 현재 정신질환자들에 대한 치료가 활발히 이루어져 병에 대한 극복만이 아니라 인권 보호 차원에서 많은 변화의 시기를 지나왔다. 지금은 많은 약들이 개발되어 당사자들에게 많은 회복의 기쁨을 주지만 아직도 정신질환 약 개발은 현재 진행형이라 많은 부작용도 뒤따르고 있다.

그래도 정신질환에 따른 부속적인 질환도 증명되어 오고 거기에 따른 치료법과 당사자의 회복에 대한 프로그램도 개선되고 증가해 재활치료에 많은 발전을 이루게 된다. 발달한 요즘 시대에 정신질환은 능히 극복할 수 있는 질환으로 정의되었고 가족과 당사자만의 가치관의 세계가 사회의 또 다른 간섭으로 많은 일반인 동료가 들어 함께해 사회생활에 어려움을 없애는 단초를 제공하고 있다. 정신질환 이병은 언제부터 생겼으며 어떤 대우를 받았고 오늘의 회복의 단계에 이르렀는지에 대해 알아가 보는 것도 좋은 자료가 아닐까 싶다.

고대의 정신질환이란 두려움과 경계의 대상이자 경외의 대상이었다. 고대의 사회의 샤머니즘의 흐름으로 봤을 때는 족장과 더불어 무당이 그 사회를 이끌어 가고 있었다. 무당은 신접한 자로서 절대자의 지시를 나타내는 대변자로서 절대 권위를 손안에 넣고 있었다. 다산의 문화를 상징한 이 사회에선 신접한 무당이 신의 뜻이라며 오히려 족장의 권위를 넘어서는 순간도 많이 있었다. 자연을 섬기던 이 시대의 문화는 절대자의 신들이 여러 모습으로 나타나 있다. 그리고 무당은 자신의 후계자를 지정하기 위해 영적으로 깨끗하고 영민한 아이를 선택해야 했다.

신접한 사람이 되기 위해서는 다른 사람보다 순수해야 하고 깨끗해야만 했다. 이후 그들에게 특수한 교육이 전수되고 무당만이 가지고 있던 지식과 영험한 체험을 해야만 했다. 학자들은 정신적으로 뛰어나고 영민했던 그 시대의 전수자들은 정신질환자일 것이라고 주장한다. 다른 사람보다 영험하고 영적으로 접신하게 하기 위해서는 그 시대의 특이한 동향을 가진 아이들을 선택하기 위해서는 접신할 수 있는 사고방식을 가지고 있는 아이를 선택하여야 했고 신의 음성 즉 환상과 환청, 환시를 체험하는 영적으로 순응할 수 있는 아이 다른 표현으로 하면 영적으로 각성한 정신질환자를 후계자로 선택하여만 했다.

그리스 시대에만 하더라도 영적으로 각성한 정신질환자 출신의 무녀들을 뽑아 신탁 정치하는 데 사용하였다. 영험한 신체로 신의 뜻을 받기 위해 그녀들에게 특별한 지위가 주어지고 전쟁, 재난, 그리고 정치에 사용하는 도구가 되었다. 무녀들은 영적으로 각성해 있어 환청, 환상, 환시 등을 받아들이는데 적합했고, 별다른 부작용은 없었다. 그리고 많은 정신질환자들을 지배계급의 가신으로 초빙돼 매일매일 제사를 통해 신의 뜻을 전하고 지배층의 권력을 강화하는 데 사용되어 왔다.

성경을 보더라도 출애굽기에 따르면 히브리 민족을 말살하기 위해 수백 명의 무녀들을 이용해 그들을 멸절시키려 했으나 그 반대로 하나님의 심판에 한 줌의 재로 심판받기도 하였다. 모든 정신질환자들이 무녀라거나 신이 들렸다는 말이 아니다. 그 시대엔 정신질환자들이 경외의 대상이며 핍박의 대상이 되기도 했다는 것을 나타내기 위해서다.

신, 구약시대만 하더라도 많은 무녀들이 등장해 그해 전쟁을 결정했으며 신탁에 의해 우상숭배에 앞장서기도 하였다. 정신질환에 걸린 어린애들을 귀신과 접신시켜 개인 가사의 돈벌이로 사용하기도 하였다. 왜 그렇게 무녀들의 세계에서 여자들이 이용되고 핍박당했을까? 일단 여자는 남자의 지배를 받는다. 왕성한 국가일수록 여자의 인권은 무시되어 왔다. 지배권의 보조 기구로 항상 이용당해 왔다. 여자는 남자를 떠받드는 존재로 치부되었고 종교에서도 여자들은 자신의 순결을 지키며 신들을 숭배하는 존재로 유지되어 왔다.

다만 성경에서만은 구세주가 여자의 후손으로 와서 이 세상을 심판과 동시에 구원의 매개체로 등장한다. 예수는 피지배층인 갈릴리 지역에서 태어나 그곳에서 사역을 하였다. 세리, 강도, 어부, 건달, 창녀, 기생들이 그의 제자들과 추종자로 그를 따라다닌다. 그러다 3년의 사역에서 수많은 남성들이 그를 구세주라 여기며 당장에 로마를 심판하고 다윗 왕조의 영광을 나타내어 주기를 기다렸던 남성의 제자들과 추종자들은 막상 예수가 체포되자 모두가 다 그를 버리고 도망쳐 버린다.

그런데 반전이 있다. 여자들은 도망치지 않고 십자가를 끌고 가는 예수의 뒤를 따라다니며 함께 슬퍼하고 함께 애도했다. 피 범벅이 된 예수의 얼굴을 닦아준 이도 여자였다. 골고다 고원에서 십자가형을 당할 때 여제자들은 바로 밑에까지 와서 울부짖는다. 그리고 그의 죽음 후 무덤에 넣어지기까지 그의 시체를 닦아준 이들도 여자였다. 그리고 부활한 첫날에 예수는 여자에게 첫 번째로 나타난다. 그것도 창기인 막달라 마리아에게 말이다. 여기서 왜 여자들이 이 성서의 부활을 장식하는 장에서 궁금증이 생긴다. 우선 여자들은 남자와 달리

그 시대에서는 소유권이 남성에 비해 1/10도 되지 않았다.

그래서 여자들은 곧 죽어도 여한이 없는 것이다. 그리고 모든 것을 포기하기에도 유리하였고 절대자에 대한 신앙심은 그들을 뭉치게 하였고 순종케 하였다. 남성들보다는 영적으로 각성되어 있고 영성화되어 있었다. 그래서 그런지 오늘날 교회사에서도 남성보다 여성들이 적극적인 활동량을 보인다. 오늘 교회에서 역사하는 기적에서는 남성들보다 여성들이 배로 많이 체험하고 주의 역사에 참가한다. 그렇다면 이들이 모두 정신질환자인가? 아니다. 평범한 주부들이다. 이 안에서 묘한 역사가 일어나고 있다는 것이다.

정신질환자 중에 기독교를 믿는 이들이 많고 앞으로 계속 늘어날 예정이다. 그들은 의지할 매개체를 찾아다녔다. 그러다 교회를 알게되었고 예수의 사랑을 체험하게 되었다. 어느 종교에서 찾아보지 못했던 카타르시스를 느낀 것이다. 구세주가 인간의 육체를 입고 태어난 것도 신기한데 최고의 빈민층에서 태어난 것이다. 그는 30살 동안 집안의 가업을 이어와야 했으며 목수로서 아버지와 어머니를 섬기고 형제들에게 베풀며 살고 지냈다. 31살에서 33살까지 공생애 기간 동안 많은 말씀을 전했고 가난한 자, 죄인, 과부 등을 섬기고 지내기도 하였다. 그런 삶이 성도들에게 인간적으로 다가와 주님의 사랑을 체험하게 되었다.

또 예수가 직접 정신질환자를 완치시키는 기사가 나오는 예들도 있다. 그들은 병에서 깨끗이 치유돼 일반 제자들과 같이 주님을 섬기게 된다. 구원에 있어서는 지배층과 피지배층을 떠나 구원의 역사가 오로지 이루어지게 되고 장애인, 비장애인 등을 떠나 치유되고 함께 공동체 생활을 했다는 것이다. 이런 기사가 당사자들에게 새로운 구원의 역사로 다가온 것이고 또 체험도 하여 교회에서 적극적인 교우 생활을 하는 것이다. 물론 자기가 커밍아웃하는 것은 자유다. 그리고 당사자라고 밝히지 않아도 된다. 성도들은 공평하게 예수의 피로 거듭났기 때문이다.

정신질환자에게 예수는 평범한 동반자가 아니다. 다른 종교들은 마찬가지이겠지만 기독교는 좀 특별하다. 특권층에서 비롯된 것이 아니라 서민층에서 출발하기 때문이다. 철저히 개인의 경험과 공유하는 것이 큰 것이 기독교의 장점이다. 자신의 질환에서 회복하기 위해 왜 그렇게 예수를 놓지 않으려는 이유는 여기에 있다. 예수가 바로 자기의 모습을 투사하기 때문이다.

그를 통해 자신의 단점을 파악하게 되고 장점을 사랑하게 되는 것이다. 이웃만 사랑하는 것이 아니라 자신도 사랑하게 된 것이다. 그들은 죽으면 당연히 구원받는다고 확신한다. 그것이 예수의 사랑이고 역사이기 때문이다. 그래서 기독교를 신앙으로 가진 당사자들은 다른 당사자들보다 프라이드가 커 자신의 행동에 확신을 가지고 책임 의식을 느끼기 때문이다.

그리고 공동체 의식에 남다른 책임감을 가지고 있어 당사자 문화 성립에 주체적으로 나서고 있다. 낮병원이든 정신건강센터든, 시설이든 거기서 리더 역할을 맡는 사람들은 대부분 기독교인들이다. 한 번씩 들어오는 특강이나 세미나 때에는 그들인 주체가 되어 면학 분위기를 만든다. 그리고 당사자의 문제나 함께 겪고 풀어야 할 문제들이 있으면 그들이 항상 앞장서 당사자 문화 확립에 나선다.

그렇다고 그들에게 금전적인 이익이 떨어지는 것도 아니고 큰 이득을 보는 것도 아닌데 항상 앞장 나선다. 그런 그들을 보면 많은 당사자들이 동기유발을 느끼게 될 것이고 도전 의식을 갖게 될 것이다. 삶에 대한 애착도 생기고 당사자끼리 교류의 폭도 넓히어 매일매일 달라진 세상을 맞이하게 될 것이다.

정신질환자에게 기독교는 그냥 신앙의 대상이 아니다. 생활의 방편이다. 그들은 말한다. 예수 빼고는 우리의 세계를 말하지 말라고 말이다. 한 사례자가 있었다. 행정 입원으로 정신병원에 몇 번이나 입원한 30대 남성인데 망상이 심하다가 차후 회복이 되어 퇴원을 했는데 그는 입원하고 있을 때에도 핸드폰으로 금요 찬양 예배를 1시간씩 드리는 성도였다.

망상이 심해 정상적인 생활이 어려울 때도 그날만큼은 지키어 스스로 망상에서 회복하게 되었다. 물론 병원의 프로그램 참여도와 의사의 상담, 사례담당자의 대화가 큰 힘이 되었지만 병원에서 핸드폰을 압수 안 하고 가지고 다녀도 좋다고 해서 항상 금요일 9시에 찬양 예배를 드린 것이다. 그는 거기서 들려오는 찬양의 가사가 힐링이 되어 일주일 생활하는데 중요한 동기가 됐으며 외로울 때에도 동료들과 같이 찬양 예배를 시청한 것이다. 만약 그 자유마저 빼앗겼더라면 그는 인생의 존재가치를 잃어버렸을 것이다.

기독교를 떠난 불교든 유교든 종교를 가지고 질환을 회복 중이라면 그것은 잘하는 것이다. 진짜로 말이다. 이 글을 쓰고 있는 본인도 기독교를 가지고 있어 수십 년을 조현병에 시달리고 있지만 현재의 생활의 만족도와 장래의 생활의 계획에 예수는 모든 것의 주제가 될 것이다. 너무 기독교에 대해서 말했는가? 고대의 시대에서부터 현대까지 정신질환자들은 택함을 받았고 이용되었으며 한편으로는 핍박받았다.

그러나 오늘날 많은 당사자들이 종교를 자신의 신념으로 선택해 길을 개척해 나가고 있다. 아무리 좋은 동료가 있더라도 결국은 자신의 길을 결정하는 것은 당사자의 몫이기 때문이다. 그런 가운데 종교가 곁에 있어 준다면 주체성 회복은 물론이요, 난제들의 극복의 대상이 되기도 하며 동기유발이 되기도 한다. 신앙. 이 두 글자를 잊어버리지 말고 나의 인생에 빈객으로 초대해 보자. 아마도 내일의 인생이 또 달라 보일 것이다.

## 4) 어려운 난관이 있어도 당사자들은 일하고 싶어 한다

40도를 바라보는 여름의 절정기에 많은 직장인들이 일하기 불편해한다. 코로나 팬데믹 이 시대에 아침부터 출근하느라 대중교통을 이용해야 하고 지하철이든 버스든 사람들이 서로 어깨를 맞대어 서 있으려면 보통 불편한 것이 아니다. 앉아서 가는 것도 위험한데, 서서 출근하려면 코로나의 불안증이 그들의 어깨를 짓누른다. 힘들게 회사까지 와서 마스크도 함부로 벗지 못한다.

직원들 간의 보호와 안전을 위해 마스크를 실내에서도 의무적으로 해야 한다. 그렇게 노심초사한 몸으로 회사의 일을 마친 후 또 대중교통 이용이란 여간 위험하고 불편한 것이 아니다. 자가는 혼자 운전을 해 코로나로부터 자신을 지키는 데 도움을 주지만 대부분의 직장인들은 대중교통을 이용해야 한다. 그래도 노동이란 것이 신으로부터 선사 받은 의무인지라 인간은 늙어 죽을 때까지 일을 하여야 하며 그 성과를 보상받아야 한다.

코로나로 인해 실업자 수는 계속 늘어나고 있고 많은 자영업자들이 문을 닫고 있다. 많은 서민들이 고통을 받고 있는 것이다. 그래도 손해를 감내하고 자신의 사업을 이어가고자 하는 이들이 대부분을 차지하고 있다. 팬데믹에 직장인들은 자신의 일에 긍지를 가지고 일을 한다. 실업자가 안 된 것이 어디냐며… 우리 당사자들에게도 이 정서가 그대로 적용된다. 직장을 다니고 있는 그들은 수입은 적더라도 밝은 미래를 보며 하루하루를 열심히 살아가고 있다.

당사자들이 다 직장을 가지고 있으면 얼마나 좋은가, 하지만 사회는 그리 녹록지 않다. 안 그래도 그들에게 좋은 편견을 가지고 있지 않은데 일자리를 선뜻 내놓겠는가? 그래도 많은 당사자들이 사회에서 독립하기 위해 제자리를 찾기 위해 오늘도 노동의 현장을 찾아다닌다.

"실업자 수가 늘어나는 가운데 지금 이렇게 일하는 것에 감사드리죠. 처음에는 정신장애인이라 색안경을 쓰고 바라보며 면접 볼 기회도 주지 않았습니다. 그래도 나름 사회에 도전하기 위해 이력서를 몇십 개에 넣었습니다, 그리고 작년 8월 사회적기업 무모 전자 회사에서 절 채용하겠다고 연락이 왔습니다. 전자제품 단순 조립 업무였는데 감사한 마음으로 저의 일을 대했죠. 그래도 직원들이 저처럼 장애인들이라 공감을 많이 했습니다. 정신장애인들도 몇 명 되었고요. 하루 7시간씩 일했는데 처음에는 피곤도 하여 힘이 들었습니다. 9시까지 출근이라 시간 맞추는 것이 힘이 들었지만 일의 업무는 저의 적성에 맞았었습니다. 경기도 힘든 이 시기에 이것저것 가리겠는가요. 닥치는 대로 해야 하겠지요. 5년 만에 가지는 직장이라 소중하고 자랑스러웠습니다. 다른 장애인들끼리는 소통이 잘 돼 회사 일에 적응하는 데에는 힘들지는 않았습니다. 지금부터 정신 차리고 열심히 일해야 하겠죠.”

조현병을 10년째 앓아온 김병덕 씨(35)의 이야기다. 그는 고등학교 때부터 조증에 시달려 오다 군 면제된 후 늦게 대학에 들어가 학문에 증진했다. 그러다 친구들과의 교제 생활 중 마음이 여린 병덕 씨에게 청춘의 고뇌는 심각한 상처로 다가왔다. 자신에게만 이 일이 생긴 줄 알고 혼자 끙끙 앓다 우울증이 오고 결국 조현병으로 발전하게 됐다. 학교생활을 당장 그만두고 싶었지만 자기를 믿어주는 어머니의 사랑에 차마 그렇게 하지 못하고 휴학을 3번이나 한 뒤 대학 생활을 마치게 된다. 그 이후 작은 출판사에 취직해 도서에 관계된 일을 하다 과중한 업무로 병 증세가 폭발하여 회사를 그만두게 되었고 6년 동안을 실업자로 생활하다 어렵게 무모 전자 회사에 취직하게 된 것이다.

인문학도의 일자리라기엔 이해하기 힘들었지만 단순 조립 근무는 자신이 하기에는 최선이었다. 그동안 여러 직장을 전전했지만 2개월이면 끝이 났다. 자신이 성격에 맞지 않아서, 적성에 맞지 않아서, 험한 일은 해보지 않아서 등등의 이유가 자신의 발목을 잡았다. 그렇게 6년의 시간을 낭비한 후 자신에게 맞는 일은 이 세상에 없구나!라는 사실을 깨달아 사회의 규칙에 순응하며 사는 것이 진리라며 이 직장을 택했다.

처음에는 주위 환경이 좋지 않았으나 동료들의 밝은 인상에 자신도 감동받아 긍정적인 에너지를 가지고 일하게 됐다. 만약 일반 직장이었고 주위에 당사자들이 없었으면 성질이 폭발하여 금방 때려치웠겠으나 자기보다 심한 장애를 가진 당사자들이 열심히 일을 하는 것을 보고 자신도 그들과 같으면 같았지, 특별한 것이 없다고 깨달아 일에 매진할 수 있게 되었다.

그래도 정신장애인 5명이 근무하고 있어 서로 도움도 되고 힐링도 되었다. 병덕 씨는 오늘도 일찍 일어나 회사로 출근하여 작업장 청소를 하는 등 좋은 선례를 남기어 다른 직원들의 모범이 되고 있다. 수년 동안의 변덕의 시간이 자길 성실한 일꾼으로 바꾸어 놓은 것이다.

"처음에는 좋았습니다. 내가 일을 할 수 있다니 나도 다른 당사자들처럼 독립을 한다는 자부심이 차 올라왔죠.
그런데 내가 정신질환이 있다는 것이 알려지면서 직원들이 절 달리 보게 됐습니다. 처음엔 언니 하며 잘 따르던 후배 직원들이 절 아예 미친 사람 취급하는 것이었습니다. 작업에 들어가기 전에 위생을 깨끗이 했느냐며 절 몰아세웠고 그라인더에 원두를 가는 업무에는 가까이에 오지도 못하게 했습니다. 불순물을 집어넣지 않을까 일부러 노심초사하는 것이었습니다. 그래도 매니저님께서 절 좋게 보아 바리스타 일을 하는 것에 불편함이 없게 했습니다. 그러나 동료들이 절 정신질환자라며 말도 안 하려고 하였고 식사 시간에는 절 대놓고 따돌렸습니다. 저는 이에 대해 아무 말을 할 수가 없었습니다. 그저 당하기만 하는 것이었죠. 며칠 동안을 오로지 내가 맡은 일에 전념만 했습니다. 그러다 동료가 아파서 하루 빠지면 제가 대타로 나서 일을 연장 근무했죠, 그러기를 수개월 하니까 동료들이 마음이 바뀌었는지 절 달리 보게 됐습니다. 저에게 커피도 만들어 주고 식사에 동참케 했습니다. 즐거운 일이었죠. 하지만 아직도 절 색안경을 끼고 쳐다봅니다. 제가 뭘 잘못했느냐고 따져 물어볼 용기도 없어서 그냥 순응해 살자 하고 있는데 매니저님이 절 수석 직원으로 추천해 주었습니다. 저는 정말 감사해서 두 배로 일을 하겠다며 적극성을 보였고 몇몇 직원들은 절 격려해 주었습니다. 보람 있는 순간이었습니다."

조울증을 앓고 있는 오순희 씨(29)의 이야기다. 그녀는 20대에 질환에 걸리어 수년을 힘들게 보냈다. 왜 자신에게 이 병이 왔는지 의문투성이였다. 자기 가족 중에 이런 병력을 가지고 있는 사람은 자신뿐이었다. 혹시 유전병인가 생각해서 가족들의 병력을 살펴보았는데 자신이 처음이었다. 순간 눈앞이 캄캄한 것 같았고 살 이유가 없는 것 같았다. 그렇다고 이렇게 주저앉기에는 너무 억울했다. 질환에 걸리기 전에는 정상적인 생활을 하지 않았나? 하며 긍정적인 생각을 가지고 재활에 몸부림쳤다.

그러다 재활시설인 새문에 들어가 건강회복과 사회 적응기 훈련을 했다. 그곳에서 바리스타 공부를 하였고 자체 시스템으로 있는 카페에 취직하여 1년을 실습하였다. 처음에는 실수투성이였다. 그라인더에 원두를 가는데 수치를 잘못 맞추어 아메리카노를 만드는 데 부적합하였다. 그래서 많은 연습을 하였고 커피의 종류별로 자신 있게 만드는 수준에 이르렀다. 그러다 어느 하루 팀장이 정식 직장을 가져보지 않겠느냐는 물음에 신이 나서 그렇게 하겠다 대답하고는 수원 시내에 있는 모 카페에 바리스타로 출근하게 됐다.

그 회사는 의무적으로 장애인을 채용하는 시스템이 적용되어 있었기에 정신장애인이 자신이 채용된 것이었다. 매니저는 순희 씨의 병력을 알면서도 친절하게 대해주었고 동료들도 자기를 한 가족처럼 대해주었다. 낯가림이 심한 순희 씨였으나 담대한 마음을 가지고 일에 임했다. 새문에서 실습생으로 1년간 일한 경험이 있어서 여러 가지 커피를 만드는 데 불편함이 없었다. 그런데 자신이 정신질환자란 정보가 동료들에게 들어가자 그 후 자신을 완전 타인으로 취급하였다. 당사자 주제에 어디서 일이라며 대놓고 비난하기 시작하였고 재료 손보는 일엔 옆에도 오지 못하게 하였다. 그렇다고 카운터를 맡을 수도 없는 일이었다. 시간이 지나감에 자신에 대한 불신은 심해졌고 곧 우울감이 자신을 집어삼키는 기분이었다.

그래도 자신의 인생에서 처음 맡은 직업이라 소중히 생각하여 욕하려면 하라지, 나는 내 일만 묵묵히 한다며 바리 스타일을 절도 있게 해 나갔다. 야간작업은 자신이 다 맡아 했으며 동료들의 스케줄을 자신의 스케줄과 연동시켜 일을 해 나갔다. 그렇게 수개월이 지나니 자신에 대한 비난이 잦아들었다. 동료들 한 명 한 명이 자신에게 호감을 표시하게 되었고 마침내 매니저로부터 수석 직원 직을 수여받게 되었다. 그녀는 이 공로를 동료들에게 돌렸다. 지금은 동료들과 한 가족처럼 지내며 일을 열심히 해나가고 있다. 하지만 당사자란 꼬리표는 붙어 시기의 대상이 되기도 한다. 그렇다고 여기서 포기할 수는 없었다. 자신과 같은 당사자들을 위해 일어서는 법을 보여주고 싶었기 때문이다.

물론 많은 당사자들이 일을 하고 싶어 한다. 이 코로나 팬데믹 상황 속에서 일어설 수 있는 기회를 찾고자 한다. 그러나 그것은 결코 쉬운 일이 아니다. 사회의 편견과 질환에 대한 낙인화가 큰 변수로 작용한다. 자기만 떳떳하다고 보이기만 하는 것이 아니라 주변 환경을 우리 같은 당사자를 긍정적으로 보이게 하기 위해 노력을 많이 해야 한다. 정신질환이란 병에 대해 날을 세우게 하는 것보다 우리들도 사회의 구성원이라는 것을 알리는 것이 중요하다. 그동안 사회 속에서 외골수적으로 단체 활동을 했다면 사회의 구성원들과 손을 잡아 연대 의식을 발휘하여야 한다.

그렇다. 당사자들이 제일 바라는 것은 정상적으로 회복하는 것이고 그것이 순차적인 것은 일을 하는 것이다. 많은 당사자들은 아직도 밖으로 나서는 것보다 방 안으로 좁혀 들어오려고 한다. 그리고 자신만의 세계에 갇힌다. 누가 내 옆에서 상관하지 않고 있나? 의심하지 않나? 내몰지를 않나?란 부정적인 의식이 당사자를 꽉 조이게 만든다. 우선 제일 중요한 것은 당사자끼리의 교류다. 그들을 통해서 사회의 문제에 대해 공감하고 자신의 철학을 피드백하는 것이다.

그런 가운데 재기의 계기가 생기게 되고 외부와의 세계와 접촉하게 된다. 물론 당사자가 일자리 구하기가 힘든 것은 맞는 말이며 현실이다. 이것을 당사자와의 교류로 그들의 문제를 공론화하여 함께 문제를 풀어나간다면 정답이 보이기도 한다. 우선 쉬운 일부터 찾자. 지금 우리는 현실의 환상적인 시야에서 벗어나 실제적인 시각으로 바라보아야 한다. 항상 꿈 같은 일만 있는 것은 아니다. 취업해 재기에 성공한 당사자는 일용직, 생산직, 서비스직 등을 체험한다. 너무 비현실적인 화이트칼라 직장만 찾지 말자는 것이다.

일을 하는 것에 겁먹지 말자. 일반인들도 이와 같은 일을 두려워한다. 그렇지만 그들은 이상의 실현을 위해 오늘의 문제를 포기하지 않는다. 우리도 그렇게 할 수 있다. 자신의 주변을 살펴보자 그리고 무엇이 필요한지를 깨닫자. 팬데믹 상황에서 우리만의 욕심을 버리고 어머니를 위해, 아내를 위해, 자식을 위해 선택지를 넓혀 나가다 보면 당사자들이 능력을 발휘할 수 있는 일자리를 찾을 수 있을 것이다. 너무 환상 속에서 살지 말고 사회의 시장성에 뛰어들어 당사자가 일할 수 있는 기회를 잡아 당사자 문화에 현실성의 탑을 쌓는 것도 좋을 듯하다.

# 5) 난 물질 남용과 중독의 유혹에서 벗어날 수 있었다

　당사자들이 가장 골치 아파하는 것은 자신의 질환의 재발과 거기에 따라오는 각종 부작용과 비정상적인 적응이다. 수년 동안을 잘 참으며 병을 회복한 것 같아 직장을 가지려면 자기도 모르게 날 서게 긴장하게 되고 또 과거와 같은 일들이 벌어지지 않을까? 란 걱정에 전전긍긍하게 된다. 또 망상이 시작되어서 가족들부터 친구, 동료들을 의심하게 되고 간단한 일 처리도 확신을 가지지 못하게 된다. 이와 같은 경우에 당사자들은 자신의 의지를 가지고 극복해 내지만 소수의 당사자들은 일탈을 하게 된다.

　자신의 스트레스를 해소하기 위해 비디오를 쌓아놓고 본다든지 게임에 중독되어 아침부터 저녁까지 자기 방에만 틀어박혀 살상 게임만 하게 된다. 여기저기 피가 튀는 잔혹한 장면이 있을 때마다 자신의 아드레날린은 최고조를 향해 달리고 게임이 끝났을 때에는 허무함만이 맴돈다. 게임중독도 정신질환의 일종이다. 알코올중독처럼 피해자들이 현실의 망각에서 벗어나기 힘들기 때문이다. 눈만 뜨면 살상용 장면이 되살아나 현실과 환상을 구분하기 힘들게 되고 심지어 자해는 물론, 부모나 가까운 사람들에게 육체적으로 상해를 입혀 피해를 일으키게 된다. 이 피해에서 어렵게 벗어난 사례도 있다.

"온통 온라인상의 도시와 파괴된 폐허가 나의 정신을 무너뜨려 놓았습니다. 상대방에게 한 발, 한 발씩 쏘아대는 총격신에서는 나만의 카타르시스에 빠져들게 됩니다. 평원을 달리며 상대방의 수급을 베어낼 때마다 그 감정의 폭이 뭐라 표현하기 어려울 정도로 시원합니다. 그러나 게임이 끝이 나면 허무함만이 내 주위를 맴돕니다. 왠지 모를 후회와 자책뿐이랄까 할까요. 집에서 정상적인 생활을 하기가 힘들었고 집 밖을 나가면 PC방만을 찾게 됩니다. 그러다 내 친구가 게임중독에 심한 우울증까지 걸려 괴로워하는 것을 보고 저도 섬찟하여 이렇게 생활하다간 큰일 나겠다는 생각이 번쩍 드는 것이었습니다. 그래서 게임중독에 벗어나기 위해 정신과 상담도 받아보고 거기서 주치의가 색다른 문화적인 취미를 가져볼 것을 권해 카메라를 구입했고, 경치 좋은 곳을 찾아다니며 렌즈에 그 광경을 담아내기 시작했습니다. 또 주위 사람의 배려로 아이들의 모습 이웃집 사람들의 모습을 렌즈에 담아낼 때마다 또 다른 성취감을 맛보게 되었습니다. 지금은 이와 같은 사진을 공유하기 위해 인스타그램을 만들어 사진과 촬영 후기 등을 적어 여러분들과 공유하게 되었습니다. 나만의 작은 온라인 공원을 만든 것 같아 기쁩니다."

조울증을 겪은 신라래 씨의 후일담이다. 그는 감정의 높고 낮음이 가팔라 자신의 욕구를 만족시키기 위해 게임을 선택했고 수년 동안 자기 방에서 아침부터 저녁까지 게임에만 매달려 있었다. 학교생활은 뒷전이었고 어쩌다 학교에 등교하면 게임 스토리만 열심히 말할 정도로 자신의 정신세계는 피폐해져 있었다. 돈만 생겼다 하면 게임 프로그램을 깔아 온종일 가상의 세계에서 벗어나지 못하였다.

그러다 절친인 친구가 게임중독에 걸려 치료하지 못하고 우울증에 자학만 하고 있는 것을 보고 자신도 이와 다를 게 뭐가 있나? 하며 자신을 되돌아보게 됐다. 그러다 드문드문 다니던 병원에 가 정신과 상담도 열심히 받게 되고 주치의로부터 많은 피드백을 받은 그는 사진 촬영을 자신의 취미생활로 선택하게 되었다.

처음엔 집안의 이곳저곳을 사진에 담아내다 동네의 뒷동산을 올라 여러 자연환경을 소소하게 카메라에 담아내기 시작했다. 작은 돌과 야생화를 접사 촬영할 때마다 이것이 그렇게 예뻤나? 란 생각이 들 정도로 자연의 모습이 새롭게 다가왔다. 그리고 주위 사람들에게 허락을 받아 일반인들의 모습과 생활을 카메라에 담아내기 시작했으며 이를 인스타그램에 올려 여러 사람들과 공유하게 되었다.

짧은 후기를 사진 밑에 적을 때마다 많은 사람들이 '좋아요'를 눌러 댔고 팔로워 하는 사람도 조금씩 늘어나기 시작했다. 지금은 1,000명의 팔로워 수를 기록하여 전문 인싸가 되기 위해 이쪽 분야를 연구하고 동료들과 공유하게 됐다. 지금도 게임은 하지만 하루에 30분씩 워밍업하듯 한다. 그러다 지금의 취미를 만든 뒤 많은 이들과 문화적 유대감도 생겨나 과거의 게임중독에서 벗어나는 계기를 마련할 수 있었다.

어찌 중독이 게임뿐이겠는가? 당사자들이 질환에서 재발이 되려고 하면 여러 예후가 발견된다. 수년 동안을 잘 참아오다 다시 재발하게 되면 얼마나 가슴 아픈 일이 아니겠는가 병만 재발되면 그나마 괜찮다. 질환과 수반되어 물질 남용, 알코올 중독, 약물남용 등이다. 당사자는 자신의 병이 재발하면 제일 먼저 병원의 주치의를 찾게 된다. 그리고 상담을 하고 약을 처방받게 되고 병의 차도에 따라 입원을 결정하게 된다. 뭐 이런 순서로 진행되면 아무 문제가 없겠으나 일부 당사자들이 병원의 약 처방을 신뢰하지 않고 다른 약물을 취급하게 된다는 것이다.

쉬운 예로 서양의학으로는 질환을 치료할 수 없으니 한학을 병용해 가며 치료해 보자고 한약을 먹게 되고 그러다 자기는 이 한약을 먹지 않으면 기존의 약을 취할 수 없다고 자신의 처신을 부정하게 된다. 경험상 한약은 정신질환을 치료하는 데 그렇게 도움이 되지 않는다. 머리에 침도 맞아보고 사향도 많이 먹어보게 됐다. 그러다 확실한 것은 잠이 잘 드는 데 효과는 있어도 그 외에는 별다른 효과가 없었다.

그런데 병원에서 금기시하는 정신질환 약과 한약을 혼합해서 먹는 경우가 종종 있고 그러다 아예 비싼 한약만 고집하다 되레 병만 악화시키는 경우도 있다. 그리고 약에 대한 무지한 당사자가 자신의 고집만을 내세워 병원에서 조제해 준 약을 조절해서 먹는다는 것이다. 자기가 의사도 아니면서 필요한 약물을 빼서 버리고 나머지 약물을 섭취한다는 것은 극히 위험한 방법이 아닐 수 없다. 내가 아는 당사자도 자신의 고집과 말도 안 되는 지식을 자랑하며 약을 조제해 먹어 지금은 그 방법이 중독이 되어 다량의 카페인을 섭취해야만 안정을 취할 수 있게 되었고 수면을 못 취하게 하는 부작용에까지 이르렀다.

그리고 건강식품은 꼭 챙겨 먹는다. 정신질환에 좋다는 과학적 근거가 있는 식품이 아닌데 몇십만 원씩 들여 하루도 빠지지 않고 먹어 댄다. 그리고 병원의 약은 아예 먹지도 않는다. 이 약은 최후의 보루로 남겨 한꺼번에 복용하기 위함이란다. 이것이 정상적인 방법이라고 봐야 하나 참 이해가 안 되는 처신이다. 지금도 잠도 자지 못하며 자신에게 치유의 손길을 펼칠 수 있는 병원의 약은 거부하고 자신의 잘못된 지식으로 약을 조제해 먹는 이런 당사자가 한두 명이 아닌 다수가 있다는 것에 놀라지 않을 수 없다.

심지어 어느 특장인 정신질환 약을 구입해 먹는 경우도 있다 졸피뎀이라는 불면증을 치료해 주는 정신질환 약물인데 효과는 대단한데 부작용이 심해 의사가 권하지를 않는다 대표적인 부작용이 환청과 망상이 증대되는 부작용이 있다. 이 약을 장기적으로 복용하면 늘 일상이 불안해지고 긴장하게 되고 환청에 시달려 이중 처방을 받게 된다.

그래서 의사들은 이 약을 비상시에만 며칠 복용토록 하고 그 후 다른 약으로 대체시킨다.

그러나 당사자들은 불면증과 망상에 효과 좋은 약이라고 잘못 믿어 음성으로 다량 구매하여 이 약만 복용한다. 그리고 중독 증세까지 와 다른 약물과 호환성이 없게 되어 버린다. 졸피뎀으로 고생하다 겨우 병원 주치의 약을 처방하여 안전하게 잠을 잘 수 있게 되는 좋은 결과물도 많이 나오고 있다. 정신질환 약은 절대 주치의와 상담을 통해 처방받아야지 자시의 얕은 지식으로는 질환을 다스릴 수도 없고 완치도 되지 않는다는 것을 분명히 알아야 할 것이다.

"금전적인 상식이 없었습니다. 돈이 생기면 생기는 대로 막 써대기 시작했습니다. 저는 병이 재발하면서 쇼핑하는 것으로 해소했습니다. 백화점에 가 아이쇼핑만 하는 것이 아니라 마음에 드는 옷은 몇 장이고 사야 직성이 풀렸습니다. 먹는 것에는 욕심이 없어 식욕을 가지고 해소하지는 않았지만 세일 기간만 됐다면 백화점에 가 이때다 싶어 옷들을 3~5장씩 사들이기 시작했습니다. 그때는 작은 회사에 다니고 있었는데 금전적인 수입이 적을 때였습니다. 그런데 조현병이 재발하면서 옷에 대한 구매욕이 솟아 백화점에만 가서 옷들을 사대기 시작한 것이었습니다. 그것도 질환에 대한 나만의 해소법이었는데 잘못되었다는 것을 모를 때였습니다. 그러다 어머니와 같이 살면서 하루에 30분씩 대화를 나누기 시작하였고 거기서 인간관계를 맺는 데 새로운 시발점을 발견하게 됐습니다. 그러다 결국 질환의 재발에 병원에 입원하게 되었고 어머니가 꾸준히 찾아와주어 나의 잘못된 습관을 지적해 주어 관심을 갖고 고쳐야겠다는 마음이 들었죠. 그러다 퇴원 후 어머니가 지인의 소개로 흥덕에 개척교회에 전도사로 부임하면서 나의 쇼핑중독은 고쳐지게 되었습니다. 내가 좋아했던 신앙 서적을 읽기 시작하고 요양원을 찾아다니며 어르신들 발 마사지를 해 드리며 가족의 소중함을 알게 됐고 돈을 지혜롭게 쓰는 방법을 알게 되어 수년 동안 날 괴롭혔던 쇼핑중독에서 벗어날 수 있게 됐습니다. 중독에 걸렸을 때에는 한 달에 3번 이상 백화점 가던 횟수를 한 달에 한 번에서 석 달에 한 번씩 가는 것으로 바뀌었고 옷 구입도 한 벌씩 사는 것으로 조절할 수 있게 되어 낭비를 멈추고 작은 기쁨을 누릴 수 있게 되었습니다."

조현병을 앓고 있던 김혜순 씨의 사례담이다. 그는 옷을 구입할 때마다 매우 큰 비용을 지불해야 했다. 그때는 아깝다는 생각이 들지 않았지만 이것은 자신의 현실도피였고 잘못된 욕구를 채우는 빗나간 시도였다. 한 4년간을 이렇게 지냈다 한다. 그러다 어머니와 같이 살면서 새로운 경제관이 생기기 시작하였고 그녀의 소개로 전도사로 일하게 되자 이웃을 사랑할 줄 아는 사람이 됐으며 자신의 습관이 얼마나 비생산적이며 낭비적인 것을 알게 되었다. 그때 학생부를 맡고 있었는데 주일만 되면 교복을 다림질해서 깨끗이 입고 나오는 한 아이를 보며 돈으로 화려하게 치장하는 것보다 자신이 가지고 있는 현실에 만족하여 다림질하듯 검소하게 옷을 구비하여 입으면 그 또한 다른 해소의 한 방법이라 생각하게 됐다.

그 아이는 여학생이었는데 한참 멋 부릴 나이에 그런 조신한 행동을 하는 것을 보고 예순 씨는 작은 감동을 받아 자신의 생활을 수정하는 데 방향성을 틀 수 있었다. 많은 당사자들이 질환의 재발과 동시에 여러 중독 증세를 보이고 있지만 현실적인 문제로 자신 홀로 해소하려 하지 말고 주위의 당사자와 부모와 친구들과 많은 대화를 해 나름 현실감을 깨우쳐 일탈의 생활에서 벗어난다면 그 당사자에겐 인생의 여러 종류의 기회 중에서 단 하나의 기회를 얻을 수 있을 것이다. 자신을 벼랑으로 몰아세우지 말고 주위의 환경을 잘 돌아보아 나에게 어떤 것이 도움이 되고 열린 사회를 나갈 수 있는가를 생각해 보는 것도 소중할 것 같다.

## 6) 병원에서의 인권 옹호, 포기 말고
##    내일 향해 뛰어 보자

정신병원에서의 환자에 대한 인권은 과연 지켜지고 있는 것일까?

당사자가 스스로 보호를 위해 자유를 외쳤다 해서 독실에 강박 되어 있지 않을까? 란 생각이 스쳐 지나가는 것이 헛웃음만 불러일으킨다. 정신질환자가 일단 병원에 입원하게 되면 그들의 룰을 따르지 않을 수 없다. 간호사들의 충고나 지도는 가벼운 마음으로 받아들이고 경고는 가슴에 되새겨 내가 과연 그런 짓을 했을까?를 의문사를 남발해도 당사자의 입장에서는 괜찮다고 보인다. 왜? 그것은 사실이니까! 우리가 하고 싶은 이야기를 전제로 이렇게라도 표현하고 싶었으니까 말이다. 당사자가 일단 병원에 입원되면 우선 현실을 부정하게 된다.

"내가 왜 병원에 입원해야 돼.", "가족들과 소통이 안 돼서 입원하게 됐지, 내 잘못이 아니야.", "어디 날 함부로 건드려만 봐. 이 병원 다 뒤집어 놓을 테다."란 생각이 지배적이 된다. 그래서 병원 첫날이 되어서는 고래고래 악다구니를 쓴다. "난 미친놈이 아니야. 당장 풀어 줘! 그렇지 않으면 이 병원 신고하고 말 거야!"하기를 한참. 낯선 간호사가 들어와 비타민 주사라며 팔에 두꺼운 바늘침을 놓는다. 그리고 곧 잠에 곯아떨어진다. 이것이 말로만 듣던 진정제, 코끼리 주사다. 그렇게 2~3시간이 지나가면 잠에서 깨어나 흥분이 가라앉는다.

그리고 간호사들의 여러 질문과 격려들이 오고 가고 그 후에야 입원실을 배정받는다. 6인용 입원실에 들어가면 낯선 사람들이 날 이리저리 살펴댄다. 그들은 아마 "또 우리 같은 사람 들어오네. 아까 성질 봤더니만 저치 성질이 보통 아니겠어. 꼴통이 들어왔네."하며 재빠르게 스캔한다. 병원에서의 입원 하루는 이렇게 시작된다. 환우들의 눈동자들이 다 맛이 간 동태눈처럼 보인다. 내가 제일 멀쩡한 것처럼 느껴진다. 사실 경험한바 내가 제일 병세가 심각한 것이다. 그리고 저녁 식사 후 투약 시간 때 간호사와 보호사의 삼엄한 경계의 눈빛 아래 투약이 이루어진다.

누가 약을 혓바닥 안으로 숨기지 않았나? 목청 사이에 붙여 놓았다가 가래 뱉듯이 뱉어 버리는 것이 아닐까?란 우려 속에 약 투여 시간이 지나가면 취침 시간까지 자유시간이 부여된다. TV 시청할 사람은 휴게실에 모이고 삼삼오오 짝을 이루어 동료들의 입원실을 방문해 당사자들끼리의 독특한 대화의 시간이 시작된다. 그리고 흡연실엔 숨도 못 쉴 정도로 흡연자들이 모여 담배를 피워 된다. 그렇게 입원 첫날이 마무리되고 다음 날부터 본격적인 입원 생활이 시작되는 것이다.

보통 병원에서의 첫날은 다들 이렇게 보낸다. 긴장한 채. 누가 날 해치지 않겠느냐는 생각에 흥분 아닌 흥분으로 하루를 보내 버린다. 병원의 첫인상은 자신들이 입원할 때마다 경험한 바로 아무렇지 않게 받아들이는 현실파와 왜 교도소 같은 데로 와 가지고 신세 망치게 되었다는 비관론 파, 한 번 인생에서 스쳐 지나가는 것이니 경험한다고 하고 되새김질이나 하며 지내보자는 이상주의 파들로 나누어진다. 그 중에 제일 위험한 것이 비관론 파들이다.

이들은 마냥 병원에서 지내는 시간이 죽기보다 싫다. 병원에서 주는 밥은 군대에서 먹던 밥보다 더 먹기 싫고 각종 편의시설은 동네의 공중화장실로 평가절하한다. 간호사들의 눈초리가 마음에 들지 않아 그녀들과 매일 싸워대기 시작하며 보호사들을 자신들을 사찰하는 국정원 요원으로 생각해 반항하는 마음만 생긴다. 같은 동료들은 당사자로서 받아들이기 싫을 정도로 혐오감만을 느끼게 사각지대의 이상인으로 취급한다. 이때 병원에서는 그들을 지원해 줄 프로그램과 관심이 부족하다. '당사자들끼리 붙어있으면 친구가 되어 같이 휩쓸려 다니겠지.'하며 쉽게 생각한다.

병원 측에서의 새로 온 당사자들에게 관심을 많이 가져 주어야 한다. 빠르면 몇 주 아니면 1년 이상을 자기들과 함께 지내야 하는데 새로 온 당사자를 이렇게 방치해 두면 그들은 병원의 분위기에 주눅이 들고 만다. 그래도 집에 있을 때에는 자기 마음대로 생활했겠지만 여기서는 어림도 없다. 보호사의 눈 밖에 나면 생활하기가 보통 불편한 것이 아니다. 24시간 동안 글로벌 호크의 감시 체계처럼 하루를 날 세운 채 보내게 된다. 여기서 보호사가 새로 온 당사자에게 따뜻하게 응대해 주면 많은 환우들이 용기를 내서 생활할 수 있을 것이다.

교도소의 교도관처럼 멸시와 냉대로 그들을 취급하면 당사자들은 긴장하고 불안한 체 생활을 할 수밖에 없다. 보호사가 웃으며 자길 대하면 그만큼 긴장감이 해소된다. 그리고 병원 생활에도 탄력을 받게 된다. 지금은 당사자마다 사례관리자들이 배정되어 있다. 그들은 사회복지사가 되기도 하고 간호사가 되기도 한다. 그들은 자기가 맡은 당사자에게 지극한 관심을 가지고 상대한다. 당사자의 행동 하나하나에 신경 쓰며 케어한다.

그렇다고 만족할 정도로 서비스하는 것은 아니다 하지만 과거에 비하면 많이 도움을 주는 쪽으로 일이 진행된다. 그들은 당사자의 부모들과 연락하며 당사자가 지금 필요한 것이 무엇인지를 말해 주고 필요한 것을 가족들과 함께 마련한다. 그리고 달라지는 당사자의 컨디션과 적응 정도를 보호자에게 말해주므로 당사자들이 좀 더 자기 의사를 표현하는 것에 도움이 될 정도다.

병원에서 강박은 불필요하다. 그들이 스스로 잘못을 깨닫게 해야 한다며 사지를 침대에 강박하는 것은 전근대적인 발상이다. 그럴수록 독실에 들어가게 하여 몇 시간씩 혼자 생각하게 한다든지 독서하는 시간을 주는 것이 요즘 시대의 트렌드에 맞는 한 방향이 아닐까 생각한다.

병원에서 사색하는 시간을 주는 것은 당사자들에게 자신의 단점을 반성케 하고 뒤돌아보게 하는 기회를 갖도록 하는 것이다. 강박을 해 반강제적으로 자신의 행동의 옳고 그름을 판단하게 하면 그것은 또 하나의 독이 되는 것이다. 독실에서 몇 시간 동안 책을 읽고 생각의 시간을 하고 나오면 환우들과의 생활에 도움을 주었지, 불편을 주는 것은 아니다. 옛날에는 당사자가 일탈의 시간을 가지면 전기치료로 경고의 처분을 내렸는데 지금은 그렇지 않다. 지금 이 글을 쓰는 본인도 20대 초기에 일탈이 심한 당사자에겐 전기치료가 가해졌던 경우가 있었다. 그것은 효과가 없는 파업이고 고문이다.

지금도 환우들을 침대도 없는 맨바닥에 매트리스만 깔고 헌 이불로 몸을 덮은 체 10명이 한방에서 생활하도록 하는 전근대적인 병원이 있다. 추운 겨울에는 보일러도 틀어주지 않고 서로의 온기로 겨울을 지내게 한다. 그러다 독감이나 코로나가 돌면 그 환우들은 전멸이다. 어떤 처방도 내리기 전에 그 병원은 질병의 온상을 바꾸어 한 지역의 격리시설이 되고 만다. 아직도 그런 일이 비일비재하다. 병원에서의 정신질환자에 대한 복리 대책은 시대의 발전에 방향성이 커져야하며 당사자들의 권리를 묵인해서는 안 된다.

그들도 할 말이 있으며 내세우는 권리도 있다. 그들은 정신질환자이게 앞서 당당한 대한민국의 국민이다. 신성한 주권을 투사할 수 있는 신분이다. 그런 그들을 정신질환자란 병명으로 병원에서 함부로 대하고 학대하면 이것은 또 하나의 범죄이자 부정의 순간이다. 당사자들은 자신의 권리로 병원을 선택할 수 있으며 거부할 수 있다. 주치의도 강제로 소개받는 것이 아니라 그들의 권리로 선택해 치료받을 수 있다. 병원이 만족스럽지 못하면 그들의 권리로 그 병원을 떠날 수 있는 것이다.

지금 이 대한민국의 병원에서는 이것이 지켜지지 못하고 있다. 오로지 정신질환자란 이름 때문에 소비자의 갑의 입장인데도 을의 입장으로 바뀌어 이 족쇄에 옴짝달싹하지 못 하고 있는 것이다. 이제는 당사자들이 시야를 높일 때이다. 자기들이 당한 아픔을 자신의 동료들이 더 이상 당하지 않도록 당사자 문화와 연대해 항의해야 할 것이다. 언제까지 병원의 이런 추태에 놀아나야 하는가!

　　물론 그렇지 않은 병원도 많고 좋은 주치의들도 많다. 당사자의 입장에서 사회의 편견에 맞서 당사자와 손을 잡고 함께 나가고자 하는 병원과 의사, 치료진들이 있다. 그들이 있기에 지금의 당사자들이 많이 외롭지 않다. 가고자 하면 되는 것이다. 병원에서의 당사자를 바라보는 시야가 좀 더 넓어진다면 많은 당사자들이 억울해하는 일이 적어질 것이다.


　　강압적인 지위의 간호사와 보호사가 당사자의 심령을 살필 수 있는 눈길로 살펴 준다면 병원에서의 강박적인 사고와 압박은 사라지게 될 것이다. 병원에서부터의 당사자에 대한 처리를 그들을 생각하고 자비를 베풀어 주면 당사자들 그렇게 기죽어 살지는 않을 것이다. 병원에서 당사자의 권리 옹호와 인권 보호를 위해 예로 대해준다면 당사자들에게 산적해 있는 몇 문제들이 해법을 찾게 되어 옳은 한국 사회로 가는 데 지름길 역할을 하게 될 것이다.

# 7) 당사자의 인권! 작은 자리에서부터 지켜져야 한다

## 당사자들 현실의 자리에서부터 인권이 지켜져야 한다

당사자. 이 단어 하나가 얼마나 책임을 막중하게 하는가. 당사자 이 단어 하나로 정신장애인의 삶의 목적을 뚜렷하게 하고 앞으로 당면할 과제를 스스로 풀어나가야 한다. 당사자들은 자신의 인권을 주장하기 전에 스스로 시야를 넓혀야 한다.

1. 당사자는 스스로 자신의 병을 인정해야 한다.
2. 당사자는 스스로 책임의 결과를 자신의 탓으로 돌릴 줄 알아야 한다.
3. 당사자는 동료의 소중함을 인식해야 한다.
4. 당사자는 자신의 의사 상태 등을 당당히 표현할 줄 알아야 한다.

이 4가지의 주제를 가지고 당사자 사회 연대 의식을 가지고 앞으로 전진할 줄 알아야 한다. 병원에서 생활하는데 대부분의 당사자들은 자신의 병을 인정하려 하지 않는다. 자신의 병을 부정해 스스로의 정신질환의 무게를 늘리고 있으며 자신의 낙인화를 품고 살게 한다. 당사자들이 스스로 자신을 돌아보는 시간을 갖도록 하는 것이 입원 생활의 첫 번째 전제 조건이다

## 병원에서의 당사자들의 인권 보호가 시발점이 돼야 한다

정신병원 하면 뭐가 생각날까? 새하얀 건물에 하얀색으로 도배된 실내인테리어는 당사자들에게 짙은 트라우마를 짙게 한다. 무결점의 건물에 희미한 색깔도 남겨선 안 될 것 같은 느낌이 든다. 간호사, 주치의, 사회복지사 등 모두 하얀 의복만 입고 있다. 이것은 당사자들에게 무언의 경고를 하는 것과 마찬가지다. 당사자들이 자신의 생각만 말해도 병원의 규정에 벗어난 것이라면 경고 조치가 들어온다. 왜 그러는 것일까?

당사자들에게는 병원이 제2의 인생, 삶의 출발점이자 시발점이다. 이곳을 자신의 삶을 인정하여 배워가는 장소로 삼아야 한다. 그러기 위해서는 환우들의 공통점이 무엇인가를 알아야 한다. 여러 종류의 환우를 만나면 가치관이 잠시 흔들린다. 왜 그런 것일까? 하는 의문이 꼬리의 꼬리를 물어 공허감을 느끼게 된다. 이때 환우들과의 교제를 통해 공허감을 채우면 공감이 생기게 되고 공통적인 문제를 직시하게 된다. 왜 자신들의 인권이 제대로 지켜지지 않는지 자각하게 된다. 여기서 당사자들의 인권 문제가 본격적으로 수면 위로 떠오른다. 이런 가운데 여러 환우들의 접촉, 간호사, 보호사 등 치료진 등의 관계로 병원 생활이 원만하게 될지 아닐지가 갈린다.

## 당사자들의 권익 옹호, 병원에서 귀 기울여야 한다

당사자들은 정신병원을 교정 장소만큼이나 두려워한다. 외출도 함부로 할 수 없고 단체 식사, 정해진 숙면 시간, 불쾌한 투약 시간 등 사회에서 접하지 못한 낯선 규율이다. 고등학교 때의 각진 규율만큼이나 독하다. 이런 병원에 익숙하지 못한 정신병원 첫 입소자는 두렵고 불만스럽다. 그러다 이것이 무슨 병원이냐? 하며 수용 소지하고 반항하게 된다. 이때 병원의 조치로는 강제적인 설득이나 아니면 강박실로 데리고 가 몇 시간이고 강박하게 된다. 그래도 안 되면 코끼리 주사라는 진정제를 놓아 긴장한 상황을 마무리해 버린다. 이럴 때 당사자들에게 좀 더 여유로운 시간을 갖게 하며 좋은 의도로 긴장을 완화시켰더라면 당사자도 충격받지 않고 정상적인 생활을 했을 것이다.

병원에서 당사자들의 작은 소리에도 귀 기울여 주면 좀 더 여유로운 공간이 되지 않을까 생각한다. 사례담당자의 잦은 대화를 갖게 해 병원의 낯섦을 풀어주어 치료의 공간으로 인식하게 해 주어야 한다. 병원에서의 권익 옹호는 다른 것이 없다. 당사자의 소리에 귀 기울여서 간단한 변화의 순간을 갖도록 하는 것이다. 사례담당자의 잦은 대화는 당사자에게 병원에 대한 불신감을 사라지게 하는 게 중요한 요건이며 그들의 생활 패턴을 시간 날 때마다 체크해 같이 교정해 나가는 것도 좋은 방법 중 하나다. 당사자는 병원에서 자신의 생활이 어느 정도 정상적인지 궁금해하기 때문이다.

## 당사자들을 위한 다양한 프로그램은 바른 당사자주의로 이끈다

옛날의 정신병원과 오늘의 병원 생활과는 많은 격세지감을 느끼게한다. 본인만 하더라도 병원에 24시간 갇혀 지내야만 했다. 간단한 흡연시설도 없어서 복도 한쪽 구석에서 옹기종기 모여 피울 때가 보통불편할 때가 한두 번이 아니었다. 그때는 오로지 가족의 면회만이 유일한 해소의 길이었다. 직장을 가지고 있던 아버지가 자주 찾아오는것도 힘들었다. 그래도 면회 오면 그동안 쌓였던 스트레스가 한순간사라져 버렸다. 그 후 수십 년이 지난 병원에서는 입원한 환우들을 위해 여러 프로그램들이 신설되었다. 노래방, 영화 감상, 인지 교육, 동아리 활동, 등 환우들의 자존감을 살려주는 프로그램 등이 여러 개있다.

올바른 프로그램은 당사자를 깨달음의 시간으로 인도한다. 그동안협소하게 좁혀진 시각을 넓히는 시각으로 인도해 당사자에게 무엇이필요하고 무엇을 해결할 것인가를 깨닫게 한다. 퇴원 후 낮병원이나센터에 등록하여 재활의 시간을 가져 사회 독립의 시발점을 갖는 시간을 갖게 한다. 특히 인지 치료 시간은 나의 병의 원인을 알게 하고올바른 치료 방법을 선택하여 자신의 몸을 강건하게 하는 계기가 되며 나의 병으로 인해 가족들의 아픔을 공유할 수 있는 법을 알게 하여 관계 회복의 중요한 단초가 되게 한다.

## 당사자주의에서 열외되지 않으려면 자신을 사랑해야 한다

당사자주의[2]라는 말이 등장한 것이 2010년 때 한국 당사자 권익단체들이 하나, 둘씩 생기며 하는 소리가 당사자를 제외하면 참다운 장애 정책이 생길 수 없다. 우리 정신장애인들은 당사자주의를 포기하지 말고 끊임없이 전진하고 투쟁해야 한다고 선언해 왔다.

요는 당사자의 주권과 선택권을 존중하자는 것이다. 이들은 그 누구보다 성결하고 고결하다. 사회의 목적과 당위성에 당사자는 빠질 수 없고 당당한 참여자라는 것이다. 당사자는 스스로를 사랑할 줄 알아야 한다. 그래야 이와 같은 선택을 결정할 수 있다. 자신을 신뢰하지 못하면 목적지를 향해 갈치자로 행하게 된다. 우리는 그 누구보다도 성결하여 모두로부터 사랑받을 수 있다는 존재를 알아야 우리의 꿈과 당위성을 향해 갈 수 있다. 비록 정신이 혼란하여 정확한 판단이 어려워 보이더라도 그들의 선택과 결정은 전적으로 존중되어야 헌다.

---

2 　장애를 가진 나를 온전히 받아들이고 자신의 정체성을 사회에 나타내며 자기 결정권을 보장하라는 장애 당사자들의 목소리가 모인 결과물. 당사자주의 핵심은 치료 과정과 일상생활까지의 모든 영역에서 장애 당사자의 선택과 결정은 전적으로 존중하는 것에 있다.

## 당사자들이 지병으로 혼란스럽더라도 당사자주의 더 필요하다

당사자들이 정신적으로 혼란하다면 그들은 의사 표현을 하기가 어려워지고 이러한 상황을 틈타 우리 사회는 정신장애인을 억압해 왔다. 하지만 당사자 운동을 통해 자기 결정권이 잘 보장된다면 우리 사회는 억압을 가하기보다 이들이 의사 표현을 할 수 있도록 지원하게 될 것이다. 자기 결정권 보장을 주장하는 당사자주의를 통해 어떤 상황에서도 당사자의 선택이 존중되는 사회를 만들고자 하는 것이 이들의 목표이다. 이런 당사자 사유가 사회에 문화 유지에 합당하면 당사자의 어려운 이해 능력을 간단한 작업을 통해 언어를 순화케 하여 자기 의사 표현을 잘할 수 있도록 지원해 줘 사회의 공동체 문화에 참가할 수 있도록 유도를 해 독립심을 고취해야 한다. 정제되지 못한 당사자의 혼란성은 단기적으로 해결하려고 하면 안 된다. 자꾸 대화를 갖는 시간을 가져 올바르게 이성의 관념을 갖도록 도와주어야 한다.

## 당사자를 포함한 가족과 권익단체, 행정조직, 치료기관. 이 모두가 당사자이다

정신장애인만이 당사자가 아니다. 그를 위시한 가족, 병원, 센터, 권익단체 등이 그들의 친구이며 동료들이다. 병원에서만 치료를 목적으로 당사자를 수용한다면 그것은 큰 오산이다. 당사자들이 본격적으로 인권에 관심을 갖는 것도 병원에서부터 출발한다. 당사자가 병원에서 그들의 권익 옹호를 잘 보호받아 당사자 문화에 눈을 떠 연대의식에 참가하게 된다면 그들의 문화가 바른 방향으로 가게 될 것이다. 가족과의 관계 회복, 권익단체의 피드백, 치료기관의 정신력은 물론이고 육체의 든든한 기본 힘을 보태어 준다면 당사자는 당당하게 결승선을 향해 달려갈 것이다.

## 당사자 그들만의 세계, 선택, 그리고 누구와도 소유할 수 있다

당사자들은 자신만의 세계를 꿈꾸는 것이 아니다. 모든 사회인과 공유하길 원한다. 자신들만의 특별한 질환자가 아니라 모두가 견디기 힘든 시기가 오면 누구든지 이 정신질환에 걸릴 수 있다고 생각한다. 그때 일반 사회인은 패닉 상태에 빠져 당황하겠지만 주위의 당사자들이 조용히 손을 잡아 줄 것이다. 결코 아픈 것이 아니고 함께 견디면 이 난관을 벗어날 수 있다고 당사자들은 유연하게 끌어안아 줄 것이다. 당사자에게는 누구 못지않은 공감 능력이 있다. 이를 통해 일반인들에게 유용한 힘을 제공해 줄 것이다. 그것을 통해 더불어 사는 사회가 완성될 것이다. 우리 모두 당사자든 일반인이든 하나의 주제를 안고 걸어간다면 더 밝은 사회를 이룩하게 될 것이다.

# 6

✦

## 우리들의 가족에도
## 작은 자들은 존재한다

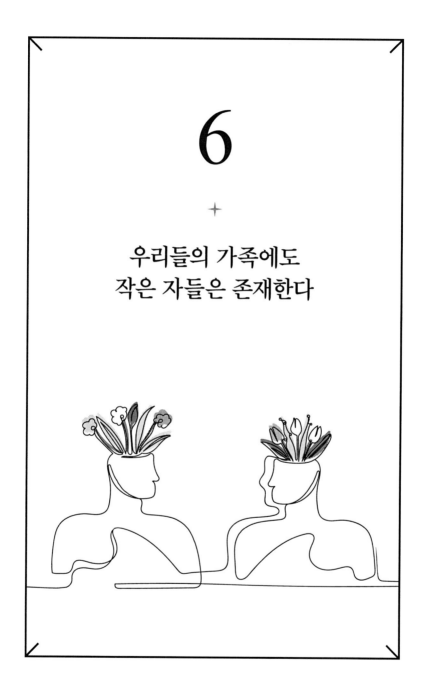

## 1) 그들의 가족들도 그 무엇보다도 소중합니다

당사자의 가족으로 사는 것은 또 하나의 신념의 삶을 사는 것과 똑같다. 나의 삶을 사는 것도 지겹고 포기해 버리고 싶은데 내가 그의 가족으로서 사회에 울림의 파장을 널리 알려야 한다. 내 형이 조현병자라고, 내 누이가 정동장애를 앓고 있다고 내 아내가 심한 우울증을 앓는다고…. 그들과 운명을 같이 안 해도 된다. 사람에게는 자유의지라는 것이 있다. 양심의 판단을 통해 선, 악을 선택하는 것이다. 그렇다고 정신질환자를 내 양심의 판단에 맡겨 그들을 위해 사는 것인가? 아니면 내 나름대로의 삶을 살면서 그들을 옆방의 문을 열고 비스듬히 살피듯 사는 것도 각자의 자유의지에 달려있다.

남들은 그런다, "왜 내가 황금 같은 세월을 바치면서 고마워할 줄도 모르는 아이를 위해 한평생의 삶을 날려야 하는가?" 강한 의문이 들면서 공감이 간다. 정신질환자를 자녀를 둔 어느 가정의 아버지는 솔직히 이렇게 말한다. "지금 케어하는 아들이 치유의 공감대가 생겨 나와 연대해 나간다면 몰라도 점점 심해져 가는 질환 가운데 부자간의 정은 사라지고 지쳐가는 것은 내 영혼이다. 이렇게 살다가는 나도 모르는 순간에 확 몹쓸 짓을 해버릴지도 모르겠다. 과연 아들과 같은 자들이 양심의 고마움을 알기나 하는 것인가?"라며 강한 부정을 내비친다. 그것도 일리 있는 말이다. 지금까지 케어해 준 아이가 계속 침울하게 지내며 성인이 돼서 자기 지향적으로만 커 말도 안 통하고 나중에는 폭력을 불러오는 불상사에 서로 안 좋은 결과를 맞이하게 된다.

"내가 질환을 동반한 딸을 30년 넘게 돌보고 있습니다. 청소년 때 우울증이 오는 것을 한때 왔다가 그냥 가겠지 하고 방관했던 것이 잘못이었습니다. 20대에 접어든 그녀를 막무가내식으로 치료만 시켜왔습니다. 견디기 싫어해도 강제적으로 입원시키고 퇴원하면 누가 볼까 봐 집 밖으로 나가는 것을 막고 자기 골방에만 처박아 두었습니다. 외톨이 장애로 키우고 만 것이었죠. 그런 가운데 전문대에 합격해 대학 생활을 하게 됐을 때 이제 회복이 되어가는구나 하며 방관만 했습니다. 단체생활에 적응을 못해 혼자 끙끙 앓는 것을 봤을 때 제가 개입해야 되는 것이었는데 타이밍을 놓쳐 조현병에 걸리게 만들었습니다. 처음엔 간단한 망상에 시달리다 곧 다시 회복되는 것을 수 차례 반복해서 정신적인 문제겠지 하고 손을 놓고 말았더니 점점 나약해지고 혼잣말을 해대고 심한 자기 망상에 빠져 헤어 나올 줄을 몰랐습니다. 이제 40대 중년을 바라보는 그 아이가 아직도 망상에서 헤어 나오지 못하고 자기 피해 사고에 빠져 정상적인 생활이 안 됩니다. 이걸 어떻게 해야 하죠?"

30년 동안 조현병을 앓고 있는 딸을 둔 김만배 씨(65)의 이야기다. 그는 처음부터 잘못했다. 딸이 초기 증상에 돌입했을 때 별것 아니겠지 하고 손 놓고 기다린 것이 오늘 만성 조현병으로 키운 것이다. 조현병은 초기에 개입을 해서 딸아이의 정서를 안정시키고 격려하며 그녀의 가치관을 보듬어 주어야 했다. 계속 그녀의 삶에 관심의 가져 대화를 가지기도 하고 같이 여행을 떠난다는지, 버킷리스트를 작성해 딸과 정서를 공유했더라면 지금의 상황까지는 안 왔을 것이다. 그녀를 위해 낮병원이나 센터 등을 알아봐서 좋은 프로그램을 공유 화해 당사자 문회에 들어서게 했더라면 그녀는 자신의 근본적인 가치관이 선하게 변화를 받아 능동적인 삶을 살 수 있게 되었을 것이다. 비록 김만배 씨는 자신의 무지로 딸을 변두리의 삶을 사는 방향으로 자리 잡게 했지만 인생은 길게 봐야 한다. 지금이라도 40대인 딸을 지역사회자원에 연계해 재활의 동기를 심어주고 같은 당사자끼리의 접촉을 원활하게 하여 "아 나와 같은 당사자가 이렇게 많구나, 이들이 사는 삶을 내가 들어가는 것도 나쁘지 않겠구나?"란 깨달음으로 당사자 문화에 편입시켜야 한다.

물론 많은 대화가 필요하겠지만 말이다. 김만배 씨부터 기존의 가지고 있던 조현병 상식에서 벗어나 이웃들이 어떻게 정신질환에 걸린 아이들을 관리해왔는가를 배워야 한다. 비록 40대의 나이에 들어간 딸이지만 한참 정력적으로 일할 때다. 이때 그녀의 발을 바로잡아주어 옳은 방향으로 가도록 교육을 시키는 것이다. 이것이 어느 한 분야로 가는 항로가 아니라 새로운 방향으로 항로를 잡는 일이기 때문에 아버지의 세심한 지도가 주의가 필요하다. 이때 딸의 인생의 항로를 잡기엔 때늦은 감도 있겠지만 모 인권 강사는 50대에 자신의 지위와 위치를 깨달아 당사자 문화에 편입되어 지금은 정신질환 문화에 빠질 수 없는 인사가 되었다.

그녀는 53세까지 무기력하게 집안에만 지내다 낮병원을 알게 되어 프로그램에 참석해 자조 모임에 참가했다. 이때 당사자로서 해야 할 일이 무엇인가를 깨달아 오늘에 이르기까지 발군의 실력을 나타내어 정신장애인 문화에 영향력을 미치는 인사가 되었다. 다시 말하면 김만배 씨의 딸도 늦지 않았다는 것이다. 아버지인 그의 조력이 필요할 때이나 지금부터가 시작이라는 그의 말처럼 천천히 하나하나 풀어간다면 그의 딸도 당사자 문화에 편입되어 연대 의식에 빠질 수 없는 주역이 될 것이다.

"무척 힘들었습니다. 저는 그래도 아들의 창창한 미래가 있다고 믿었기에 그에게 많은 것을 교육했습니다. 그런데 자기가 싫다는 것입니다. 내가 정신질환자인데 무슨 미래가 있냐 하지요. 그냥 이렇게 살다가 죽겠다는 것입니다. 그래도 학생일 때는 나의 말을 따라 교회 수련회, 자조 모임에 참가하고 낮병원에도 나가 프로그램에도 참가를 종종 해 왔는데 지금은 아무것도 필요 없다는 것이죠. 그냥 이렇게 살다가 죽겠다는 것입니다. 무슨 바람이 들었는지 삶이 희망이 보이지 않는답니다. 하지만 다행인 것은 신앙을 포기 안 했다는 것이죠. 기도는 주야장천 하루 종일 해댑니다. 아침이 되면 맑은 정신으로 기도하고 저녁이면 옷을 깨끗이 입고 기도하는 것입니다. 그 아이의 말로는 모든 것이 날 버려도 하나님 한 분만은 날 버리지 않았다며 교회 온라인 예배 때에는 한 번도 안 빠지고 참석합니다. 목사님의 말씀에 은혜를 받으면 아멘 하며 얼굴 안색이 생기가 돕니다. 그래도 근원적인 자신의 가치관과 영혼은 가시 같은 인생에서 배제시키지 못했나 봅니다,"

조현병을 7년째 앓고 있는 아들을 둔 박순덕 씨(54)의 이야기다. 그의 아들은 한참 민감한 10대 때 질환이 찾아왔다. 그는 내가 정신 병자라니 말도 안 된다며 스스로 자괴감에 빠져들었다 친구들이 자신의 병을 알까 봐 꼭꼭 비밀로 삼아야 했고 여동생을 보는데 면이 서지 않았다. 그래도 초기 증세에 교회 활동에 참가하여 친구들과 발랄하게 지냈으며 그의 가치관은 여느 청소년들과 다르지 않게 옳게 성장해 왔다. 신앙의 힘이란 대단한 것이라서 자신이 비록 이렇게 나약하지만 언제 가는 성경 속의 인물처럼 담대해 성장하리라 다짐까지

하게 되었다.

　그의 청소년기는 모두의 사랑과 기대를 받고 바르게 성장했다. 수능을 성공적으로 봐 자기가 가고 싶은 대학을 가게 된 아들은 대학의 문화에 자신의 신세가 얼마나 나약한지를 실감하게 됐다. 신문방송학을 전공한 그는 한국의 문화의 진면목을 들여다보고 지레 놀라 학업을 포기할 수준에 이르게 된 것이다. 이때 그의 아버지는 항상 그를 데리고 동네 언덕이나 어떨 때는 국립공원에 부자끼리 여행을 가 호연지기를 기르곤 했었다. 순덕 씨는 아들의 손을 잡아주며 그의 인생에 개입하여 교통 정리를 해주고 싶었지만 그렇게 하지 않았다. 아들이 스스로 깨닫기를 원했다.

　그의 근원적인 정신과 가치관을 지지해 주며 많은 사람과의 만남을 통해 자기가 외롭지 않다는 것을 알게 해주고 싶었다. 비록 지금은 순간적인 삶의 염증을 느껴 모든 것이 싫고 마땅하지 않다고 떼를 쓰고 있지만 그는 아들을 기다려주기로 하였다. 순차적인 해결이 문제를 푸는 차순위였다. 그렇게 세상에 대해 실망을 해도 하나님에 대한 기대와 사랑만은 놓지 않아 인생의 형평성은 유지할 수 있게 되었다 순덕 씨는 그의 근본적인 영혼의 양식이 끊이지 않게 신앙 서적과 기독교에 관계된 자료들을 준비하여 그의 관심을 끌었고 인간적인 신뢰의 성장인 교회 친구들을 집으로 초대해 그의 당면한 문제를 함께 풀어가게 했다. 지금은 많이 다운돼있어 지켜보는 아버지의 마음으로는 답답한 면도 있지만 그가 조금씩 이해의 틈을 넓히고 상식의 장을 넓히려 할 때 절대적 지지를 보냈다. 지금은 아들이 순간적인 인생의 착오로 많이 힘들어하지만 순덕 씨가 준비해 온 지지와 격려로 많이 아들의 꼬인 문제가 풀렸다.

가족들에게는 정상적인 자식이든 생채기가 난 자식이든 다 똑같다. 그들의 인생 풀이에 대하는 자세에 실망도 하고 환희도 보내지만 홀로 서려고 하는 자식들을 위해 징검다리가 되기 위해 부모들은 헌신하고 희생한다. 수십 년째 외톨이로 지내고 있는 자식을 위해 수많은 아버지와 어머니는 오늘도 그들을 위해 되새김질하고 있다. 순간적인 착오로 그들을 포기할 수 있다. 그래도 자식들이 세상에서 손가락질당하고 매도당하는 것을 막기 위해 많은 기회의 장을 자식들에게 제공한다. 그것을 받아들인 자식들의 의지가 문제이다. 그들은 세상의 매도에 물러나고 싶어 한다. 또 숨어버리고 싶어 한다. 그러나 사회에 나와서 그들의 세상을 펼치기 위해서는 당사자 문화에 편입되어야 한다.

많은 동료들을 만나 그들의 심성과 의지를 공유하고 함께 행동해 가시밭 같은 길을 자신의 힘만으로 해결하는 것이 아니라 동료의식을 가진 당사자 문화로 황톳길로 만들어야 한다. 물론 힘든 것은 안다. 그렇지만 당사자들이 병원의 치료체계로만 인생을 극복하는 것이 아니라 근원적인 가치관, 인생 목표를 동료들과 서로 독려하며 걸어

갈 때 우리들의 보이지 않던 희망이 보이는 것이다. 언론의 매도와 사회의 혐오, 치료 기간 등의 절망 때 보이지 않던 희망과 가치관은 어느덧 동료들과 함께할 때 보인다. 이 동료들이 바로 아버지, 어머니일 수 있다. 가장 가까운 동지가 바로 가족들이다. 아버지로부터 시너지 효과를 받을 때마다 부정치 말자. 그들이 가르쳐 주는 것이 가장 100점에 가까운 점수일 수 있다. 이제 아버지와 어머니를 나의 가장 우방인 동료로 받아들여 그들과 연대해 다른 당사자들과 함께 사회를 향해 자신 있게 전진할 수 있다면 우린 또 하나의 세상을 당사자를 받아들이고 그들을 위한 그들에 의한 사회가 만들어질 것이다.


## 2) 조현병 인식개선, 이웃의 사랑이 먼저다


조현병에 대한 인식 문제가 심각하다. 당사자에 대한 사회의 눈길은 싸늘해져 가고 그들에 대한 온정의 관심은 없어져 가고 있다. 왜 그러는 것일까? 우린 그들에게 빚진 것도 없고 피해를 준 것도 없다. 시빗거리가 걸린다 해도 다만 조용히 지내고 있다. 그래서 그러는 것일까? 아무 말도 못 하는 빈축이라고 매체들의 당사자에 대한 매도는 극에 달한다. 어두움 속의 범죄자, 사각지대의 혐오스러운 대상, 벼랑길의 낙오인 등 이런 낙인화를 아무렇지 않게 당사자들에게 덮어

씌운다.

갑자기 오욕을 뒤집어 쓴 당사자들의 마음은 어떻겠는가? 한마디로 죽을 맛이다. 우린 도덕적으로 죄를 짓지 않았는데 단지 질환의 오욕으로 원치 않는 오물을 온몸에 둘러야 한다. 이런 차가운 매도 때문에 많은 당사자들이 사회에 나서지 못하고 골방에 문을 잠근 채 혼자 외톨이로 지내는 것이다. 하고 싶은 것은 많은데 말이다. 의식이 깨어있는 당사자들은 여기에 항의하기 위해 몇몇이 모여 사회의 매도에 항의하기도 하며 또 몇십 명이 모여 시위하기도 한다.

오늘에 있어서는 수백 명의 당사자들이 뜻을 모아 그들의 정의, 질서, 의지를 담은 단체를 만들어 사회활동을 하고 있다. 옛날 같으면 집안에나 있을 위인들이 당당히 사회의 주역이라 자처하며 살벌한 세상에 얼굴을 내밀고 싸우고 있는 중이다. 그만큼 세상이 달라진 것이다.

당사자 운동이다. 역사는 10여 년을 겨우 넘긴 정신장애인들의 모임이며 우릴 억압하는 사회의 체제에 항거하는 목소리다. 십수 년 전만 하더라도 당사자들은 사회에 씌운 굴레에 몸을 덧입혀 그들이 좌하면 좌, 우하면 우하고 있었다. 그런데 2010년 들어오면서 몇몇 뜻있는 인사들이 당사자들의 인권을 가지고 본격적인 무대에 나서게 되었다. 그중에선 나약한 여성들도 있었고 몸이 온전치 못한 당사자들도 있어 서로 의지한 채 당사자들에게 차별적인 체제에 반항하게 되었다.

이들의 울림은 넓은 파장을 지향해 소리 없이 지내던 당사자 한 명, 한 명을 일깨워 무대에 합류하게 만들었다, 그런 그들의 초창기 모습은 다른 신체장애인들의 모양에 비하면 초라하기 짝이 없었으나 첫술에 배부르지 않는다고 조금씩 활동의 양을 널려가기 시작했다. 당사자들을 핍박하는 매체에 찾아가 항의 시위도 하기도 하며 정신질환자를 핍박하는 사회의 우매한 단체에 작심하고 항의하고 그들의 돌팔매질에 맞아가면서 당당히 맞서기도 했다. 상처뿐인 영광이라고 할까? 십수 년 동안 맞아가면서 성장한 당사자 단체들의 모습에 그들은 당황하기도 하면서 우리들을 대화의 상대자로 인정하게 됐다.

그래도 우리들의 외침의 역사에 뜻이 있는 이웃들이 동참하기 시작했다. 그들은 우리 당사자들을 자기들과 동격인 인격체로 받아줘 함께 정신질환의 치부의 상처와 역사에 관심을 갖기 시작했다. 처음에는 당사자 모임이나 문화에 관심 있는 참관자로 참가하였으나 이제는 당사자와 함께 정신질환 문화의 연대에 함께 참여하고 그들의 전진에 동참하게 되었다. 실질적인 문제가 무엇인가를 함께 알고 논증도 하면서 정신장애인들의 처해있는 많은 고충과 문제들의 짐을 나눠지면서 사회에서 낙오되지 않게 하기 위해 버팀목 역할도 해주었다

대표적인 것인 장애인 15조의 병폐를 정신장애인에게 그로 인한 무

게를 줄이기 위해 이웃들. 아니, 동료들은 앞장서서 장애인 15조의 폭거를 항거하는 데 동참하며 세상에 알리며 정의 실현에 앞장서게 됐다. 그들로 인해 정신장애인들의 오랜 숙원인 15조의 악행은 사라지거나 법 조항을 고치게 됐다. 우리 정신장애인들도 모든 장애인들과 똑같이 평등한 혜택을 받을 수 있는 단초를 마련하게 됐고 동료들의 힘이 컸다.

하지만 이것 가지고 다 됐다고 말하기에는 부족하다. 아직도 이웃들은 우리를 낯선 이방인 취급을 한다. 자녀가 정신질환자란 것을 숨기기 위해 거짓 위선을 베풀어야 하고 그것을 덮기 위해선 이웃들이 눈치채기 전에 먼저 자녀의 모난 점을 덮기 위해 각종 미사여구로 포장한다. 아파트에서 한 가지 모난 점이 소문나면 집약적 사회라 금방 살에 살을 보태져 소문이 난다. 이런 방법은 좋지 않다. 처음부터 자신의 자녀를 정신장애인이라 밝히고 그를 불러내어 여러 가지 대화를 함께 한다.

이런저런 얘기 중에 아이의 재치가 뛰어날 때가 있다. 이때 아이의 장점을 설명해 주고 단점을 가벼운 소재로 이야기한다면 이웃 간의 오해가 적어지리라 본다. 본인도 아파트에 살 때 밑에 층 청년이 조현병 중증 환자라고 소문이 난 적이 있었다. 동네 사람들의 소재거리가 되기에 충분했다. 하지만 이 청년의 어머니는 자신의 아들이 조현병이고 상태가 심각하지 않고 이웃들과 지내는 데에는 아무런 문제가 없다고 적극 해명하였다.

그리고 그 방식은 떡을 하면 조현병 자식을 통해 돌리게 하였고 잦은 심부름은 아들을 통해서 시키는 식이었다. 나도 몇 번 그와 만나 인사하였고 서로 간에 대화를 나누는데 어려움이 없었다. 시간이 지난 후 그에게 나도 조현병자라고 알려주어 아파트에서 친구가 한 명 생겼다. 동모임에는 나간 적이 없었지만 그 청년의 어머니는 아들을 매일 대동해 참석했으며 이웃과 지내는데 아무 이상 없음을 증명하였다. 참 특이하면서도 좋은 교육 방법이자 이웃 간의 새로운 유대감이었다.

"저는 조현병자라 하면 사이코패스같이 느껴졌습니다. 각종 매체에서 당사자들을 그렇게 묘사했으니까요. 그런데 교회에서 우연히 알게 된 집사님의 아들은 당사자였는데 전혀 그렇지 않았습니다. 너무 순했고 예술적으로 감이 있었는지 교회 채색 페인트칠은 그 친구가 도맡아서 했습니다. 작업하는 현장을 봐도 어수선하지 않았고 계획적으로 하나하나 해 나가는 것이었습니다. 한 번은 기회가 생겨서 대화를 나누게 되었는데 신앙심이 순박하였으며 이 세상을 너무나 아름답게 보는 것이었습니다. 사람들과의 관계에 대해서도 개방적인 자세를 취해서 나는 그를 신뢰하게 되었고 당사자들에게 호감을 품게 됐습니다. 지금은 우리 둘끼리의 교제지만 좀 더 많은 당사자와 사귀고 싶습니다. 아마 일반인들처럼 여러 개성이 있겠지요. 우리는 당사자들에 대해 너무 오해를 하는 것 같습니다. 이들은 신사들이며 멋진 친구들입니다. 한 번 열린 마음으로 다가가 보세요.”

신상 중앙교회에 다니는 김용희 씨의 당사자에 대해 나눈 이야기
다. 그는 집사님의 아들인 당사자를 통해 세상을 편협하게 바라보는
데에서 열린 시야로 바로 보게 되었다. 당사자들이 말하는 의도와 생
각을 알게 되니 그들도 우리와 통하는 것이 있다는 것을 알게 되었
다. 그는 그 청년과 식사도 같이 하며 영화도 같이 본다. 청년회 모임
에서 그이가 하는 말에 귀를 기울이면 참 재치가 있는 친구구나란 생
각이 한두 번 든 정도가 아니다.

그도 교회 주변을 살펴보니 많은 당사자들이 교회를 다니는 것을
알게 되었다. 그들에게도 주님의 구원의 역사가 있다는 것을 깨달은
용희 씨는 그들에게 많은 자리를 베풀고 있는 중이다. 이렇게 당사자
들이 이웃들의 주위에 많이 자리 잡고 있다. 그들은 그들과 함께 사회
적으로 성장해 가는 것을 꿈꾸기도 하며 이상을 펼치기를 원하기도
한다. 이렇게 많은 이웃들이 당사자들에게 기회를 제공해 주면 그들
은 소망을 펼쳐 보이기도 하며 건강한 사회의 일꾼으로 자리매김하기
도 한다.

“저는 처음에 우리들에게 미소를 지으며 다가오는 그들을 경계하
였습니다. 뭔가를 노리고 오는 것이 아닐까 하고 생각하고요. 두
려웠습니다. 평소에 우리들을 마룻바닥에 난 흠으로 여기던 그들

이 어느 날부터 우리들과의 협업하기를 원하는 것이었습니다. 물론 우리 당사자들이 하는 일에는 한계가 있습니다. 우리끼리 인권이나 문화연대 의식이니 하며 시위를 하더라도 사회의 시선을 끌지는 못합니다. 이때 이웃들이 즉 동료들이 함께해 주어 우리의 짐을 같이 짊어져주면 우리의 부담은 한결 가볍습니다. 지금도 당사자 자립센터에 당사자 직원과 일반인 직원이 7:3 비율로 있습니다. 동료들은 우리에게 부담을 주지 않으려고 당사자 인권 향상에 최선봉에 나서서 일을 해주고 있습니다. 그들에게도 돌팔매질이 날아오지만 그들은 우리들을 위해 대신 맞아줍니다. 당사자의 복리 향상과 인권 증진을 위해 동료들이 지금도 함께 일해 주는 모습을 보면 역시 사회는 좌, 우가 손뼉이 맞아야 된다고 생각합니다."

서울 모 지역의 당사자 자립센터의 직원(당사자)으로 일하는 김용남 씨의 이야기다. 그는 자립센터가 생긴다고 해서 당사자 중심의 일거리가 생기겠지 하고 기대를 하며 이력서를 넣었는데 접수 보는 여직원들이 일반인들이라 처음에 무척 놀라고 배신감을 느낄 정도라 생각들었다 한다. 자립센터에 왜 일반인이 한 부서를 차지하고 있느냐? 일거리를 회복의 증거로 생각하는 당사자들에게 더 많은 일거리를 주어야 되지 않느냐?는 속내가 끓기 시작했다. 그런데 센터장의 사상이 협력과 사랑이라 6:4비율로 직원들을 추스른 것이었다.

물론 당사자들 마음에는 차지 않았겠지만 센터장은 일반인 직원들이 먼저 나서서 우리 당사자 문화연대 의식에 참가하겠다고 밝힌 그 의도가 소중한 것이라 발탁한 것이었다. 월급은 일반 직장보다 훨씬 적었지만 동료들은 당사자와 함께 같이 근심하며 같이 협동하며 같이 행진을 하고 있다. 뭐 일자리가 부족해서 왔겠는가? 그 직원들은 주위에 당사자 가족이나 친구를 둔 이웃들이었다. 그런데 그들과 같이 생활해 보니 당사자들이 너무 순박하고 고결하다는 것이었다. 그래서 그들과 함께 사회의 장을 논하면 또 하나의 사회의 문화를 만들 것 같아 적극 참여하게 되었다고 한다.

이웃들이 우리에게 선의의 눈길을 보내줄 때 무시하지 말자. 그들의 온정의 정을 받아 함께 당사자 문화연대 의식에 동참한다면 시너지 효과가 클 것이다. 지금도 많은 당사자 단체에 협력단체로 이웃들의 우리의 일을 위해 적극 나서고 있다. 그 예로 절차보조사업이 증명하고 있다. 한 학자의 외침에 의해 생긴 것이 아니라 당사자들의 인권 상황과 연대 의식의 불안함, 인권증진, 복리 향상을 위해 뜻있는 이웃들이 동참해 오늘의 사업이 생기게 된 것이다.

많은 이웃들이 당사자들의 처해진 상황에 동감을 표하며 공감의 현장에 뛰어들고 있다. 많은 선진국의 예후들처럼 말이다 우리 한국의 당사자 문화는 이제는 외롭지 않다. 자기들이 가는 길에 동료들이 함께하기 때문이다. 모가 난 당사자가 아니라 두루뭉술한 당사자가 되어 누구든지 포용하면 상처를 내기보다 따뜻한 온기를 전해주는 우리들이 되어 함께 동료들, 이웃들과 함께 사회의 중심에서 연대 의식을 꽃피우는 문화를 건설해 보는 것도 멋진 일 중의 하나라 생각한다.


## 3) 동료 지원가들이 가질 수 있는 생각은?


동료 지원가? 란 말이 낯설 수 있다. 당사자들이 병원에서 임상적 치료만 받다가 자길 지원해 주는 사람들은 과연 누굴까? 하고 생각이 들 것이다. 한마디로 그 어원의 뜻은 회복된 당사자가 질환 치료 중인 동료를 자기와 같이 극복하고 회복할 수 있도록 도와주는 사람을 동료 지원가라 한다. 어렵게 생각해 볼 필요가 없다. 우린 그동안 알게도 모르게 동료 지원가의 도움을 받고 있다. 물론 합법적인 교육을 이수한 동료들이 우리 당사자들을 지지해 주고 정서적 지원을 해주는 것이 우리들에게 필요한 도움이다.

그동안 우리는 치료적인 관점에서 정신질환을 관리해왔다. 간호사와 주치의의 개입으로 우리의 질환을 치료받아 왔고 또 그럴 것이다 사람이 아프면 병원을 찾게 된다. 우리 당사자들도 일반인과 똑같이 행동한다. 아프면 병원에 가고 나으면 집에 있고 때 되면 약 처방받고 그리고 잠이 든다. 이런 생활을 다람쥐 쳇바퀴 돌듯 한다. 그러다 동료 지원가가 나타나 우리들에게 많은 시너지 효과를 주는 동료를 만나게 된다.

우선 절차보조사업의 시작으로 전문용어로 '절차 보조인(동료 지원가)'이 우리들 곁으로 찾아오게 됐다. 병원에서 좀 더 나은 환경의 요건으로 이 사업을 선택한 당사자들에게 갑작스러운 그들의 등장은 낯설다. 첫날 사회복지사와 함께 나타난 절차 보조인들은 치료인 입장에서 나타나 꽤나 거북스럽다. 그런데 그들이 우리와 같은 당사자 출신이란다. 그것도 입원도 많이 경험한 친구들이라니 처음엔 황당하게 느껴질 것이다. 하지만 그들과의 만남이 한 번, 두 번, 그리고 세 번 이어지면 환자의 입장에서 이해가 되고 그들의 정보와 협력은 나에게 새로운 세상의 도전을 제시한다.

병원에서 당사자는 그들을 반갑게 느껴질 때는 그들과의 경계심이 무너진 뒤다. 어떻게 우리들이 공감하는 말을 할 수 있을까? 그것은 같은 체험이다. 나와 같은 질환을 경험했고 입원 생활을 공유했다. 그리고 내가 겪고 있는 정신질환의 환멸감에 함께 동조하고 있다. 같은 동료로서 만남은 나의 무료함과 답답함을 해소해 주고 극복할 마음을 갖게 해준다.

"처음에는 웬 낯선 자들이 짝을 지어서 들어와 있는 것을 보고 긴장했습니다. 다른 종류의 치료자들이 아닐까 하고 의구심이 생기기도 했습니다. 그런데 그들이 나와 같은 당사자 출신이고 질환을 공유했고 지금도 회복 중이며 그런 가운데 일을 하며 우리들을 찾아와 여러 가지 일을 해주고 특히 정서적 지지나 격려 등은 전혀 새로운 것이어서 동기 유발이 되었습니다. 나도 이 병에서 회복되어 그들과 같이 교육을 이수하여 동료 지원 가로 일할 수 있다니 여기에서 용기를 얻을 수가 있었습니다. 아무것도 의지할 수 없는 병원에서 나만을 위해 찾아오는 그들의 관심과 지지에 힘을 얻었으며 나도 외롭지가 않다는 것을 느낄 수가 있었습니다."

조현병을 앓고 있는 김미연 씨(32)의 이야기다. 그는 20대 후반에 질환에 걸려 망상과 환창에 시달리라 병원에 입원하기 시작했으며 좀 나아지면 아르바이트 일을 하며 자신의 생활을 개척해왔다. 그나마 아버지와 어머니가 그에 대행 관심이 깊어 병에 대한 지식도 쌓아가며 함께 살아가던 중 또다시 재발로 병원에 입원하게 되었다. 그는 입원이 두렵지 않았다. 어차피 병을 고치기 위해서는 병원에 가 치료받아야 한다는 간단명료한 사고방식을 가지고 있어 입원 생활은 두렵지 않았으나 입원 기간 환우들과의 형식적인 교류에는 많이 지쳐 있었다.

이때 절차보조사업의 신청으로 찾아온 절차 보조인들은 자기 앞에서 치료진과 같이 과시하지 않았고 겸손한 자세로 자신과 감정을 공유하려고 하였다. 그들의 정서적인 지원은 불쾌하다거나 거부감이 없었다. 나와 같은 당사자로서 질환을 회복하고 나와 같은 당사자를 찾아와 용기를 전해주는 것은 꽤나 매력 있어 보였다. 거기서 동료 지원 가란 말을 처음 듣고 나도 그들과 같은 직분을 갖는 것도 불가능한 것이 아니라는 이유에 용기를 얻고 그녀는 당사자 양성자 과정을 알아보고 동료 지원가에 도전을 해보고 싶다고 한다. 매우 긍정적인 일이다.

우리 절차 보조인들은 당사자들에게 첫인상을 잘 보이기 위해 옷을 잘 꾸며 입고 다닌다. 머리도 단정히 하고 외모도 깨끗이 꾸며서 만나는 당사자들에게 부적응을 안 주려고 노력을 한다. 그런 모습을 짧게 1개월 길게 1년 정도 보게 되면 당사자는 나도 회복되어서 저렇게 옷을 잘 꾸며 입고 그들을 찾아다니며 힐링을 주는 역할을 해야겠다는 동기를 유발하게 된다.

또한 병에서 회복되면 직장을 가질려는 꿈을 가지는 계기가 되고 자신의 숨겨진 재능을 되살려 우리 동료 지원가들처럼 사회의 일선에 나서보려고 한다. 우리 절차 보조인들, 동료 지원가들이 그런 매개체 역할을 하는 것이다. 긍정의 힘은 긍정 심을 심어준다고 할까? 우리들의 행동과 활동으로 당사자들이 집에나 틀어박혀 있으려고 하지 않고 집 밖으로 나와 활동하려고 하는 것은 매우 좋은 신호다.

딩사자들에겐 회복은 일이다. 그들도 사회에서 다른 근로자와 같이 어깨를 나란히 하고 일을 하는 것을 최선이자 최고의 방법으로 친다. 근로 환경은 상대적으로 열악하겠지만 그것을 두 번째로 치고 자신을 일을 통해 사회에 주역으로 신성한 의무를 하는 것을 최고의 회복 조건으로 본다. 그다음에 근로 환경, 조건, 의무사항 등을 익히려 한다.

얼마나 일에 굶주렸으면 그렇게 행동하는 것일까? 하지만 사회는 호락호락하지 않다. 당사자들에게 일에 대해 정보를 충분히 입수하고 준비 기간을 가져 취업하기를 당부하고 싶다. 어렵게 취업한 그 직장이 자신의 이상과 맞지 않는다면 안 다니는 것보다 못하다. 그래도 다니겠다면 처음부터 마음을 단단히 먹고 일반인이 사회에서 성장하는 것처럼 나도 그렇게 나도 그렇게 할 수 있다는 정신력을 가지고 그 직장에 임해야 될 것이다.

동료 지원가로 당사자를 바라볼 때는 안타까울 때가 한두 가지 아니다. 막상 우리한테 용기를 얻어 직장을 가지겠다고 하며 적응 기간을 기르고 있을 때 그때 오는 지겨운 시간의 기다림과 기대는 서로 반비례해 흘러가게 되어있다. 막상 일을 하려고 하니 긴장이 되어 일이 손이 잡히지 않는다. 내가 생각한 직업과 다른데 내가 할 수 있을까?란 의구심이 생긴다고 한다. 이때 당사자인 저로서는 이런 생각이 든다. 퇴원과 동시에 일을 잡으려 하지 말고 낮병원이나 센터 등에 등록하여 충분히 재활의 시간을 가져 일을 시작해 보는 것도 늦지 않았다고 생각한다.

당사자인 나는 병에서 많이 회복되어 낮병원에 다니다 그곳에서 재활치료와 독립생활에 대한 계획을 세우고 활동하다 3년 만에 지금의 직장을 가지게 되었다. 꽤 많은 시간이 지났는가? 이 일은 50대에 일어난 예이다. 아직도 청춘인 젊은이들이 많이 것이다. 서두르며 일을 쟁취하려 하지 말고 천천히 우리의 만남을 생각하며 꿈을 이루어 나가는 것도 그리 늦지도 않고 좋은 시발점의 선에 선 것 같아 그것으로 만족한다. 이렇게 미래를 준비해 나가는 것도 꽤나 근사한 일이다.

## 4) 이제 병원도 우리에게 투자할 시간이다

정신병원은 많은 정신질환자를 입원시키고 관리하고 있다. 조현병, 우울증, 조증, 양극성 장애, 등 병도 많다. 대표적인 것이 조현병이라 한다. 그들은 처음부터 병원에 입원하려고 하지 않았다. 잠깐 외래적 성격을 띤 처방을 받길 원했는데 의사의 설득과 가족들의 강권으로 원치 않는 입원 생활을 하게 된다. 순간적으로 욕은 치밀어 오리지만 표현을 못 할 뿐 많은 당사자들이 이 같은 경우를 겪은 적이 있다.

병원은 뭐가 급해서 우리들을 입원시키려고 하는가? 단순한 영업적인 이익을 남기기 위해서인가? 물론 이 말도 맞다. 병원은 영리 기관이라 영업적인 보상이 주어져야 한다. 그리고 그것으로 환자들에게 좋은 서비스, 양질의 치료, 한층 나아진 복리증진으로 우리를 대해야한다. 그런데 그것이 그렇지 않다. 다른 질병인 고혈압, 심장병, 난치성 질환에겐 더 좋은 체계와 시설로 그들에게 열린 마음으로 다가가지만 우리 정신질환자에겐 돌아오는 것이 협소하다.

여전히 발전성 없는 폐쇄 공간에 환자들만 가득 채우고 있다. 여전히 입원실의 침대 현황은 나아질 모습은 보이지 않고 좁은 공간에 다닥다닥 붙은 침대 사이로 당사자들 간의 얼굴이 맞대어 있다. 코로나 시대에 정신병원에 공간의 현실성을 주어 환자들에게 좀 더 나아진 환경을 주자는 취지는 어디 가고 정신병원마다 그러려면 우리 병원에 위생시설을 첨가해야 되겠으니 돈 좀 투자해 달라고 난리다. 국가에서 그들의 요구를 받아들여 예산집행을 하면 그것은 병원의 공수표가 되어 다른 과에 개선할 여지를 주고 정신과에는 내로남불이다.

정신병원들도 시대만 바뀌었지 아직 구태의 전통을 버리지 못한 곳이라 시설 제반에 투자하려 하지 않는다. 병원에 외적인 모양새에만 투자를 하고 다른 병동만 확충만 하려고 하지 병원 안에서 생활하는 환자들의 복지는 생각하지 않는다. 좀 침대를 입원실마다 1~2개 줄여 달라고 하는데 여기에 정부의 보장 정책이 제대로 되어있지 않다. 우리 병원들의 속사정을 모른다며, 그렇게 하려면 병원마다 입원 여건 사항에 대한 투자를 해서 좀 더 나은 병원으로 갱신시켜줘야 되지 않나 하며 불만을 앞세운다.

물론 열악한 병원들은 이해가 간다. 갑자기 침대를 줄이라고 하면 그만큼 영업적인 손실이 크다. 좀 우리를 위해 기다려 달라는 병원도 있다. 정부의 기간에 따라 그 약정에 병원을 확충할 수 없다는 것을 알아달라는 것이다. 지금 코로나 팬데믹 상황에 환자들이 속속 퇴원하여 병원들이 텅텅 비어 있는 것을 안다. 그렇지만 그동안 벌어들인 영업적 이익은 다 날아갔나? 재정적인 장부 속에 다 들어가 있다. 정부의 병원들의 정신건강사업 예산에 3조 이상을 투자하고 있는데 그 현실성은 어디 갔나? 병원의 인테리어 장식에 다 들어가기라도 했다는 말인가? 정말 그 예산을 받았다면 그는 정신질환자들을 위한 복리 증진을 위해 쓰여야 한다. 병원에서의 좀 더 나아진 환경에 당사자들이 재활에 필요한 여러 시스템을 공유하고 투자해야 한다. 당사자들이 그 프로그램을 통해 독립심이 길러지고 자신들의 건강 회복에 크게 발전이 되는 체계로 그들을 임상적으로 치유하려고 하지 말고 전인적 치료도 겸해 당사자들의 사고와 이상을 향상시키는데 사명 의식을 갖는 계기가 됐으면 한다.

물론 병원에서 이 모든 것을 커버하기에는 불가능하다. 제1 의무가 치료다. 얼마만큼의 임상적 치료가 투자되었고 발전되었으며 거기서 정신질환자들이 회복이 되었는가에 초점이 모아진다. 20년 전보다 정신병원의 체개가 좀 더 개방적으로 발전된 것은 사실이나 이런 곳이 전국에 몇 개나 되겠는가 모아진다. 구태의연한 시대정신 본인이 체험하기에도 삼십 년 전보다 정신병원은 많이 발전했다. 환우들에게 좀 더 나아진 모습을 보이기 위해 자체 프로그램도 만들고 그것을 통해 당사자들에게 삶의 의미를 주는 데 큰 효과를 발휘한다.

좀 더 진취적인 곳은 병원 안에 당사자들의 독립생활과 재활, 의지력을 키워주기 위한 낮병원을 운영하고 있다. 거기에 얼마나 많은 간호사와 사회 복지사가 포함되어 있는지 안다. 많은 서적들도 준비해야 되고 많은 응용 프로그램들을 준비해야 한다. 외래 강사들도 초청하여 강연회도 열기도 하며 당사자와 그의 가족들 그리고 함께 일해 온 치료진들을 위한 자체 세미나도 1년에 1~2번 이상 하는 병원도 있다. 이것이 다 당사자들에게 투자하는 것이다. 이런 기회를 통해 당사자들은 용기를 얻으며 아이디어를 생성하기도 한다. 이런 기회를 통해 많은 당사자들이 사회에 진출하기도 한다. 다 자신감과 자존감의 문제다.

많은 당사자들에게 현실적으로 도움이 되는 것은 교육이다. 신체나 난치성 질환자들에게는 얼마나 좋은 시설로 그들을 케어하는 것이 첫 번째 문제다. 그러나 정신질환은 정신에서 오는 병이며 문제점이다. 그들에게 얼마나 좋은 힐링이나 예시, 긍정적인 요소들. 그리고 그들의 숨겨진 능력을 찾아서 배가시키는 것이 정신질환의 문제점이자 해결책이다. 병원 밖으로 나가면 센터도 있고 당사자 협회도 있다. 그러나 그것은 아직도 한국 정신장애인들의 절박한 요구를 받아주기에는 턱없이 부족하다.

당사자 운동이 본격적으로 시작된 지 10년이 겨우 지났다. 다른 질환 장애인들보다 말 많은 교육적인 제반이 약하고 정보기 협소하다. 당사자 단체들의 활동도 있지만 그것으론 모든 당사자의 요구를 들어주는 정보매체로서는 부족하고 어떤 것은 가치가 없다. 그들은 말한다. 정부 기관이 병원에다 정신건강예산액을 증가시키기보다 지역사회의 당사자 단체나 센터 등에 실질적인 도움을 주어 많은 당사자들이 그런 기관들을 이용해 독립시켜 나가는 취지가 중요하다는 것이다.

당사자 단체에게 병원에서 많은 정보를 주는 것도 중요하다. 꼭 정신전문기관에서 당사자 정신건강 상태를 관리할 필요 있나?. 병원에서 그 지역의 당사자에 대한 기본 정보를 제공한다면 당사자 단체나 센터에서 그들을 위한 관리 체계를 만들 수 있다. 당사자들이 치료기관에서 나와 사회에 진출하면 그들을 서포터 할 단체나 모임이 필요하다. 그래서 지역 기관 내에 있는 센터 등이 그런 역할을 수행하는

데 관리해야 할 당사자들이 너무 많다. 이것을 당사자 단체와 연합해 같이 관리하고 성장시켜 나간다면 그들에겐 작은 도움이자 큰 희망이 된다.

어디 갈 데 없는 당사자들이 적을 두어 편한 시간에 와 쉬었다가 프로그램에 참가하고 자조 모임에도 참가할 수 있는 폭넓은 정보지대로 발전할 수 있다. 그렇기 위해서는 많은 당사자 단체들이 전문성을 띠고 그들의 소명 의식을 거행해 나가는 것이다. 처음에는 단순한 정보 전달자로 간단한 교육에 연구하고 매진해야 할 것이다. 하지만 이것을 과소평가해서는 안 된다. 관내 지자체의 지원을 받기 위해서는 처음에는 발품을 많이 팔아야 한다. 관계 기관의 장들을 만나 당사자 단체의 존립 이유와 활동에 대해 설명을 잘하고 포부를 밝혀야 한다.

한 예를 들자면 옛날 양산에서 기도원을 운영했던 김종인 씨는 병 때문에 집에서도 의지할 데 없는 유리걸식인들을 품은 적이 있었다. 그런 사람을 중심으로 공동체 생활 단체를 만들어 모든 것을 공동생산, 공동판매, 공동관리 식으로 한 적이 있었다. 그러다 IMF로 기도원 문을 닫았는데 그의 사례가 당사자 단체에 소개되어 함께 일할 수 있는 기회가 생기게 되었다. 여기서 중요한 것은 그가 노숙자들을 상대로 기도원을 한 것을 피해의 예증으로 돌리기에는 너무 아깝다는 것이다.

그가 품은 사람 중에는 많이 정신질환자들이 포함되어 있었다. 그와 같은 경험을 하나하나 모아 발전된 당사자 단체로 만들어 간다면 주위에서도 많은 관심과 기부가 들어올 것으로 생각된다. 이런 예로 당사자 단체를 만들자고 재촉하는 것이 아니다 좀 더 폭넓은 시야로 단체들을 구성한다면 여러 계층의 동료들이 합류하게 될 것이라 생각해서 하는 말이다.

정신병원에서 정신건강 예산을 독차지하는 것은 분명코 나쁜 것이다. 그들만의 잔치로 쓰는 것이 아니라 당사자들의 독립과 재활, 교육, 복리증진에 두루 쓰이게 된다면 탈원화 시대에 많은 마이너스 상황들보다 플러스가 되는 소재로 옮기게 될 것이다. 많은 병원들이 낮병원을 많이 만들어 당사자들에게 활동하는 시너지 효과를 제공하는 것뿐만 아니라 그들의 꿈을 이루는 데 피할 수 없는 영향을 끼치리라 믿는다. 그들의 예산을 당사자 단체나 센터 등에 좀 여유롭게 집행해 준다면 일하기를 바라는 당사자나 좀 더 여유롭게 일을 구성할 수 있는 센터 등에게 가뭄에 단비 같은 역할을 할 것이다.

앞으로 많은 당사자 단체들이 탄생할 것이다. 서울에는 한 구에 최소한 하나씩 당사자 단체나 센터 등이 나타나고 있다. 또 당사자 단체에서 직접 당사자 양성과 과정을 진행하고 있다. 그들에겐 피 같은 돈으로 강사들을 섭외해서 당사자들에게 기회와 꿈을 제공하고 있다. 지금은 태동기라 많은 실수들이 나올 것이다. 그렇지만 이것을 병원에서 그들을 생각해 투자해 준다면 지역사회에 또 하나의 문화가 태

어나는 순간이다. 병원만 발전하고 그 소속의 직원들만 만사형통 식
이다 하지 말고 거기에 속해있던 당사자들의 몸부림에 관심을 가지
고, 그들이 원하는 세계, 그들이 바라는 문화, 그들이 생각하는 이념
에 정신병원이란 곳이 떳떳이 존재해 주면 좋겠다.

## 5) 당사자들의 이야기, 그들만의 소재가 아니다

당사자로 산다는 것은 무엇을 의미하는 것일까? 사회에서 매 몰려
의지할 데가 없는 이가 최종적으로 선택한 것이 정신장애인이란 카드
일까? 모르게 보면 그들은 일반인들과 구분이 안 된다. 멀쩡하게 옷
을 입고 직장도 다닌다. 밥도 동료들과 함께 먹으며 회의에서는 곧잘
신선한 아이디어도 내놓는다. 다만 스트레스가 쌓이면 남들보다 티가
나는 것이 문제다. 그것을 의아스럽게 쳐다보는 동료들의 눈초리가 매
섭게도 느껴지지만 눈치를 봐 그 상황을 잘 넘어간다. 그리고 앞으로
활동과 생활에 대해 극히 조심할 것을 다짐하기도 한다. 그렇지만 그
런 죄책감을 내려놓는 것도 한순간이다.

그의 병적인 예시가 여기저기서 터지고 동료들과의 업무태도에서
엇박자가 생긴다. 그리고 결국 울화가 치밀어 장기적인 병가를 내든

가 자기가 견디지 못해 사표를 던지고 회사를 그만두고 나온다. 당사자들은 남의 눈치를 잘 살피는 것이 단점이자 병이다. 매우 불안해하다 동료들과 업무적인 조화를 유지 못하고 회사를 한 번 뒤집어 놓고 오물 묻은 휴지 조각 버리듯 미련 없이 나온다. 그러기를 수차례 반복하다가 사회생활에 적응을 못하고 자기만의 세계에 갇혀 살게 된다.

자신의 질환이 차가운 구석으로 내모는 것이다. 병원을 다니면서 상담도 받고 약을 먹으며 회사를 다녔더라면 좀 더 견딜 수 있었을 것이다, 그런데 당사자들은 직장에 취업을 하면 약 먹는 것이 삶에 오점을 남기는 것처럼 여겨 복용하려 하지 않는다. 자신도 떳떳한 직장인들이 됐으니 정신질환이란 병은 더 이상 소유치 않고 오욕으로 남긴다. 그렇게 일반인들과 생활을 하다 병이 재발을 해 다시 원하지 않는 삶의 원점으로 돌아오는 것이다.

개인적인 예우를 살피면 당사자들은 감정 컨트롤이 잘 안된다. 자신이 꿈꾸어 왔던 직장을 가지게 되면 출근할 때까지 조용히 자신만의 시간을 가지는 것도 필요하다. 그 직장에 대한 성격과 의무심을 잘 생각하여 자기를 잘 맞춰나가야 한다. 이것이 시간이 꽤 걸릴 것이겠지만 취업을 앞두고 가족들과 그 직장에 대해 의논을 한다든지 여러 가지 조언을 듣는 것도 취업 시간의 예우를 갖는 것이다 마음이 들떠서 그 직장에 대한 사전 정보를 충분히 직시하지 못하고 세상과 부딪히면 자신이 어느 순간 나가떨어지게 된다. 바리스타 직장을 얻

는 것도 전문학원에서부터 그 직장의 성격을 잘 파악하여 마음의 준
비를 든든히 한 뒤 도전한다면 취업 근무 환경에 처지지 않고 앞장서
나가기도 할 것이다.

"처음에 도서관 사서 직장이라 별것이 아니겠지 하고 나섰는데 도
서 분류부터 도서번호, 종류, 서적의 전문성 등을 잘 알아야 할 수
있는 일이었습니다. 정신장애인 취업 추천으로 출근하게 됐는데
그 업무에 대해 준비가 안 되어 있어 혼이 났습니다. 처음에 내가
할 수 있는 일은 수레에 수많은 책을 넣은 후 도서번호 순서대로
책꽂이에 정리하는 것이었습니다. 소설은 내가 알아서 정리할 수
있었는데 전문서적이라든지 철학, 교양, 등 수많은 인문서적은 분
류하기에도 힘들었습니다. 잔소리도 많이 들었죠. 이런 간단한 일
도 못하면서 뭐 때문에 나오느냐며 대놓고 무시하기 일쑤였죠. 그
래도 아르바이트하는 청년들에게 부탁을 해 도서 분류와 도서 코
드 찍는 법을 배워 지금까지 일해오고 있습니다. 제가 말씀드리고
싶은 것은 당사자들이 취업을 하게 될 때 먼저 여유를 가지고 그
직업에 대한 정보를 입수하고 자신만의 연마의 시간을 가진 뒤 취
업을 하는 것이 중요하다고 생각합니다. 생활의 여유 그것을 잃지
말아야 합니다."

도서관 사서로 일하고 있는 당사자 손재수 씨(35)의 이야기다. 그는
낮병원에서 재활의 치료를 받다가 안면 있는 지인의 추천으로 일할

기회를 얻게 됐다. 도서관을 전혀 가지 못했던 일이지만 책만 정리 잘하면 되겠지 하고 덤벼들었다가 도서관 일이 전문성을 요구하는 일이란 것을 일을 접하면서 알게 되어 처음에 몹시 당황했다. 그래도 인맥관리를 워낙 잘하는 친구라 아르바이트하는 직원들의 뒤를 쫓아다니면서 일을 습득하게 되었다. 지금은 어느 사서 보다 더욱 전문성을 가지고 일하게 됐다. 일이란 것이 쉬운 것 같지만 사회 속에서 하나의 직무를 담당하는 것이라 우습게 생각해서는 안 된다. 쉬운 일일수록 특별한 사명 의식을 가지고 일해야 한다.

당사자들에게는 일은 회복을 의미한다. 과거에는 회복은 되더라도 집안에서만 생활하려고 했고 가족들이 외부로 자신의 질환으로 고생하는 자식들을 공개하는 것을 꺼렸다. 정신질환에 걸린 자녀가 동네 밖으로 소문이 날까 전전긍긍했다. 심지어 그들을 세상과 단절된 신고 안 된 기도원으로 보내어 신앙생활에만 매달리게 했다. 그러나 시대의 속성은 바뀌는 법, 당사자들이 자신들의 처지와 문화를 심각히 생각하는 시대를 맞이하게 되었고 사회에서 자신들의 목소리를 내기 시작했다. 사회에서 처우 받는 부당한 처지와 문화에 대해 당사자들이 연대 의식을 해서 공감대의 문제로 이끌어내서 본격적인 단체 활동에 들어가게 됐다.

그런 가운데 깨어있는 당사자들이 우리들도 사회 일원으로써 우리들의 자리를 찾아야겠다는 의식을 가지고 사회 일선에 나서게 됐다.

그런 가운데 주류로 자리 잡은 당사자들도 있고 계속된 낙오에도 불과하고 도전하려는 당사자들이 늘어나게 됐다. 그래서 취업을 하기 위해 장애인 일자리 공단을 통해 자기가 원하는 원치 않는 직장들을 구해 사회 일선에 나서게 됐다. 처음에 시작이 좋았지만 자신의 질환으로 인해 취업을 계속할 수 없게 되는 사태를 맞이하는 경우가 종종 생기게 됐다.

일반인들이 "알바, 알바"하며 일에 매진하는 것을 보고 자신들도 할 수 있겠다고 생각하며 나섰다가 며칠도 안 돼 낭패를 봐 그만두는 사태가 일어나기 시작했다. 당사자들은 일을 하기 앞서 그 직업에 대해 사전 정보를 얻는 것이 필요하다. 내가 그 일을 할 수 있는 것인지 아니면 못할 것인가를 신중하게 결정해서 취업전선에 나서야 한다.

"마트 카트를 관리하는 일을 하게 됐습니다. 일자리 공단을 통해 통보를 받았을 때 그 일에 대해 알아보려고 며칠을 그 일에 대해 연구를 하고 지금 근무하고 있는 종사자의 경험담을 습득하여 며칠을 일하기 위해 준비를 했습니다. 간단한 단순노동이라 그렇게 어렵지 않을 것이라 생각하고 집에서 체력 훈련도 하고 그랬죠. 그런데 첫날부터 1시간 일찍 갔는데 카트 관리하는 일이 아니라 매장을 전체적으로 청소하는 일을 맡기더군요. 이렇게 경험을 쌓는 것이라면서요, 대형 마트라 청소 관리팀이 하는 일은 단순하면서도 힘도 많이 들었습니다. 그러다 카트 관리하는 일을 했는데 쉬는 시간도 없이 카트를 정리해야만 했고 여기저기 흩어지지 카트를 뒷수습하느라 힘이 들었습니다. 일이 힘들어 밤에 요에다 실례를 하기도 했습니다. 하지만 그렇게 한 달을 지낸 뒤 지금은 익숙한 일이 되어 카트 정리와 청소는 제 일의 임무가 됐습니다. 요령도 생겨 한 달 뒤 월급이 들어오면 일에 대해 보람을 느낍니다."

조현병을 10년째 앓고 있는 나도순 씨(28)의 이야기다. 그는 낮병원을 5년 동안 다니다 장애인 일자리 공단을 통해 대형마트에서 카트 운행관리를 맡고 있다. 여기저기 놓인 카트를 차례대로 정리한 뒤 고정석에다 배치하는 일을 한다. 처음에 일자리가 들어왔을 때 "나도 회복이 되어가는구나. 일자리가 들어오다니 한 번 맡으면 마르고 닳도록 열심히 일하리라." 하고 맹세 아닌 맹세를 했다. 2주일 동안 여유가 있어 마트에서 카트 관리하는 일을 유심히 지켜보기도 하고 아르바이트하는 학생들에게 팁을 얻기도 했다. 그렇게 준비를 한지 당일 한 시간 일찍 나가 조장으로부터 눈 동장을 받으려고 했는데 첫날 일이 자기 마음처럼 움직여 주지 않았다.

그렇게 다짐을 했건만 수 시간이 지나니 곧 지겨워지고 힘들어지기 시작했다. 청소부터 카트 정리라 생각보다 여의치 않았다. 그렇게 준비를 했는데 그는 집에 돌아와서 일의 힘든 점을 가족들에게 얘기하고 의논을 하여 세상일이 녹록치 않다는 것을 깨달아 내일, 그리고 내일 출근하였다. 작은 일부터 시작하는 것이라 생각하고 서툴지만 열심히 일을 했다. 그리고 한 달 후 120만 원이 통장으로 들어왔을 때 왠지 모를 성취감을 느꼈고 열심히 일하면 정규직도 될 수 있다는 희망을 가지고 마트 일을 열심히 하였다.

　일을 하면서 사회의 일원으로 제자리를 찾는 것 같았고 동료들과 한마음이 되어 일을 하니 나름 연대 의식도 생겼다. 그렇게 일을 한 지 3년이 되고 지금은 마트의 카트 관리 조장이 되어 자기가 일한 만큼 벌고 있다. 일주일에 한 번씩 쉰다고 하니 자기에게는 필요하면서도 소중한 일이 되었다. 그는 당사자들에게 일을 정할 때 절대 서둘지 말라고 당부한다. 그 일을 하기 전에 사전 정보를 입수하고 시간을 충분히 잡고 혼자만의 긴 호 흡하는 순간을 맞이하라고 한다, 아마도 좀 더 여유를 가지고 자기 일을 심사숙고해서 결정하라는 것 같다. 충동적인 결정은 절대 금물이라는 것이다.
　나도 일을 하고 있지만 처음에 낮병원의 지인으로부터 일자리에 대한 추천을 받았을 때 생각을 많이 했다. 그전에 신문사에 일을 하다 몇 개월도 안 돼 그만둔 전력이 있어 기대 반, 염려 반으로 일에 대해 긴 호흡을 갖는 시간을 가졌다 간단히 말해 하나님께 기도드렸다는 것이다. 간단한 설명은 지인으로부터 받고 낮병원에서 교육받은 인지치료의 연장이다 생각하고 일을 받아들이기로 하고 우리다움 - 프렌즈에 입사하게 됐다. 직원들이 당사자들과 일반인들로 꾸며져 있어 낯설지 않았고 선배들의 친절한 권유로 일을 시작하니 만족감도 생기게 되었다. 팀장님의 격려와 동료들의 지지로 지금까지 3년에 가깝게 일을 하고 있다.

  우리 일이라는 것이 당사자와 상담과 지지, 인권 옹호로 이루어져 있어 나름 사명감도 느끼며 일을 하게 됐다. 나 같은 경우는 일을 하기 전에 깊은 생각과 나름 연구를 많이 하여 목표를 성취하게 됐다. 당사자들이 급하게 일을 결정하여 그 열매를 따먹기 전에 버리는 경우를 수없이 봐왔다. 자신의 생각과 달랐다 해서. 금전이 약하다 해서 자신의 이념과 다르다 해서 그만두는 이유는 제각각이다.

  그렇지만 당사자에게는 일이 회복이란 말이 맞다. 일을 함으로써 자신을 병을 극복을 하고 목표를 성취하게 되는 것이다. 이와 같은 일들을 많은 당사자가 도전을 하고 경험을 한다. 우선 말해둘 것은 일을 하기 전에 내 병 때문에 이것은 안돼라는 나약한 상식은 버려야 한다. 일반인도 이와 같은 생각을 하는 사람도 부지기수다 그러니까 실업자가 넘치는 것이다.

  우리가 왜 그들의 길을 따라야 하나? 당사자들은 창의성이 있고 도전 의식도 있다. 장애인 일자리 공단을 통해서든 지인을 통해 일자리를 추천 받든 거기에 앞서 우리의 책임감을 키워야 한다. 소심한 마음부터 정리해서 외부의 세계로 진출하는 것이다. 오늘도 내가 아는 당사자는 취업을 하기 위해 이력서 5~6장을 준비하고 하루 종일 뛰어다니고 있다.

학부 때 전자공학을 전공하여 그 분야에 자신은 있으나 쉰 지가 8년이 넘는다. 그래도 의식이 깨어있어 공단을 통해 자신이 일할 수 있는 일을 온도차에 관계없이 구하려고 애쓴다. 그런 그이로부터 어저께 "형님 모 전자 회사에서 출근하라는 연락을 받았습니다. 무전기 단순노동 작업인데 한번 해보려고요."하며 기쁘게 힘주어 말하는 것이었다. 아마도 이력서를 돌린 지 5개월이 되었을 것이다. 일반인도 일자리 구하기 힘든데 이런 가운데 해보지도 않은 단순노동 업무라 많이 힘들 것인데 그이는 왠지 해낼 것 같았다.

　그와 함께 낮병원을 3년 다녔는데 성격이 모가 나지 않았다. 누구의 탓도 하지 않았다, 참 창의적인 청년이라 생각되었다. 그런데 그가 본격적으로 일자리를 구한지 5개월이 지나서 얻게 됐으니 얼마나 귀한 일자리가 아닌가. 그렇다. 우리 당사자들도 본인의 사회에 대한 소명의식을 가지고 취업전선에 나서면 분명코 좋은 일자리가 생기리라 믿는다. 우리들에게는 서로 공감을 소유하고 창조하는 능력이 있다. 세상에다 당사자들이 이렇게 열심히 살고 있다는 것을 알리는 것이 우리의 의무감이자 사명감이라 본다. 오늘도 해는 뜨고 내일을 향해 달려갈 것이다. 우리 당사자는 동쪽에서 뜨는 해처럼 많은 이들로부터 사랑받는 나무가 되리라고 본다. 고리타분한 생각은 저기 치우고 새 시대에 새 정신으로 우리의 문화를 향해 전진해 보는 것도 좋은 방법이라 생각한다.

## 6) 당사자로서 사회에서의 활동은 외롭지 않다

오늘날 많은 젊은이들이 취업문제로 골머리를 앓고 있다. 거기다 엎친 데 덮친 격으로 코로나 사태로 취업하기가 더욱 힘들게 되었다. 정부에서도 2030세대의 문제를 해결하고자 여러 정책들을 내놓고 있다. 거기에 우리 당사자들도 포함되어 있다. 일하고자 하는 사람한테 격려를 해주어야지, 욕을 하면 되겠는가? 그래도 세대가 오픈되어 있고 사회에서도 당사자들에게 전과 다르게 많은 기회를 주려고 한다. 내가 아는 당사자는 여자인데도 비록 복지사는 못되지만 직업상담사 시험에 합격해 당당히 센터에 취직해 일하고 있다.

그녀는 많은 경험을 쌓기 위해 무보수로 직업상담사 경력치를 쌓아왔다. 그것이 커리어 쌓는데 직접적인 동기가 되었다. 그녀가 직업상담사로 일한 지도 6개월이 되어 간다. 성격도 밝은 편이라 기존의 직원들과 잘 사귀어 군더더기 없이 직장 생활을 하고 있다. 그렇지만 당사자에게는 그들만의 약점이 있다. 그의 질환 때문이다. 그녀는 환청으로 조현병에 걸리어 3년을 고생하였다. 1년 이상을 장기입원하기도 하였다. 병이 완치되어가던 중 조울증에서 허덕이고 있는 현 남자친구를 만나 그를 격려해 주다 가볍게 만나는 것이 연인 사이가 된 것이다 그녀가 직업상담사가 된 것도 그녀의 언변의 실력을 알고 있던 남자친구가 직접 학원과 문제집을 알아 봐주어 우연찮게 다녔으며 서로 격려를 하며 일에 대해 희망을 쌓아갔다. 그녀는 직업상담사 시험에 2번씩 쓴 고배를 마셨으나 남자친구의 전폭적인 지원 하에 3번째로 직업상담사에 합격해 오늘에 이르게 된 것이다. 사회생활은 두 번째다 학부를 유야 교육과를 나와서 유치원에 선생으로 4년 동안 일한 적이 있었다. 그때도 완만하게 직장 생환을 하여 이번 취업 생활도 어렵지는 않았다. 준비되어 있었기 때문이 아닐까 생각된다.

"많은 당사자들이 취업에 꿈이 많아요. 그들은 회복이 일이라고 하잖아요. 그래서 일자리가 생기면 생각도 안하고 덥석 물어 현장에 투입되려고 해요. 일이란 것이 얼마나 힘든데 말이죠. 그러나 그 중에 일자리에 선택하기 전에 많은 정보와 교육을 통해 사전 점검하는 당사자들이 있어요. 그 직장에 특화되기 위해 알바도 해보고 많은 조언을 얻기도 하죠. 저희들은 일자리를 추천해 줄 때 아무한테 해주지 않아요, 준비되어 있는 사람들을 인출해 설명해 주고 시간의 여유를 주어 심사숙고를 하여 결정하게 하죠. 보통 그런 이들이 취업 생활을 성공적으로 해냅니다. 앞으로 직장 생활이 만만치 않다는 것을 깨달으면서 성취해 나가는 것이죠."

이모 병원의 낮병원 담당 간호사 서순례 씨의 말이다. 그렇다. 자기가 입원을 해서 병의 상황이 많이 나아서 작장을 갖기까지 많은 시간이 걸린다. 낮병원 사람들을 보면 언제 입원환자였는가? 할 정도로 활발한 성격의 소유자들이 다들 그렇지 않지만 대부분이 그렇다는 것이다. 사교성이 있고 당사자 문화에 쉽게 녹아든다. 교육 프로그램 때에는 모두가 집중한다. 자신들의 질환을 알고 이기기 위해서 스스로의 참여도가 높다.

개중에는 낮병원의 존재 목적을 모르고 건성건성 다니는 당사자들도 있다. 참석해서 분위기를 망치는 부류들 말이다. 그렇지만 당사자들이 다 그들을 지지해 주는 것은 아니다 말들이 없어서 그렇지 병원의 교육목표에 맞추어 함께 전진해 나가고 있다. 그들은 과거의 생활로 돌아가고 싶어 하지 않는다. 여기 참석했다는 의미로 새로운 세계, 동경했던 세계, 외톨이가 아닌 그들을 품어주는 당사자 문화의 세계로 나가기 위해 열심히 노력 중이다.

"제가 낮병원에 나온 이유는 사회에 진출하기 위해서입니다. 지금 현재로서는 어림도 없지요. 그래도 당사자 문화에 대해 배울 때 나도 그들을 위해 일할 수 있을 것이란 기대는 생깁니다. 3년 동안 낮병원 생활하면서 많은 세미나 참석과 수많은 프로그램들 그리고 당사자 문화에 참여하는 등 몸을 풀어 왔습니다. 과거에 사회에서 일한 경험이 있어 어서 빨리 일하고 싶지만 질환의 완치가 목적이라 아직도 시간이 많이 필요합니다. 정신질환에 대한 지식도 넓히고 내 병의 약점들을 파악하여 가족들의 신뢰를 먼저 받는 것이 중요하다고 생각합니다. 그동안 질환으로 인해 아니 나의 본질적인 문제 때문에 집안에 아픔을 주었던 것을 생각하며 반성하고 있습니다. 아직도 늦지 않다고 생각하며 이번 낮병원의 생활을 기점으로 모든 면에서 재탄생하고 싶습니다."

낮병원 생활을 2년 동안 한 조성민 씨(43)의 토론이다. 그는 20대에 한국전자통신회사에 다니다 급성 정신질환에 걸려 심한 망상에 사로잡혀 회사 생활을 할 수 없었다. 프로그래밍해야 하는 기사로써 자꾸 생각나는 오차의 사고방식은 결국 그를 퇴사하게 만들었다. 지금은 질환이 많이 나아졌지만 취업하는 것을 두려워한다. 막상 직장에 다니다 또 망상 때문에 일을 그르치면 어쩌나?란 생각이 자꾸 가슴을 메워 터지게 한다. 그는 언변 역도 뛰어나지만 추리력도 대단하다. 왜 그가 질환에 걸렸을까? 걱정이 될 정도다. 이와 같은 경우가 많다. 질환이 많이 치유가 돼서 사회에 나서도 되는데 막상 뛰어들려고 하니 겁부터 나는 것이다. 순간 그의 의지력이 사라지고 마는 것이다. 그리고 의미 없는 낮병원만 왕래하는 시간만 늘어나고 있다.

그들에겐 무엇이 문제일까? 동료의식, 바로 그것이다. 동료들이 자기를 지지해 준다는 마음을 스스로 저버리는 것이다. 일을 하다 동료들 간에 의견 충돌할 때가 있다. 그럴 때면 당사자들은 스스로 자괴감에 의해 다른 사람보다 2배의 아픔을 당한다. "내가 잘하려고 했는데 또 안 되네. 역시 난 정신질환자인가?"란 생각이 들면서 일에 자신감이 없어지고 동료들이나 상관들은 그렇게 생각 안 하는데 스스로 의지를 무너뜨린다. 그리고 일에 대한 부담감이 커져 상관의 눈치를 살피게 되고 동료들의 감정을 하나하나 신경 쓰게 된다.

자기는 그들에게 모두 만족감을 주고 싶은데 그것이 뜻대로 안되니 당황하게 된다. 동료들이나 상관들은 그렇게 신경 안 쓰는데 말이다 나중에 스스로 자괴감에 빠져 병이 재발해 음성증상부터 스멀스멀 생기다 양성증상으로 발전한다. 그러면 회사 생활은 그날로 끝이 난다. 다시 홀로 질환을 감내하는 순간으로 돌아가 외톨이 생활을 하던지 사회 변두리만을 배회케 된다.

"순간 끔찍했습니다. 직장 생활을 하다 과거의 질환으로 돌아가는 것이 아닐까? 하고 걱정이 되었습니다. 일을 순차적으로 잘해나가 갑자기 겁이 덜컹 나는 것입니다. 이것이 나쁜 전조의 길이 아닐까? 하고요. 주치의와 상담하면 그것은 누구나 있을 수 있는 일이랍니다. 특히 당사자들이 흔히 겪는 일 부작용 중 하나인데 이것을 슬기롭게 잘 넘기는 것이 중요하다고 말씀 하십니다. 일이란 것이 득이 있으면 실이 있다는 것이죠. 그래도 저한테는 신앙심이 있으니 잘 극복이 될 것이라고 격려해 주었습니다. 제 후배 동훈도 3년째 마트에서 일하고 있는데 나와 같은 일을 종종 경험한다면서 자기는 이것을 동료들과 대화. 당사자들과의 만남으로 해소한다는 것입니다. 그도 많이 힘들었겠다는 생각이 들었습니다. 사회라는 것이 우리들 마음대로 그려나가는 것이 아니라 다른 이들과 조화를 이루어야 한다는 것을 알게 됐습니다."

직장 생활을 하면서 고민이 큰 당사자 김요덕 씨(44)의 토론이다. 그는 낮병원 생활을 하며 직장을 두 번이나 추천을 받았다. 첫 번째로 인터넷 신문사였고 두 번째로는 사회적 협동조합이었다. 첫 번째에는 신문사가 일은 태산이고 직원들이 없어서 일에 채여서 그만둔 사례였다. 하루에 기사를 4~5꼭지씩 쓰려고 하니 보통 힘든 것이 아니었다. 그래도 같이 일했던 국장의 지지로 일을 할 수가 있었다. 둘이서 신문사 기사를 채우다 보려니까 그의 머리에 한계에 부딪히게 되었다. 글을 쓰는 것이 긴장될 정도였다. 결국 국장에게 내 퇴사 이유를 설명한 뒤 그만두게 되었다

그 후 다시 낮병원에 돌아와 몇 개월 동안을 재활의 시간을 보내다 우리다움 - 프렌즈에서 일할 생각이 없나?란 담당 간호사의 문의를 들은 그는 기쁘면서도 긴장되었다. 이것 또 직원이 둘이고 산더미 같은 일을 하는 것이 아닐까? 하고 의구심이 생겼다. 그렇지만 그 간호사님을 믿었기에 도전할 수 있었고 오늘까지 3년에 가깝게 일하고 있다.

당사자로 일한다는 것은 큰 화제성을 동반하는 것은 아니다. 그의 열정을 대변하는 것이다. 솔직히 말하면 일에 대한 동기와 성취는 일

반인에 비해 약하다는 것은 인정한다. 그들과 같이 일을 목표를 위해 일로를 걸을 수 있지만 당사자는 질환으로 인해 약을 복용해야 된다, 그리고 그 추후로 일에 대하는데 자신감이 생기고 목표의식도 생긴다. 자신의 질환이 크게 나아질 때 일의 동기와 성취는 당사자들을 스스로 깨닫게 하고 뒤돌아보게 한다. 또 그 일에 대한 복습이라도 하듯 직장의 일에 동기유발이 충만해진다. 그리고 일의 미래에 대한 성취를 기대하고 결과도 얻을 수 있게 된다.

그리고 동료의식도 남달라 서로를 격려하며 일을 성취해간다. 한마디로 일이 당사자에겐 회복이다. 그러나 일의 진행과 상관없이 병이 재발하면 직장에서 당사자는 굉장히 불안해한다. 몇 년 동안 없었던 예후가 다시 나타나고 증상의 진행속도가 예년과 똑같은 속도로 나타난다. 이때 당사자는 굉장히 불안해하고 안절부절못하고 스스로를 벽에 충돌시켜 중상을 입게 만든다. 질환 때와 같이 환청이 들리거나 망상이 심해지면 "난 또 왜 그러지 몸이 고장이 났나. 뇌가 또 예후에 빠졌나?"하며 초조해한다. 잘 다니던 직장이 부담스럽게 느껴지고 동료들이 다 등을 돌린 느낌이 난다. 이럴 때에는 전문가의 조언이 필요하다.

주치의에게 상담을 받아 피드백을 얻는 것이다. 나 자신도 이럴 때 주치의와 상담을 하면 별것 아니다. "이것은 큰일이 아닙니다. 누구한테 증상은 평범한 현상입니다. 조현병과 동거해 간다고 생각하세요.

그리고 그 증상을 피하려고 하지 마세요. 지금의 생활을 영위하기 위해서는 많은 선배들이 대범하게 자기 질환을 판단하여 여유 있게 넘어갔답니다. 대화, 특히 가족과 대화를 많이 하세요. 그러면 나도 모르게 힐링이 되어있을 것입니다."라고 피드백을 준다. 그 후 어머니, 형, 친구들과 대화를 하며 나의 모자란 점을 찾고 장점을 찾아 그것을 컨트롤 할 줄 알아 삶을 진행해 가는 것이다.

당사자가 일을 한다는 것은 그 의미 자체가 아름다운 것이다. 그만큼 삶을 중요하게 여기고 행복해할 줄 아는 것이다. 모두에게 물어 보라. "일이 즐겁습니까?"라고. 백이면 백 다 "일요? 힘듭니다. 일 자체가 재미있는 것은 아닙니다."라고 말할 것이다. 단! 일에 대해 보람과 가치가 있다는 것을 빼먹지 않고 이야기할 것이다. 취업 전선에 나와 있는 당사자들은 더 높은 가치의 삶을 영위할 수 있다.

그래도 동료들을 바라보며 함께 이끌어 가는 모습을 잊어버려서는 안 된다. 사회는 공동체 사회이며 둥근 세상이다. 나와 인연 있는 사람은 수가 다하도록 한 번, 더 아니 그 이상을 만나는 세상이다. 지구는 둥그니까? 그렇다. 사람의 인연은 둥글다. 세상도 둥글다. 우주도 둥글다 영원히 팽창하면서 말이다. 우리 한번 당사자들끼리 눈을 맞혀가마 일해보자 현재의 위치에서 말이다. 그러면 일에 대한 인연으로 더욱 소중한 가치관을 생성하게 될 것이다

# 7) 정신질환자라는 사실만으로 피해 보는 이유

사람들은 각종 자기들만의 꿈을 가진 채 살아간다. 의사, 교수, 작가, 심지어 대통령까지 어렸을 때 한 번식은 가져본 꿈이다. 지금도 현재진행형인 사람들도 많다. 첫사랑을 앓듯이 헤매는 첫 번째 꿈은 왜 갈지자로 가는 것일까? 인생을 살다 보니 갖은 고생과 여러 가지 갈림길에 놓이게 된다. 이때 사회적 형평상 좌측으로 가야 하는데 우측으로 가는 사람들이 많이 생겨난다. 또 갈림길에서 남쪽으로 가야 되는데 북쪽으로 가야 한다. 그렇게 가다 보니 인생의 길로는 마치 거미집처럼 미로투성이다.

일반인들의 삶의 방향도 이러한데 정신질환자들의 인생 향로는 어떻겠는가? 자신들은 분명히 길을 끝을 알면서도 굳이 그 길로 향하려고 한다. 그것이 성공의 길이면 몰라도 남이 봐도 나락으로 떨어지는 길인데 그곳으로 향한다. 도대체 왜일까? 어두운 곳에서, 다양한 곳에서 한 방향을 알려주는 이성의 활동이 마비되었기 때문이다. 그 누가 옆에서 충고를 해주고 도와주었다면 그 길로 가지 않았을 것인데 가버린 현상은 왜 일어나는 것일까?

사람은 생각하는 동물이다. 과거, 현재, 미래를 계산하면서 생활을 한다. 사랑하는 이가 있으면 결혼을 하고 자식을 놓고, 양육하며 출가

시키고 외로운 미래를 부인과 또는 남편과 행복한 계획을 짜면서 지내야 한다. 당사자들도 그렇다. 많은 생각을 한다. 생각하면 장애인 올림픽에서 금메달을 딴다면 아마 정신장애인들일 것이다. 그들을 삶의 계획도 그럴듯하게 세워 놓는다. 그리고 질환에서 해방되어 사회에 진출하길 바란다. 그렇지만 사회가 그리 녹록지 않다. 정신질환이란 병부터 강하게 부정을 한다.

그대들은 노는 땅은 이쪽이 아니라 저쪽이니 제발 그곳으로 가달라며 읍소한다. 당사자들은 주거의 자유를 심각하게 침해를 받는다. 우리들이 뭘 잘못한 것도 없는데 미래 사회의 범죄자, 사회의 음침한 변두리인으로 취급당하며 가시밭길로 내몰린다. 조금이라도 양지쪽으로 들어오려면 그들은 쌍심지를 키고 팔짱을 낀 채 지켜본다. 자기들끼리 시그널 신호를 보내면서 정신질환자들이 자기들의 영역으로 들어오는 것을 방지하려 든다.

우리 당사자들은 그들에게 잘못한 것은 없다. 단지 정신질환자란 이유 하나로 기득권을 포기하게 하려고 갖은 음모를 다 씌운다. 옛날 나의 고향에서 살인사건이 있었는데 이틀 만에 범인을 잡은 적이 있었다. 그는 수십 년 동안을 정신질환을 앓고 지내던 자였다. 어떤 변명의 이유도 없이 피해자 집 근처에 산다는 이유로 정신질환이란 이유로 붙잡혀 온 것이다.

그 후 그는 경찰의 고문에 범죄사실을 진술하게 됐는데 하늘이 보았는지 30일 후 진범이 잡힌 것이었다. 그는 단독범행이란 것을 주장했는데 먼저 잡혀 온 정신질환자는 금방 풀어주지 않고 20일을 더 잡아두었다 풀어준 것이었다. 그는 조현병을 앓고 있었다는 이유로 이웃과 사이가 좋지 못했던 사이였던 것으로 억울하게 옥살이를 하게 된 것이었다. 이것은 작은 예우다. 지금도 강력 사건이 벌어지면 그 동네의 아무 죄도 없는 정신질환자들이 피의자로 분류되어 경찰로 송치된다. 그리고 갖은 협박과 예우를 받은 뒤 혼이 빠진 채 석방되곤 한다.

매체에서는 그 사건의 기, 승, 전, 결을 따지지도 않고 그들을 할퀴려 든다. 정신질환이란 이유로 백 프로 범인이란 것이다. 경찰서에서 브리핑 조사할 때면 경찰들이 발표할 때 정신질환이란 말이 나와도 확인도 안 하고 기사로 써재긴다. 경찰에서는 확실한 조사 발표가 아니라 그들에 대해 기사를 쓰지 말라고 해도 이미 다 기사를 발고를 한 뒤이다.

정신질환자란 이유 하나로 우리는 강력 사건의 피해자가 된다. 변명을 하려고 해도 사람들은 믿지를 않는다. 모두가 눈을 가로로 뜨며 "오 재네들 또 사고 쳤대. 하늘은 무심하지 저들은 안 잡아가고 뭐 하나?" 이런 소리가 여기저기서 들린다. 우리 당사자들이 무엇을 잘못했다고 이런 피해를 들어야 하고 취급을 당해야 하나? 한다고 한다.

이웃과 소통하기 위해 반상회, 돌잔치, 갖은 모임에는 다 참석한다. 축의금도 많이 내놓는다. 교회에 나가 힘든 봉사는 우리들이 다 맡아서 한다. 그런데 돌아오는 것은 "정신질환자는 다 똑같지, 아부 떠는 것 좀 봐. 그런다고 저 내들 이 면책을 받을 수 있을 것 같아!"하는 흠부터 찾는다.

그렇다고 우리 당사자들은 그런 소리에 쏠리어 다니면 안 된다. 세상은 아주 넓기 때문이다. 흠부터 보는 사람들이 있는 것처럼 우리에게 진정 관심과 사랑으로 대해주는 사람들도 있다. 나는 그들을 동료라 부른다. 그들의 공통점은 친한 친구나, 형제들, 부모, 사랑하는 이웃들이 정신질환에 고통에 시달리는 것을 직접 보거나 체험한 사람들이다.

그래서 당사자를 만나면 호감을 표시하며 우리들이 그 누구보다 성결하며 깨끗하다는 것을 알기에 순순히 동무를 해준다. 내 친구들도 30년 지기들이지만 내가 조현병에 걸려 고통을 받고 괴로워하면 같이 동참해 주었다. 파리 한 마리 죽여보지 않는 성격을 잘 알기에 친구를 해주는 것이다. 그렇지 않으면 벌써 사기 쳤을 것이다. 동료들은 오늘도 안부를 묻는다. 직장 잘 다녀오라고 이렇게 어려운 코로나 시국에 일을 하고 있다니 대견하다며 격려해 준다. 이들도 나와 같이 당사자 문화에 참여하고 있다.

많은 당사자들을 만나 그들의 진정성을 알기에 함께 식사를 하고 함께 일을 한다. 정신질환자의 인격의 모순성에 개의치 않고 그들의 참 진실성을 알아 오늘도 그들과 덕담을 아침인사로 내보낸다. 질환으로 인해 고통을 받는 것은 사실이지만 사회 전체로 보면 우리들의 진정성을 알아주는 이들도 다수가 있다는 것은 우리들 삶에서 참 희망적이다. 아직도 많은 실의와 차별이 있겠지만 지금부터라도 동료들의 진정성을 잘 알아 함께 우리 사회, 문화를 이끌어 갈 수 있다면. 아니, 되면 이 사회 그렇게 차별적이지 않다고 생각한다.

# 7

당사자들의 작은 대화,
이제 뜨거워질 때다

## 1) 정신질환, 이제는 치료의 방식보다
## 삶의 진행으로 봐야

정신질환에 대한 치료는 여러 가지다. 병원에서부터의 치료는 물론이고 회복이 된 후 그 리듬을 잃지 않게 하기 위해 낮병원이나 센터의 활동을 요구한다. 지역사회로 진출하게 되면 우리의 눈높이에 맞는 질서에 합류하는 것이 중요하다고 본다. 그것이 수준이 안 맞아서, 유치해서 지켜봐야 별 이득도 없어서 하고 그냥 지나버리면 우린 작은 실수에서부터 큰 실수의 길로 가는 찰나의 순간을 맞이하게 된다. 주위에서는 말한다. 정신질환은 초기에 치료를 잘 받아야 한다고 그렇지 않다면 중증의 병으로 들어서게 된다고 누구나 떠들어 댄다.

우리 당사자들도 잘 안다. 치료를 잘 안 받으면 우리의 삶의 방식이 어그러진다는 것을. 그래서 병원에 다니고 처방도 받고 낮병원이나 센터에 가입해 재활 활동을 열심히 한다. 그래도 그곳에서도 귀따갑게 치료의 중요성과 연속성을 강조하는 우를 범하는 경우를 종종 보게 된다. 이제는 시대도 많이 달라졌고 변화의 시도는 찰나의 순간을 넘나든다.

이런 시대에 당사자들에게 치료의 중요성만을 말하는 것은 시대에 한참 떨어진 발상이다. 그들에게 치료란 일상생활의 매개체로 자리 잡은 지 오래다, 자신의 질환에 대한 지식은 점점 넓히어 간다. 그런 그들에게 치료의 중요성보다 어떻게 살 것인가에 대해 말해주어야 한다. 정신질환자로서 사회에 어떻게 자리 잡고 어떤 활동을 해야 하고 어떤 목적을 이루어야 되는지에 대해 가르쳐 주어야 한다.

그들에게 사회에 대한 시야를 넓히어 주어 당사자 활동에 몰입하게 해야 한다. 우리는 그동안 병원 중심의 치료 체계에 너무 길들어져 있었다. 우리 곁에 동료들이 있고 당사자들이 모여 하나의 목표 달성을 위해 힘겹게 전진하고 있는 현실을 마주하게 해야 한다. 그리고 우리의 인권에 관심을 가져 신성한 시민으로서 누려야 될 권리와 의무를 찾아야 한다.

"나도 그랬습니다. 처음에는 치료에 집중하는 것이 현명한 답인 것 같았습니다. 그러난 그것은 미련한 행동이었고 당사자들의 만남이 중요하다는 것을 알았습니다. 그들과 대화로 나의 문제를 인식하고 함께 공유해 나가면 나의 답답한 고민이 풀리는 것 같았습니다. 약은 치료의 수단이고 생활은 회복으로 가는 중요한 길목이었습니다. 난 당사자 모임에 참가해 우리들의 문제를 공유하며 함께 공감할 때 비로소 난 문제아가 아니라는 것을 알았습니다. 문제는 우리를 그렇게 바라보는 사회의 시선이지 우리들의 이상이 탈이 난 것이 아니었습니다. 우리는 정상화로 가는데 동료들이 필요했고 서로의 도움이 우리를 도전과 승리로 인도한다는 것을 알았습니다. 그것은 고귀한 당사자의 권리지향이며 주장이었습니다."

조현병을 앓고 있는 김용재 씨의 토론이다. 그는 정신질환자에게는 임상적인 치료가 답이라는 사실을 알 수 있었고 주위에서 그렇게 알려왔다. 하지만 정서적인 지지대 공감대를 형성하는 전인적인 치료가 있다는 것을 알고 거기에 대하 자료를 찾기 시작했고 이후 낮병원이나 센터 등을 알게 되어 그곳에서 많은 당사자들이 자기와 같이 해답을 찾기 위해 프로그램 참석과 당사자와의 교류를 통해 우리들만의 정서적 지지를 통해 회복하는 과정을 만들어 가는 것 같았다. 그는 그곳애서 자신의 갈 길을 찾게 되었고 당사자 문화에 관심을 가져 그 속에 녹아들어 그들만의 리그에 포함돼 한편 치유의 길을 걸을 수 있었다.

나도 40대 이전까지 당사자 문화가 있는 것도 몰랐고 그저 병원 문턱만 닳아 없어질 때까지 다니고만 있었다. 그러다 50대에 돼서야 지금 다니고 있는 병원에서 낮병원을 소개해 줘 당사자의 삶, 당사자의 인권 옹호, 당사자의 문화, 연대 의식을 배워나가며 내가 사회에서 이것들을 중심으로 나의 삶을 업그레이드해야 되겠다고 생각하게 되었다. 그렇게 시각을 넓히니 내 옆의 당사자가 그냥 이웃이 아니라 협력해야 할 동료로 보이게 되었고 우리들의 목적도 살펴보는 동기유발이 생기게 되었다.

그전에는 집안의 방 한구석에서 비디오나 줄창 보던 때의 사내가 아니라 우리 당사자의 삶, 인권 옹호, 권리에 관심을 갖자 내가 해야 될 많은 문제와 의구심이 동시에 생기게 되었다. 내가 어떻게 살아야 할까? 이 문제는 회복의 과정에서 핵심적인 문제였다. 이성과 의식을 가지고 우리 당사자들 다시 말하면 정신질환자들의 문제를 들여다보니 그들의 아픔이 나의 아픔으로 다가왔다.

우리의 아픔은 자신만의 것이 아니었다. 난 처음에 이 아픔이 내게만 닥쳐오는 줄 알고 쓴 뿌리를 삼키며 온 몸이 멍들도록 내버려 두었다. 가족들은 나의 우군이 아니었고 날 비판하는 적대 세력이었다. 그들은 나의 질환을 도저히 이해하려고 하지 않았고 강한 신앙심만으로 벗어나길 바랐다. 나도 그랬다. 이 병은 사탄이 갖다 주어서 날 인생에서 낙오시키는 것이라고 생각했다. 그러나 그것은 분명히 한계가 있었다. 나의 지병은 정신 꼭대기에서부터 육체의 발가락 끝까지 지배해 날 광야의 한 구석으로 몰아세웠다. 다행인 것은 우울증 경험이 있었던 어머니가 나의 옆에서 이 질환에 대해 대화를 나누며 날 무너뜨리지 못할 것이라고 조언을 하며 나와 하루 종일 기도와 대화로 진정시켰다. 그 덕분에 난 대학생활을 무사히 마칠 수 있었고 교회 생활도 힘겹지만 겨우 지탱할 수 있었다.

여기서 당사자인 어머니의 증언은 나에게 하나의 해결책이었고 그녀의 지지로 생활을 완성시킬 수 있었다는 것은 당사자의 힘이 얼마나 큰지를 가르쳐 준다. 만약 당사자인 어머니가 없었다면 질환의 치료의 손실에 의지하다 어느 구석에 널브러져 있었을 것이다. 한명의 당사자인 어머니의 지지로 여기까지 오는데 큰 힘이 됐지만 지금의 당사자들은 센터나 낮병원을 통해 얼마나 많은 정서적 지지를 받는가? 그곳에서 그들은 자기들의 아픔을 공유하고 함께 이 문제를 풀어나가기 위해 많은 노력을 한다. 한편으로는 자기와 맞지 않는 당사자들의 증언이 듣기도 싫지만 인생의 하나의 부류로 생각하면 좋은 참고 자료이기도 하다.

당사자들은 몇십 년 전의 구태의연한 치료의 답습을 거부하나. 그들은 자신들의 생채기를 아픔으로만 소유하려는 것이 아니라 모두의 공동체의 문제로 생각해 당사자들에게 내놓는다. 그것이 하나의 극복의 이정표이자 지금 해답들의 하나이다. 우리는 당사자를 바라볼 때 뭔가 모자란 사람들로 보아지만 그들은 스스로를 인생의 주창자, 탐

험가로 생각한다. 그들은 항상 당사자 모임에서 쉽게 의문점을 표시하며 해답보다 동료들을 찾는다. 그것이 해답으로 가는 지름길이라는 것을 알고 있기에 그렇게 행동하고 포현한다. 그들이 이상은 자유롭다. 낭떠러지로 가는 산양들 같지만 언덕의 초지를 향해 하나하나 올라가 자신을 위해 준비된 양식을 먹는다. 사회는 이렇게 노력하는 당사자들에게 그렇게 모질지 않다.

그들에게도 기회를 주고 이익을 주기도 한다. 다만 그것을 결정할 수 있는 당사자들이 수동적인지 능동적인지에 결판이 난다. 아무쪼록 당사자들이 능동적으로 자기들의 계획을 세워 좀 더 나아지려고 노력을 해야 한다. 그것마저 포기한 당사자들에게는 미안하지만 답이 없다. 당사자들은 그들의 그룹 안에서 성장해 세상의 문밖으로 나왔을 때 가시투성이의 세계가 아니라 많은 기름진 양식들이 풍부한 초지로 갔으면 한다. 훈련된 당사자의 눈으로 , 좀 더 지향된 눈으로, 세상을 바라봐 자신의 자리를 찾는 여행을 했으면 한다.

그동안 나는 그들의 아픔을 일부러 무시해왔기 때문이었다. 이제는 그들의 아픔을 들어 같이 해결하고자 하고 그들의 인생의 순간순간을 같이 하고자 했다. 많은 당사자들이 치료의 경계성을 넘어 치료의 중요성은 물론이고 어떻게 살 것인가에 관심을 두어 현실적인 체감을 줄여나가는 방법을 알아 나가야겠다고 생각해 본다. 생각? 아니, 해결해 나가야 한다. 우리의 문제의식에 공감을 하여 서로 지식과 정보를 당사자 간에 교환을 하며 삶을 살아나간다면 이제는 뻣뻣한 세계가 좀 더 유연해지고 당찬 당사자 문화를 맞이하는 데 일조하는 것을 넘어서 주인공들이 우리 당사자들이 돼야 하지 않을까 생각한다.

## 2) 선진국일수록 정신질환 치료와 상담 공유해

정신질환. 어디에 내놓기에는 찜찜한 구석이 있는 질병이다. 내가 조현병 환자라는 것을 주위에 알릴 때만 하더라도 무슨 중죄인 마냥 생활에 자신이 없었다. 처음에 이 병에 걸렸을 때에는 병원 자체를 금기시했다. 잘 찾아가지도 않았고 수년 동안 병원 근처에 얼씬도 하지 않았다. 누가 내 병을 아는 것이 두려웠기 때문이다. 근 20년 만에 정신병원에 찾아가 상담을 하는데 거기 앉아있던 환자들은 물론이고 주치의까지 불쾌하게 느껴졌다.

나의 정신세계를 낱낱이 파헤쳐 진단을 내리려 하는 의사가 나의 정신은 그녀를 완강히 거부하고 있었기 때문이다. 그러다 약은 먹고 잠은 잘 수 있게 되어 처음 일주일에 한 번씩 오라는 의사의 권고가 싫었지만 마침내 잠을 잘 수가 있다는 안도감이 스쳐 지나가면서 그녀를 신뢰하게 돼 여러 가지 상담을 받게 되고 나의 정신건강은 나날이 좋아져 갔다. 그때가 20년 만에 처음 가는 병원이어서 경계심도 있었지만 나의 정신건강은 날로 충만해져 있어 그녀와 상담하는 것이 기다려지기 시작했다.

이렇듯 자신의 정신질환을 공개하며 병원에 다니려 하는 사람들은 소수에 불과하다. 얼마 전 신문 기사 중에 1년 동안 정신건강 서비스와 상담을 받은 비율이 전체 인구의 7.8% 밖에 안 나왔다기에 놀라웠다. 우리나라 정신질환자 수가 공식적으로 50만 명이 넘고 치료 빚은 경력이 있는 사람까지 치면 최대 100만 명이 넘어선다.

그런 가운데 정신건강 서비스와 상담을 받은 비율이 이 정도에 불과하다니 이것은 자신의 질환을 강력히 부정을 하고 치료 자체를 받지 않는 인구가 평균치를 넘어선다는 것이다. 그에 반해 미국은 정신건강 서비스와 치료받은 경험이 전체 인구의 43%를 차지하고 캐나다 또한 47%를 넘어섰다는 통계 기사를 보고 뭔가를 생각하게 되었다.

이 두 나라만 아니라 서방 선진국들의 정신건강 서비스 받은 비율이 45%를 넘어선다. 왜 그런 것일까? 그들의 사회문화적 배경이 그들을 질환을 대하는데 무척 개방적으로 보이게 한다. 그들은 기독교 문화이다. 좋든 싫든 수천 년 동안 유럽을 지배하고 있던 정서적 배경은 기독교인 것은 그들을 개방적이고 솔직한 자세로 임하게 만드는 조건이 되었다.

　이웃이 정신질환에 걸려도 그들은 솔선수범하여 당사자들을 위해 많은 프로그램들을 내어놓는다. 구역마다 있는 정신센터나 쉼터는 그들을 정신질환이란 무서운 병을 누구나 걸릴 수 있는 평범한 질환 이란이란 것을 정의케 한다. 그리고 이웃이나 당사자 동료 지원 가 도움으로 병원으로 찾아가 주치의와 상담을 받고 치료와 적절한 입원 기간(2주)을 넘긴 후 당사자들을 위한 지역자원에 연계하여 정상적이 생활을 할 수 있도록 도와준다.

　서구사회는 자신이 문제가 있으면 뱉어내도록 하는 문화가 있다. 자신이 불만이 있으면 학교나 가족에게 자신의 상태를 솔직히 토로하고 울분을 해소하게 만든다. 그리고 화해의 악수와 포옹은 그들을 감동케 하여 자신들의 문제점을 분명히 짚고 넘어가게 만든다. 정신질환 또한 그렇다. 질환의 전조가 보이면 가까운 부모나 형제에게 자신의 상태를 제일 먼저 이야기하고 사회의 보호 장치에 따라 지역사회 자원에 연계하여 정신질환을 두렵지 않게 만든다.

　거기서 동료 지원자들의 활약이 크며 자신들의 경험을 예로 들며 병을 극복하고 안정적으로 치료케 한다. 그래서 당사자들이 질환에 걸리면 누구든지 지역사회 자원을 이용하여 정신건강 서비스를 받으려 한다. 그리고 자연스럽게 병원과 연계해 상담을 받고 치료에 들어

간다. 이 모든 것이 아주 자연스럽게 이루어진다.

한국은 오래된 유교적 전통 아래에 있었기에 자신의 요구를 자연스럽게 내놓지 못한다. 그냥 참고 넘어가지, 별것이 아니겠지, 하며 눈을 질끈 감고 견디어 보려 한다. 그러다가 질환이 중증으로 발전해 병원으로 직행해 주치의의 차가운 상담하에 병원에 입원하게 된다. 한국에서도 서방 선진국처럼 환자와 병원 사이에 중간 집하는 기능이 있다면 누거나 어려워하지 않고 정신건강 서비스를 받으려 할 것이다.

지금이야 센터와 낮병원, 재활시설 등이 설립되어 당사자들을 재활시키는데 큰 도움이 되지만 그것도 정신질환 병력이 있는 사람한테만 적용된다. 사람은 일생에 누구나 정신질환에 걸릴 확률이 28%가 넘는다고 한다. 결코 적은 숫자가 아니다. 우리나라도 사전 예방 차원처럼 누구나 전문의와 치료진에게 정신건강 서비스를 받고 사회기관에 편의 없이 이용할 수 있게 된다면 많은 사람들이 질환으로부터 보호받을 수 있게 될 것이다.

서방 선진국과 같은 정신건강 서비스를 당장은 기대해 볼 수는 없지만 많은 시스템이 서구의 양식을 따라가려고 하고 있으니 얼마 지나지 않아 정신적으로 난감한 사람이면 손쉽게 이용할 수 있는 쉼터나 중간 단계의 시설이 많이 건립되어 정신건강 서비스를 아무런 사념 없이 이용할 날이 오리라는 것을 알고 바라는 것이라 할 수 있겠다.


## 3) 이 어려운 가운데 사랑의 정을 나눈다


코로나 팬데믹. 말로만 들어도 이제는 지겹고 두렵기까지 한다. 하루 확진자 수가 7만 명을 넘어 9만 명을 향해 돌진하고 있다. 3차 접종까지 맞았지만 이걸로는 불안하기만 하다. 매체에서는 3차 접종을 하면 급진적인 코로나로부터 예방될 수 있고 안전하다고 하지만 이게 웬걸! 오미크론의 돌파 감염이 무섭다. 언제 유럽처럼 정점을 찍어 하향세로 내려오나? 몇몇 서방국에서는 마스크를 해제하는 조치를 내리고 있다. 우리나라의 오미크론의 정점은 3월 중순이나 말로 보고 있다.


그렇지만 불안불안하다. 다음 달이면 3월인데 이 코로나의 예봉이 쉽게 잡히지 않는다. 모두가 팬데믹 가운데 소상공인들은 정부의 전격 지원 정책이 나오지 않아 불만이 쌓여만 가고 국민들은 누가 코로나에 걸릴지 불안하기만 하다. 나도 오늘 회사에서 코로나 자가 검사를 받았다. 걱정은 없었지만 순간 "와 내가 코로나에 걸리는 것이 아닐까!"란 걱정이 앞서 불안했다. 다행히 음성으로 나와 당분간 코로나

로부터 안심할 수 있게 됐다

　이런 불안한 나날 가운데 사람들에게 따뜻한 정이 넘치는 소식이 들려온다. 모 회사에서 장애인 단체에 코로나를 극복하라는 뜻에서 1억 원을 기부했다고 한다. 말이 1억이지 절대 적은 돈은 아니다. 그 회사는 대기업도 아니고 중견 기업도 아닌 직원들을 30명 거느린 신규 중소기업이었다. 핸드폰 기자재를 만들어서 대기업에 납품하는 회사로 주위에서 각광을 받고 있었지만 이렇게 선뜻 1억을 쾌척할 정도의 회사는 아니었다. 회사의 대표는 가슴 아픈 사연이 있었다. 3자녀를 두고 있는데 막내가 정신장애인으로 학교를 겨우 다니고 있을 정도로 힘든 상태의 아이였다.

　그런데 그 아이가 자신의 처지보다 더 힘든 장애인을 둔 가정을 본 후 어떻게 하면 도울 일이 없나 걱정하다 아버지 몰래 수업이 끝난 후 학교 근처 분식집에서 아르바이트를 하여 거기서 번 돈을 모아 자기보다 어려운 장애인 친구를 도왔다. 그렇게 1년을 생활하며 기부활동을 하다 공부를 소홀히 하여 전교 등수가 자꾸 떨어져 나가는 것을 본 아버지가 그를 불러 진지하게 상담을 하였다.

　이때 그는 "저도 정신장애인이지만 이 세상에 나보다 더 심한 장애를 둔 친구가 많다. 그들은 환경이 매우 불우하다. 나는 그래도 환경이 남부럽지 않지만 그 친구들은 학원도 못 다닐 정도로 어렵다. 신문팔이를 하며 겨우 살아가는 친구도 있다. 그래서 아버지에게 알리지 않고 내 힘으로 그들을 도와 아르바이트 생활을 한 것이었다. 성적은 떨어졌지만 나름 보람 있는 순간이었다."라는 말에 아버지는 아들의 남을 사랑할 줄 아는 마음을 측은히 여기고 자랑으로 삼고 싶어 그 친구는 물론이고 그가 속해있는 장애인 단체에 1억을 기부하게 됐다.

혹한의 날씨를 기록하고 있는 겨울에 가슴 한구석을 따뜻하게 해주는 이야기였다. 이런 기부활동이 많이들 줄어들었다고 하지만 소수의 기부자들이 올해에도 따뜻한 사례 담을 전하며 가슴을 뭉클하게 하고 있다. 당사자들은 힘든 하루를 보내고 있다. 그들의 질환을 가진 체 하루하루를 별 의미 없이 보내는 사람이 많다. 그래도 당사자 문화에 참가하여 그들의 이야기를 사회에 전달하고 싶지만 코로나 때문에 역외 활동도 많이 줄어들어 그들만의 모임, 배움터인 낮병원, 센터, 자조 모임 등을 통해 당사자 활동을 하고 있다.

하루하루가 지겹고 어렵지만 그래도 당사자들끼리 만나 대화를 나누면 뭔가가 막힌 곳이 펑 하고 뚫린 듯 시원한 기분을 느낄 때가 한두 번이 아니다. 활동적인 친구들은 경기도를 순회하며 당사자들을 만나며 그들만의 네트워크를 만들어 가고 있지만 그것이 쉬운 것이 아니다. 줌을 통해 한 달에 한 번씩 자조 모임을 하는 팀도 있는데 거기서 여러 주제를 가지고 환담을 나눈다. 쉬운 예로 집안 얘기부터 시작하여 사회의 모순을 주제로 심각하게 논의하며 해결책도 만들어 나가려고 한다. 그런대 대면 만남이 뜻대로 안 되어 주므로 주제를 가지고 논의하는 수준이다. 그래도 안 하는 것보다 낫다

이렇게 종을 치는 것보다 우리들끼리 모여 소소한 얘기를 나누는 것도 회복의 과정이다. 누구에게는 말로도 위로가 안 되는 사람들이 있다. 이럴 때 당사자들끼리 만남의 자리를 마련하여 열린 자세로 소통의 장을 이어간다면 이것 또한 당사자들의 해소의 순간이 아닐까 생각된다. 비록 추운 겨울이고 코로나 팬데믹 상황이지만 이럴 때 우리만의 이야기를 만들어 간다면 작은 문제를 풀 수 있는 해결책이 될 수도 있다고 생각한다. 누가 잘나서 소리쳐 외치는 것이 아니라 소소한 우리들의 이야기를 공유하면 추운 밤 아랫목에 발을 지지며 옛날 이야기하듯 당사자만의 공유될 수 있는 주제를 가지고 공유한다면 이것 또한 우리들만의 작은 해결책이 아닐까 생각된다.

## 4) 정신질환 격려로서 차도를 낮추어 보자

정신질환이란 마음의 병이며 상처이다. 누가 와서 관심을 가져주기 전에는 아무도 모르며 알려주기 싫어한다. 솔직히 너무 외로운 처지

로 가는 길라잡이라 할까? 가족들한테서 멀어지기도 하고 친구들과의 우정에서 열외로 내몰리기도 한다. 자신의 아픔을 그 누구와도 소통하지 않으려고 한다. 그래서 서로 보담고 가는 사회에서 항상 밀려나 자신의 처지를 탓하기만 한다.

그러나 그들도 대중들과 어울리고 싶어 한다. 같이 학교도 다니고, 영화도 같이 보고, 같이 수다도 떠는 등 남들이 하고 싶은 것은 다 하고 싶어 한다. 그런데 이 정신질환이 그들의 마음을 꽉 닫아버리게 만든다. 가족들이라도 그들에게 마음의 문을 열고 싶어 하지만 스스로의 정체성 때문에 받아들이지 못하고 있다. 그러다 병만 키우다 중증 질환으로 가서 결국 입원하게 되고 시간이 지나 퇴원하고 또 입원하기를 반복한다.

내가 하는 일이 절차보조사업이다. 병원에 외로이 남겨져있는 이를 찾아가 여러 가지 법적인 문제(입원 상의 서류 절충)와 그 가운데 있는 인권 처신 문제, 의사 교류의 원활한 소통과 정서적 지지와 격려를 하는 것이다. 특히 그들은 병원 밖에서 자신에게 관심을 가져다주는 것을 간절히 바라고 있다. 처음에는 대면대면 대하다 시간이 지나면 마음의 문을 열고 대화를 하기 시작한다. 형식적인 대화가 주로 이루어지지만 본격적인 대화가 이루어지면 자신의 과거와 가족, 변 상태 등을 이야기하기 시작한다. 거기서 그들은 자신들의 처지를 격려 받거나 정서적 지지를 받으면 몹시 기뻐한다.

그리고 우리 동료 지원가들이 자신과 같은 처지에서 회복되어 사회에서 활동하는 것을 보고 피드백을 받아 자신들도 회복되어 일하기를 간절히 원하고 있다. 그들과 계속 만나면 생기가 돈다는 것을 느낀다. 그리고 외로움에서 벗어나기 위해 많은 이야기를 하길 바라고 있다. 단답형으로 대답만 하는 당사자들도 있는데 그래도 그것이 좋다고 한다, 왜 자신들이 격려와 지지를 받으니까 무료한 병원 생활에서 시너지 효과를 받아 긍정적인 힘을 얻는데 상당히 도움을 얻는다고 말한다.

정신질환자들이 자조 모임을 통해 스스로 독립하기를 원한다면 적극적으로 추천하고 싶다. 치료진들이 배제된 체 당사자들끼리 모여 그들만의 회칙을 만들고 공동의 주제를 가지고 논의하는 시간을 가진다는 것은 상당히 진전된 모습의 발전을 보여주는 것이다. 낮병원을 통해 사회 학습 기간 등 여러 사회 기술적 시간을 가지지만 주입식 교육과 다르게 당사자끼리만 모여서 만드는 서클 모양의 자조 모임은 상당히 도전 의식을 던져준다.

거기서 자신의 주관성이 살아나고 개성적이 문제들이 부딪히지만 그들만의 방식대로 녹다운시켜 앞으로 계속 모임을 프로그래밍하여 간다. 자신들의 감정들을 공유하고 문제를 밝히어 나가면 그들만의 문화를 만들어 정서적으로 상당히 긍정적인 상아탑을 쌓는다.

공통적인 취미를 발견하여 미술 활동도 할 수 있고 회비를 모아 정서적 활동을 증진시킨다. 물론 그것들 중에 마음에 안 들어 하는 당사자들이 있다. 참아야 할 인내를 참지 못하고 밖으로 표출해 소중한 시간을 망가뜨리기도 한다. 그렇지만 다수의 회원들은 그를 격려하여 이 시간을 참여하게 하고 감정을 컨트롤할 수 있게 도움을 준다. 그리고 그 모임의 의미를 알게 하여 스스로를 창의적 시간을 만들 수 있도록 안내한다.

당사자들을 좀 더 개방적으로 만드는 데 여러 가지 방법이 있다. 쉽게는 낮병원이나 센터 이용률을 높이어 창의적인 정신을 가지게 하는 것도 좋은 방법 중의 하나이다. 그들끼리 모여 사회 학습 기간을 갖는 것은 독립 의지의 계기가 되게 만들어 주고 사회에서 중심이 되어 일하기를 바란다. 그래서 일반인들과 친분의 시간을 가져 그들만의 정신문화에 한 축을 만들게 한다.

가족들이나 친구들 가운데 정신질환자들이 있다. 그들은 대화하고 싶고 교류하고 싶어 한다. 다만 이 질환 때문에 표현을 할 줄 모른다. 그들도 꿈이 있으며 능력이 있다. 그러나 주위의 편견이 그것을 망치게 한다. 곱지 않은 시선으로 당사자들을 바로 보는 것은 참을 수 있으나 사회에서 주어진 기회조차 약탈해 가는 것은 참을 수 없다. 의식 있는 당사자들이 뜻을 같이하여 우리의 인권을 위해 외치고 있으나 혼자만으로는 부족하다.

동료들 특히 의식 있는 일반인들의 도움이 간절히 필요할 때이다.

그들로 받는 시너지 효과는 많은 피드백을 생성하며 감동적인 활동에 들어간다. 아무렇지도 않은 격려는 힘이 되며 지지는 인권 옹호의 바탕이 된다. 주위 정신질환자들이 있다면 한 번이라도 눈웃음이나 양보의 손길을 보내면 그들은 정서적 지지로 받아들여 삶의 생활에 가벼운 것부터 바뀌게 될 것이다. 작은 격려가 당사자들을 감동스럽게 만들며 세상에서 자신만의 무대를 만드는 데 큰 요소가 될 것이다.

## 5) 퇴원하고 싶은 당사자의 상처 입은 바람

"퇴원이 저의 입원 생활의 목적입니다. 경과야 어떻든 제가 퇴원하고 싶다는데 무슨 절차가 이렇게 복잡합니까? 나는 아무 이상 없는데 강제 입원되어서 병원에 갇힌 꼴이 되었으니 너무 억울합니다. 지금은 정신적으로 많이 안정이 되었으니 병원에서 관심을 가져주어서 퇴원 조치 시켜주기 바랍니다. 이러다가 병이 더 생길 것 같습니다."

정신질환으로 부모님에게 폭력을 휘두르다가 강제 입원된 조수경 씨(32)의 토로이다. 작년에 용모 병원에서 절차 보조 서비스를 하다 만나게 된 당사자인데 부모에 대한 악감정이 팽배해있었다. 내가 봐도 당장 퇴원은 안 될 것 같고 몇 달 동안은 병원 신세를 져야 할 상태였다. 그런 그가 우연히 절차보조사업을 알게 되었고 억울한 환자들을 대리 의사결정으로 퇴원시켜주는 것으로 잘 못 알고 있었다. 우리는 당사자들의 의사결정을 지원하는 것이지. 판사처럼 심판하는 것이 아니다. 당사자들이 입원 유형의 예를 인지하여 보호 입원에서 자의입원으로 변경하는 계기를 마련해 주는 것이지 결정짓는 것은 아니란 것이다.

물론 대부분의 당사자들이 우리와 상담을 하면 안정적인 병원 생활보다는 퇴원을 일차적으로 원한다. 그만큼 입원 생활이 무겁고 불안하며 안정적이지 않기 때문이다. 그래도 우리들이 일주일에 한 번씩 상담을 하면 어느 정도 진정세를 이룬다.

그리고 곧바로 퇴원하기보다 건강한 입원 생활의 초점을 맞추다 발전하면 자의입원으로 변경하거나 보호자들의 호응으로 퇴원하는 것이라고 나는 말하고 싶다. 입원하고 있는 당사자들에게 너무 서두르지 말고 좀 생활의 여유를 두었다가 우리와 상담과 계획을 세훈 후 차후의 긍정적인 결과를 얻길 원한다. 우리야 그들의 아픔을 모르겠는가. 병원에서의 당사자 인권 보호와 권익 옹호를 위해 준비된 사업인데 그들의 아픔을 십분 이해한다.

"저는 병원에 입원한지 10개월째인데 아직 퇴원이 되지 않고 있습니다. 자의 입원으로 병원에 들어왔는데 가족들이 절 반대하는 것인지 병의 상태가 해결이 안 되었는지 너무 답답합니다. 처음에는 정신적으로 안정을 취하기 위해 병원에 입원했는데 퇴원에 대해서는 감감무소식입니다. 제가 폭력적이거나 자타해 위해를 끼치는 인물은 아니거든요 선생님들이 나서서 저의 퇴원 문제를 해결해 주었으면 합니다."

이 모 병원에 조현병으로 자의입원 중인 김보경(45) 씨의 토로이다. 이는 아무 문제가 없어 보이는 자의입원인데 퇴원이 되지 않는다. 사례 담당자 말로는 환청 증세가 심하고 망상이 험하다는 것이다. 병원에서는 아무 일 없이 보내다가 간혹 발작 증세를 일으킨다고 한다. 그의 부모들은 이와 같은 증세가 없어지길 원하며 주치의는 그에게 긍정적인 마음을 심어주기 위해 많은 노력을 한다. 우리가 만난 보경 씨는 겉으로는 멀쩡해 보였으며 대화도 수준급으로 하기 일쑤였다. 병원 생활은 만족하는 편이며 프로그램에 참가할 때마다 힐링을 얻는다고 곧잘 말한다.

그러다가 시선이 자주 불안하거나 떨림 증세가 있는 것을 보면 아직 병의 후유증이 있는 것으로 보였다. 그는 자신은 멀쩡하니 어서 퇴원해서 전에 프리랜서로 일하던 극작가 일을 계속하고 싶다는 것이다. 그는 방송작가 김 모 씨의 팀원으로 5명씩 모여 한 작품을 쓰기 위해 매일 회의하고 방송작가와 주제토론을 하곤 했었다 한다. 그 선생의 작품이 방영되면 보조 작가 명으로 이름이 올라가게 되어있다.

아직은 아쉽지만 그 정도의 수준이 아니라는 것이 문제다.

　이와 같이 병의 차도와 상관없이 자의입원으로 입원하여 장기입원으로 가는 문제는 심각하다. 당사자가 퇴원을 요구하면 병원에서는 즉시로 이행을 해야 되는데 아직 차도가 없다. 거주지가 마땅치 않아 퇴원을 못 시킨다. 부모들이 그의 병을 뿌리 뽑히기 전에는 받아줄 수 없다는 명분에 그들은 억울하게 병원에 입원해 있어야 한다. 우리는 그들과 만나 주기적으로 상담을 한다. 그나마 자신에게 관심을 가져다주는 인물들이 있으니 위안을 느낀다. 병원에서 고립되어 있을 때 사례담당자나 외부 인물이 자신을 찾아와주어 면담을 해주면 그들에게는 또 다른 시너지 효과를 주게 된다.

　"아 나도 혼자가 아니구나. 이런 사회단체에서 날 찾아와 정서적 지지를 해주니 용기가 나고 소망이 생긴다."라며 우릴 반겨준다. 병원의 우울한 상황에서 벗어날 수 있는 기회가 되기도 하며 여러 정보를 습득하고 퇴원에 관계된 여러 이야기를 듣다 보면 자신도 이러한 태도를 수정하여 가족에게 호감도를 주려고 많은 노력을 한다. 또 정신건강 쪽으로 차도가 많이 좋아지는 경우도 있어 절차보조사업이 당사자들에게 자신만의 우군으로 남기게 된다.

　병원에서의 삶은 답답하다. 자신의 병 때문에 아니면 주변 환경 때문에 아니면 가족들의 무관심 때문에 병원에서 원치 않는 생활을 하게 된다. 아마도 지식 없이 병원 생활을 하면 장기적으로 입원할 수

밖에 없다. 이렇게 절차보조사업을 통해 자신의 의지를 확인하고 대화로서 보호자들을 상대하면 좋은 결과가 생길 수 있다는 것을 알게 되면 기다리고 문제가 해결될 수 있다. 당사자들에게 하고 싶은 말은 결코 서둘지 말라는 말을 하고 싶다. 너무 급하게 생각하면 이 일이 진척이 안 된다. 절차보조사업 팀이 당사자를 위해 매주 회의를 가지고 그에 대해 문제들을 공감하고 해답을 찾기 위해 많은 노력을 하고 있다는 것을 알아주면 그들은 자신의 바람대로 좋은 쪽으로 결과가 생기지 않을까 생각한다.

## 6) 확실하지 않은 데에는 참다운 명분이 있다

정신질환자가 모든 범죄의 원흉이라는 말도 같지 않은 매체의 언론 보도는 우리 당사자들을 낙인화시키고 그들의 의지력을 사분오열 갈라놓고 만다. 당사자가 모든 범죄의 일어날 확률이 0.01%로 경찰청 자료에 나와 있는데도 그들은 부패된 짐승의 사체만을 찾는 하이에나처럼 우리 당사자를 원치 않는 사회의 눈요기 감으로 만들고 있다. 경찰에서는 정신질환의 범죄를 심각히 조사해 보도지침에 올려놓는다. 그들이 강력 범죄를 일으킬 확률이 낮은 데다 실제로 죄를 짓는 데에는 그들이 애매모호하기 때문이다. 강력 범죄로 올려놓았다가 법원에서는 심신미약으로 돌려 집행유예로 돌려놓는 것이 한두 번이 아니다. 왜냐하면 당사자들이 범죄를 저지르는데 직접적인 원인이 없고 조사 결과 다른 제삼자가 범인으로 잡혀 사건이 결정 나기 때문이다.

물론 정신질환자들이 범죄를 저지를 수 있다. 그들의 욕심과 탐욕은 어느 누구와 똑같기 때문이며 범죄에 대한 대가는 지불해야 한다. 그런데 일방적으로 신고 접수된 정신질환자가 관계된 범죄에는 깊이 조사하면 그들은 아무 상관없는 자로 판명이 난다. 경찰에서는 거기에 대해서 겸연쩍어서 그들에게 훈방조치를 한다. 범죄인과 인맥관리가 있다고 불려가 24시간 철야 조사하면 그들은 범죄와 상관없는 것으로 나온다.

형사들은 그날 범죄일지에 정신질환자가 관련되어 있다고 간단히 적지만 혹은 참고인으로 조사 중이라고 적지만 기자들은 그것을 보고 정신질환자가 강력 범죄에 언관 되었다고 기사를 적어낸다. 선정성이 가득한 이 기사는 한 시간도 안 돼 전국에 쫙 퍼지게 되고 관련성이 없는 당사자는 졸지에 피의자가 되어 버린다. 경찰에서는 해명하려고 해도 이마 기사는 전국에 퍼진 상태고 국민들은 정신질환자들을 범죄의 혐오스러운 대상으로 낙인찍어 버린다.

확실하지 않은 것을 사실화하는 기자들이 원망스럽지만 그들에게 그런 사실에 좀 더 심사숙고해 주었으면 한다. 확신이 가지 않으니까 경찰에서는 그들을 임시 보류인으로 미뤄두었지만 기자들은 가만두

지 않는다. 그들은 알아야 한다. 확실하지 않은 것에는 정해진 명분
이 있다는 것이다.

첫째로 그들은 범죄인이 아니기 때문에 보류해두었다. 경찰에서
아무리 범죄 혐의를 찾으려 해도 먼지만 날 뿐, 관여자가 아닌 것으
로 나오는 것이다.

둘째로 양심적으로 그들을 범죄인으로 분류할 수 없기 때문이다.
사람에게는 선, 악을 판정하는 마음의 양심이 있다. 법적으로 근거해
도 정신질환자들이 그 사건의 피의자로 분류되지 않기 때문에 보류
상태로 미뤄두고 있는 상태다.

셋째로 법 앞에 평등이다. 아무리 그 사람이 범죄인이라 해도 공정
한 심판을 받는다. 하물며 혐의 없는 당사자들을 강제적으로 범죄인
으로 세우기에는 법적으로 리스크가 크다. 그래서 경찰들은 그들을
범죄의 대상자가 아니라 임시 보류자로 분류하고 있다. 그런데 기자
들이 그것을 알고도 기사화해 마치 범죄를 저지른 마냥 기사로 써 내
려가고 있다. 만만한 것이 우리 정신질환자들인가 보다.

얼마 전 정신질환자들이 관련된 범죄에서는 확실한 엠바고 없이 그
들을 범죄인 취급하는 기사를 금한다는 언론의 법칙이 세워졌다. 매
우 늦은 감이 있지만 뜻이 있는 이 기자들의 단체에서는 당사자들을
모든 시민과 같은 권리의 사람으로 보고 개인사들을 보호하며 설령
범죄에 연관이 있다 하더라도 철저히 조사해서 많은 당사자들에게 피

해가 가지 않게 기사를 쓸 것을 명시했다.

참 반가운 소식이다. 확실하지 않은 것에는 그 이유가 있다. 모든 사적인 이유에 당사자들을 끼어 맞춘다면 그들은 사회의 오락성 도구밖에 되지 않는다. 왜 확실하지 않은가에 연구가 필요하고 조사의 강정이 요구된다. 정신질환자란 이유로 사회에서 돌팔매질을 당하면 그들은 어떻게 살아가는가? 확실하지 않은 것에는 당사자들이 포함되지 않는다.

이런 이유로 사회에서 차별을 받으면 이 세상은 공정한 세상인가? 우리는 확실하지 않은 것에 대해 의문을 가지고 좀 더 조사하고 연구를 해야 하며 당사자들의 낙인화된 세상에서 좀 더 자유로운 사회에서 살 수 있도록 인도해야 한다. 그 확실하지 않은 것에는 그 누구도 편안하지 않다. 화제나 선정성을 키우기 위해 우리 당사자들이 필요하다면 그들에게 묻고 싶다. 당신들의 눈동자는 깨끗하냐고? 양심에는 아무런 문제가 없냐고, 판정 내리기에는 법 앞에 당당하냐고, 이런 것에 당당히 답할 수 있다면 기사를 쓰든 소설을 쓰든 마음대로 써 내려가라. 하지만 당신들의 양심은 알 것이다. 이것이 옳지 않은 일이라는 것을. 수많은 당사자들에게 오욕을 남기려 하지 말고 그들과 협치하는 사회를 만들어 정신건강한 문화를 만드는 데 편승하는 것이 그들의 의무 중의 하나가 아닐까 싶다.

## 7) 정신질환, 진로의 방향을 잘 잡아야 희망이 보인다

흔히들 그 나라의 인구별로 1%가 정신장애인으로 판명된 것으로 나와 있다. 우리나라는 50만 명이 정신장애인으로 조사되어 있으며 그 수가 전체적인 정신질환의 인구 절벽으로 치부해버린다. 사실 정신질환에 걸린 환자들 실제 그 숫자는 정확히 집계되어 있지 않다. 낙인화 효과로 그 수는 상당히 오차율이 높다. 정신질환으로 병원을 찾는 사람들이 1년에 20만 명이 넘는다고 하니 그 숫자가 어마어마하다. 병원에 등록되어 있는 환자들만 하더라도 수십만 명 그 숫자에 음성적으로 병원 다니는 정신질환자의 수는 날로 증가하고 있다.

자신은 심각하지 생각하지 않는데도 사회가 그들을 호락호락 놔두지 않는다. 자신의 병의 정체가 탄로가 나면 당황한 나머지 숨기가 바쁘다. 병원에 일시적으로 등록되어 있던 환자가 갑자기 소실되는 경우가 종종 발견된다. 정신질환 초기의 당사자들은 자신의 정신력으로 이겨보겠다고 병원의 치료를 거부하며 평범하지 않은 생활을 향유하고 있다.

하지만 여기서 잘못된 것은 이때 마음의 중심을 잡고 병을 치유하고자 병원을 계속 다녔더라면 병을 초기에 잡을 수 있다. 그런데 대부분의 당사자들이 자신의 병이 별것 아니라며 병원의 치료를 거부하다 나중에 병이 걷잡을 수 없게 되어 병원에 입원하는 것을 종종 보게 된다. 이때 자신의 병의 심각성을 알아 초기에 병을 치료해서 다스렸다면 지금은 정상적인 생활을 영위하며 잘 살고 있을 것이다. 아니면 차도가 많이 좋아져 병의 증세가 있어도 자신을 컨트롤 할 수 있게 된다. 자신의 정신질환이란 병의 진로를 잘 잡아 순풍에 잘 가는 돛단배처럼 사회라는 넓은 세계에서 자신의 의지대로 목표를 향해 나아가고 있을 것이다.

"저는 정신질환이란 병을 처음 알았을 때 무척 당황했습니다. 신체적으로 건강한 나에게 아주 큰 절망을 주었죠. 그런데 주위 사람들의 고견을 듣고 주치의의 말씀을 듣고 했더니 정신병을 초기에 잡는데 큰 도움이 됐습니다. 전 정신병이 불치의 병인 줄 알았습니다. 초기에 병을 인식하고 인지해 나간 것이 도움이 되었고 낮병원을 통해 성격이 저하되지 않고 활발해져 재활하는데 많은 도움이 주었습니다. 정신병 초입 때부터 회복될 수 있다는 긍정적인 마음과 주위의 많은 사례와 권유로 나의 병을 치료하는 데 많은 힘이 되었습니다."

조현병을 1년 전에 앓은 김오수 씨(27)의 말이다. 그는 자기가 정신질환이란 병에 걸렸다고 했을 때 크게 낙망했지만 입원했을 때 병원 안에서 당사자들의 교재와 활동으로 그들이 말로만 들었던 정신질환자하고 별개의 사람인 것 같아 자신의 삶에 희망이 보여 병원 프로그램에 적극 참여하고 약도 거르지 않고 잘 먹었다. 며칠간은 입원 생활이라 힘들었으나 현실을 직시해 모든 상황을 받아들여 자신의 병이 완치되어가는 과정이라고 생각하니 힘이 났다. 2개월 정도 입원한지 퇴원 후 낮병원을 다니며 사회에 대한 재활 과정을 훈련을 하니 다른 사람보다 빨리 정상적이 되어 지금은 모 출판사에 계약직 직원으로 일하고 있는 중이다.

자신의 병에 대한 진로의 방향을 빠른 인정과 내 병이 완치될 있다는 확신에 차 치료 과정을 묵묵히 받아냄으로 이루어낸 성과다. 당사자들은 이렇게 병에서 치유되는 사례가 여러 명씩 나오기 시작하니 병원에서는 당사자들에 대하 권익 옹호에 관심을 가지기 시작했고 많은 사례담당자들을 준비시켜 자신들이 맡는 당사자들에 대한 책임감을 배가 시키게 되었다. 그들에게 일주일에 한 번씩 있는 사례 면담은 당사자들에게 희망을 갖다 주고 힐링을 스스로 찾기에 이르렀다. 가족들과 연락이 끊긴 사람들에게 친구의 역할을 해주는 것은 당사자들에게 무척 의지력이 생기게 한다. 그 후 추후 상태에 따라 가족과 연락이 되기도 하며 그들이 자신의 자식이나 남편이 변화해 가는 것을 보고 퇴원에 긍정적인 시그널을 형성하게 되어 당사자들이 바라는 집으로 가게 된다.

그리고 현재 생기 절차보조사업이 많은 당사자에게 좋은 영향을 끼치고 있다. 수동적인 입장에서 능동적인 입장으로 바뀌게 하는데 큰 힘이 되고 있다. 처음부터 절차 서비스를 아는 것이 아니라 입원 생활 중 안내문이나 병원 치료진의 권유로 시작되는 이 사업은 많은 환자들을 기대에 차게 하고 있다. 당연히 퇴원을 목표로 우리 서비스를 이용하는 것이겠지만 일주일에 한 번씩 만남으로 이루어지는 상담은 당사자들에게 힘이 되고 의지가 되게 한다. 희망이 생겼으니 우리 사업팀과의 계속된 만남으로 병원 생활에 활력을 찾게 되고 이후 미래의 퇴원 후 독립생활에 관한 계획이나 정보는 그들에게 많은 도움과 에너지를 전해주고 있다.

이때 입원 초기에 우리 사업을 알았더라면 더 빨리 자신의 병을 인정하고 여러 가지 정서적 지지와 동료 지원을 받아 의미 있는 입원 생활이 되었을 것이다. 나도 50대 후반이지만 내가 20대에 이런 사업이 있었더라면 덜 고생하고 좀 더 행복해 지지 않았을까 한다. 물론 이 사업은 국비로 운영되는 것이라 당사자가 져야 할 부담은 없다. 한 가지 분명한 것은 우리와 인연이 되면 퇴원할 때까지 우리와 동행해 입원 생활의 돌부리에 넘어지지 않는 것이다.

그렇다 정신질환 초기에 이 병에 대한 회복될 수 있다는 희망을 가지고 임하는 것이 제일 중요하다. 그러면 여러 가지 길이 보일 것이다. 젊은이들. 아니, 중년인들, 그리고 노인들까지 이병에 대해 개방하는 의지력을 보인다면 그만큼 치유의 손길을 자신도 모르게 접할 수 있을지도 모른다.